산책하는   마음

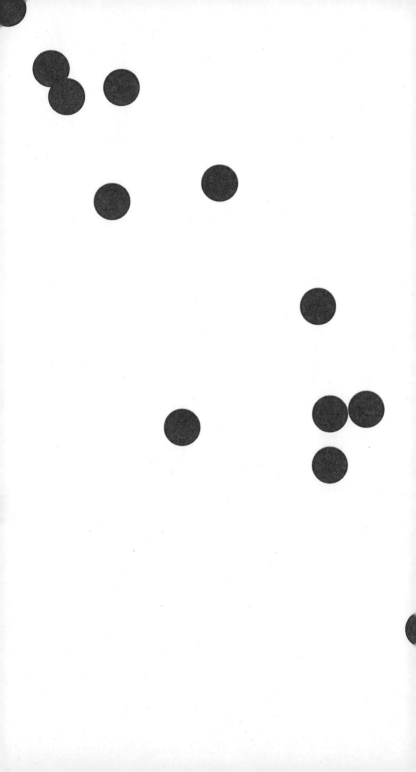

산책하는 마음

박지원 지음

어슬렁거리는
삶의
즐거움에
관하여

SIDEWAYS

차례

자유롭다는 것

가볍다는 것

또는, 긍정한다는 것

개방된다는 것

그리고 관조한다는 것

분별하지 않는다는 것

나아가, 자신을 바라본다는 것

평등하다는 것

느릿느릿하다는 것

고독하다는 것

3

산책하는

마음이란

정갈함

무덤덤함

그리고, 서늘함

리듬감

후회하지 않음

쿨함

다정함

차분함

이제 나는 산책하는 일에 합당한 명예와 지위를 돌려주려고 한다. 언제나 점잖고 사려 깊은 자세로, 무대 중앙에서 한걸음 뒤로 수줍은 듯 물러서서, 세상을 수놓은 저 화려하고 매력적인 주인공들을 위하여 자신의 이름을 기꺼이 내어주었던 산책이라는 일에.

클래식 산책, 물리학 산책, 고전명작 산책, 인문학 산책, 알고리즘 산책, 근대건축 산책……. 우리는 산책이라는 단어가 그간 분야와 대상을 가리지 않고 자신의 미덕을 듬뿍 베풀어왔다는 것을 잘 알고 있다. 우리는, 정말로 무엇이든 산책한다. 자신의 내면도 산책하고, 역사도 산책하며, 사람도 산책하고, 과거도 산책한다. 산책이란 그저 자신과 가까운 장소나 공간을 이리저리 거닌다는 뜻일 뿐인데, 이 말은 어떻게 그리도 넓고 다양한 걸 포용할 수 있었던 것인가?

그렇다. 시대와 지역과 남녀노소를 불문하고, 이렇듯 산책하는(혹은, 산보하는) 행위가 품고 있는 참으로 보편적인 친화력과 담백한 미덕이 있다. 동네 한 바퀴를 어슬렁거리는 일이 우리에게 주는 저 잔잔하고도 놀라운 즐거움이 있다. 그래서 사람들은 자신이 필요할 때마다 언제든 그 편안하고 여유로운 뉘앙스를 빌려오곤 했던 것이다.

산책은 전 세계인의 가장 보편적인 취미이자 우리에게 가장 익숙한 여백의 시간이라 할 수 있으니까. 굳이 이렇게 산책의 의미를 말로 풀이한다는 것이 거추장스러울 정도니 말이다. '답답한데 그냥 잠깐 산책이나 하고 오지 뭐.'라는 마음속 한마디는 우리 모두에게 얼마나 친숙하고도 일상적인 표현인가.

우린 아침에도 산책하고, 주말에도 산책하고, 회사 점심시간에도 산책을 즐긴다. 퇴근한 뒤 산책을 하고, 공부하다가도 산책을 하고, 밥을 먹은 뒤에도 산책을 한다. 혼자서도 산책하고, 다정한 사람과도 산책하고, 반려동물을 데리고 산책하고, 고민을 씻으려 산책하며, 고민을 깊이 돌파하고자 산책한다. 그리고 (무엇보다도) 우리는 매 순간 조용하게 일렁이는 계절과 자연의 향기를 느끼기 위하여 산책길을 나선다.

이처럼 수많은 사람들이 틈틈이 산책을 즐기면서도, 산책하는 취미에 더없이 많은 것을 빚지고 있으면서도 절대로 산책을 자기 하루의 가장 중요한 일과라고 생각하는 법이 없다. 놀랍지 않은가? 산책하는 일은 우리의 스케줄에서 단 한 번도 중심적인 위치를 차지한 적이 없었다. 말하자면, 산책은 스스로를 낮추며 자기가 이룬 공과 덕을 따질 줄을 몰랐기 때문이다. 알게 모르게 자기 자신을 뽐내기를, 좀 더 영향력이 있고 '잘나가는' 존재가 되기를 매 순간 권장받는 이 치열한 세계에서 이러한 산책의 면모는 과연 얼마나 어질고 겸손한 것인지 헤아리기 힘들다.

낚시와 등산이 우리나라 제1의 여가 활동을 두고 엎치락뒤치락하고 있다는 내용의 뉴스를 본 적이 있다. 둘 다 우리가 야외에서 즐길 수 있는 멋진 레저 활동임이 틀림없다. 그런데 물고기를 낚는 일과 산에 오르는 일은, 우리가 자신의 생활 반경을 허허롭게 걸으면서 생각을 곱씹는 ― 즉, 산책하는 ― 일의 압도적인 대중성에 비할 바가 아니다. 그런데 왜 산책은 우리가 즐기는 '제1의 여가 활동'이라는 식으로 떠들썩하게 뉴스를 장식하지 않는 것인가?

바로 여기에, 산책만이 지닌 은밀하고도 미묘한 비밀이 숨어 있는 것이다. 이 책에선 바로 이 비밀에 관하여 이야기해 보고자 한다. 마치 에드거 앨런 포의 기념비적인 작품 『도둑맞은 편지』에 등장하여 사람들의 뒤통수를 치는 '바로 그 편지'처럼, 아무도 귀중품처럼 꼭꼭 숨겨두지 않았고 어디서든 가장 흔하게 마주칠 수 있는 것이기 때문에, 즉 우리 곁에 참으로 무심하고 자연스레 존재하면서 누구든 쉽게 누릴 수 있는 것이기 때문에 오히려 더 주목받지도 않고 발견하기도 힘든 그 비밀을.

가장 일상적이어서 가장 극적이며 또 우리 모두에게 가장 소중할지도 모르는 어떤 비밀을 말이다. 우리가 산책길을 나설 때마다 어렴풋이 피어오르는 우리 마음속의 애틋한 비밀들을.

어쨌든 산책하는 일은 이 세계에 자신의 향기를 은은하게 뿌리면서도 우리에게 단 한 번도 자길 제대로 들여다봐달라고 재촉한 적이 없었다. 그래서 우리 역시 산책보다 더 진지하고, 중요하고, 전문적인 (것으로 여겨지는) 일들에 눈을 뺏긴 채 이 고상한 취미를 차분하게 음미하려 했던 적이 없었던 것이다. 이젠 산책에 대한 홀대를 멈출 때가 됐다. 그래서 나는 늘 자신이 아닌 무언가에 스포트라이트를 양보해왔던 '산책하는 일'에 하나의 독무대를 제공하고자 했다. 나는 이 책에서 오랫동안 '산책을 산책할 것'이다. 산책하는 일과 산책하는 마음이 가진 매력과 미덕들을 낱낱이 적어보면서 우리가 왜 이 취미를 그토록 사랑하는지를 성실하게 살펴볼 것이다.

지금까지 이 책의 의의를 간략하게 적어보았지만 사실은 그냥 내가 산책하는 일을 정말로 좋아하니까, 나는 이 취미를 왜 그리 좋아하는지와 '산책하는 마음'의 진면목을 내 나름으로 한 번쯤 기록해두고 싶었다는 게 훨씬 더 솔직하고 정확한 고백일지도 모르겠다. 책을 쓰는 이는 보통 자신이 가장 좋아하거나 흠뻑 빠져 있는 소재에 골몰하며 이야기를 풀어가기 마련이다. 이

책은 그런 책 중에서도 가장 그와 같은 성격에 투철하리라.

나는 이 한 권의 책에서 산책에 관한 내 감정과 생각들을 있는 그대로 옮기는 일에 충실할 것이다. 이 책의 목표는 독자 여러분이 책을 잠시 덮을 때마다 '아, 그래. 역시 잠깐 집 앞을 한 바퀴 걷다 와야겠군.'이라는 마음이 들게 만드는 것이다. 그 정도면 충분할 것만 같다.

그리고 지금도 충분히 '산책 타임'을 즐기고 계신 독자들이라면, 우리가 함께 또 제각기 경험하고 있는 산책의 묘미를 새삼스레 확인하면서 잠시나마 따뜻한 미소를 지으실 수 있었으면 좋겠다. '함께, 또 홀로' 무언가를 즐긴다는 건 언제나 멋지고 매력적인 일임이 틀림없을 테니.

이 책은 (책의 제목답게) 정말로 시도 때도 없이 산책을 하면서 쓴 글이다. 나는 몸과 마음의 긴장을 쭉 풀고, 아무런 부담감도 욕심도 괴로움도 없이 원고를 쓰기 위해 노력했다. 그런 여유로운 뉘앙스, 또 내가 오랜 시간 걸었던 파주시 문발동과 교하동, 신촌동 일대의 선선한 저녁 공기가 이 책의 행간에 삼삼하고 정갈히 배어있을 수 있기를 바랄 뿐이다. '이 작가는 정말 훌륭한 글을 쓰는군.'이라는 칭찬을 누가 듣고 싶지 않겠냐마는, 이 책에 담긴 글들에 관해선 그런 칭찬보다도 '음, 어찌 됐든 산책은 멋진 일이라는 걸 참 열심히도 썼군.'이라는 감상을 불러일으킬 수만 있으면 좋을 것 같다. 결과적으론 산책을 예찬하는 내 진심이 잘 전달되길 바란다는 말이다.

그럼에도 수천 년 전 저 이집트 일대에 살았던 신비롭고 고혹적인 자태의 고양이들처럼, 저마다의 산책하는 시간 속에 담긴 은밀한 기쁨은 종이 위의 글자들 속에 머무르지 않고 또 어딘가로 슬그머니 빠져나가겠지만, 그 기쁨을 다시 찾아내기 위해서 우리가 뭐 대단하게 요란을 떨 것은 없다. 우린 그저 대문을 열고, 운동화 끈을 고쳐 매고, 좋은 음악을 귀에 꽂은 채 다시금 성큼성큼 선선한 공기와 계절의 흐름 속으로 걸어 나가기만 하면 되는 것이다.

텀블벅에서 이 책의 출판 프로젝트를 후원해주신 분들이 없었더라면 『산책하는 마음』은 결코 세상에 나오지 못했을 것이다. 이번 프로젝트를 성사케 해주신 148분의 후원자 모두에게 이 자리를 빌려 진심으로 감사하다는 말씀을 드린다. 부디 이 분들의 관심과 애정에 모자람이 없는 책이 되었기를 바랄 뿐이다. 석윤이 디자이너를 비롯해 이번 '산책 프로젝트'를 처음부터 끝까지 함께하며 책을 만들어준 여러 출판계 동료들께도 깊은 고마움을 전하고 싶다.

2018. 12. 19.

파주에서, 박지원

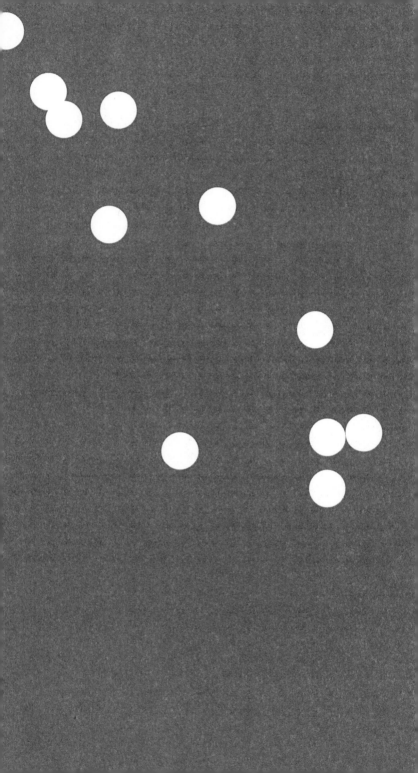

산책길에

나선다는

것은

걷는다는 것에 관하여

—

걷는다는 것, 그것은 과연 인생에 관한 단 하나의 비유라고 할 만하다. 걷는 일에는 삶의 정수가 담겨있다. 걷는 일은 모든 인간의 필연적인 운명과 닮은꼴이다. 인간은 태어난 직후부터 끊임없이 죽음을 향해 나아가는 존재이며, 한순간도 자신의 의지대로 생의 흐름을 멈추거나 고정하지 못하는 존재이므로.

우리는 다만 걷고 또 걸으면서 한평생을 마무리할 것이다. 정처 없이 어딘가를 떠돌며 할머니가 되고 할아버지가 될 것이다. 부디 그 오랜 여정이 평온하기를 바랄 뿐.

나는 걷는다. 즉, 나는 두 발로 땅을 딛고 다리를 번갈아 움직이면서 조금씩 앞을 향해 나아간다. 나는 뛰지 않는다. 나는 지금 천천히 움직이고 있다. 내게는 목적지가 있다. 그런데 내가 마음먹고 걸음을 옮기는 어느 순간, 나는 나의 목적지를 잊기 시작했다. 걸음을 한 번씩 옮길 때마다 '난 어디로 가고 있군.'이라고 매번 생각하는 사람은 있을 리 없으니까.

나의 충실하고 튼튼한 두 다리는 수천 번 수만 번을 휘적거리며 나를 목적지로 데려다 놓을 것이다. 그때 나는 나를 믿는 게 아니라, 내가 수십 년 동안 쌓아온 '걷는 법'과 '걷는 습관'을 믿고 있다. 내 하반신의 수백 가지 근육들은 나름의 애를 쓰고 있다. (물론, 허리와 상반신도 함께.) 내 다리와 발은 그저 자신들의 리듬에 취하여 경쾌하게 걸음을 옮기고 있을 뿐이다. 걷는 일에 몰입해 있을 때, 나는 '나'라는 존재(혹은, '자의식'이라 불릴 만한 것)가 내 몸의 리드미컬하고 산뜻한 '나아감'과 별반 관련이 없다는 걸 알게 되고, 때때로 몸의 자연스러운 리듬과 활기에 오히려 걸리적거린다는 사실을 발견하게 된다.

나는 지금 여기서 출발했고, 내겐 가야 할 곳이 있다. 나에겐 하루 반나절 동안에도 수많은 출발 지점과 목적 지점들이 있다. 세상의 수많은 대소사가 나를 이리저리 걷게 만든다. 그러자 나의 명령에 충실하던 '걷는 나'는 어느 순간 궁금해하기 시작한다. '생각하는 나', 네 녀석은 참으로 분주하게 여기저길 쏘다니는군. 무슨 대단한 일을 처리한다는 듯 어디로든 부리나케 움직이고 있군. 그런데 지금 황망히 두 다리를 부려먹는 저 존재는 과연 알고 있을까. 저 많은 출발지와 목적지들은, 그 뚜렷하고 명확해 보이는 이동의 근거와 이유들은, 사실 모두 안개처럼 흐릿하고 허망한 것이라는 것을…….

길게 보면 길다고도 할 수 있고, 짧게 본다면 거의 찰나에 가까울 우리들의 인생이란 내가 깜빡 목적지를 잊어버린 바로 그 순간, 자기 나름의 박동을 유지한 채 묵묵히 나를 어딘가로 옮겨두는 걸음걸이 그 자체에 가깝다는 것을.

내가 걸어가고 있는 이 길은 ——— •

나는 오늘도 걸어가고 있다. 그렇지만 내가 대체 언제부터, 무슨 연유로, 왜 출발했으며 어디를 향해 걷고 있는지는 아무도 그 진짜 이유를 답해줄 수가 없다. 나도 알 수 없다. 나 또한 영영 알 수 없을 것이다.

사실 우리가 태어났다는 것 자체가 어떤 본래의 목적이 없는 일이었으니 말이다. 우린 어쩌다 보니 이 세상 위로 던져졌다. 나에겐 나를 낳아준 부모가 있고, 내가 태어나서 자란 고향이 있지만, 나는 그런 것들과는 아랑곳없이 고독하게 시간의 길을 밟아갈 것이다. 아니, 영원이란 시간에 맞닿은 어느 관점에서 본다면, 우린 모두 하나의 투명인간처럼 이 자연과 우주를 통과해나갈 게 분명하다. 언젠가 맞이할 죽음을 향해서, 그 찬란하고도 섬뜩한 무無의 세계를 향해서 한 걸음 또 한 걸음. 자신이 손에 넣고 이루었다고 자신했던 모든 관계와 소유물들을 흘려보낸 채……

나는 나를 낳고 길러준 존재에게 빚을 지고 있다. 나는 나의 과거에 빚을 지고 있다. 나는 이 지구와 태양에, 진화의 역사에, 오스트랄로 피테쿠스에게, 그들을 생존하게 해주었던 동물과 식물들에게, 그리고 저 수십만 년의 시간을 품고 있는 한 줌의 흙과 물과 공기에 빚을 지고 있다. 나는 UN의 161번째 가입국인 대한민국에 빚을 지고 있다. 그래서 나는 나이지만, 동시에 나는 내가 아니다. 나는 늘 어딘가에 소속되어 있고, 돌봄을 필요로 하며, 또 내가 돌봐주어야 할 존재들로 둘러싸여 있다. 나는 혼자가 아니다. 세상의 그 어떤 존재도 혼자가 아니다.

그렇지만 내가 길 위에서 걸음을 옮길 때— 저 길가의 흔들리고 떠도는 것들 사이를 지나치면서 앞을 향해 나아가는 순간, 불현듯 나는 '내가 아무에게도 빚을 지지 않았다'는 사실을 깨닫게 된다. 나는 빚을 지지 않았고 갚아야 할 것이 없다. 어떤 근원적인 차원에서 말한다면, 인간이란 누군가에게 빌려준 것이 있거나 갚아야 할 게 있는 존재가 아니다. 나는 나의 부모에게 빚을 지고 있지 않다. 난 나의 스승에게 빚을 지고 있지 않다. 내가 그러고 싶어도 나는 그럴 수가 없다. 왜냐면 이 세계에 존재하는 그 모든 사물이나 관계, 관념들이 매 순간 변화에 변화를 거듭하고 있고, 심지어 나 자신조차 내가 잠시라도 움켜쥘 수 있는 어떤 것이 될 수 없으므로.

(물론 내게도 갚아야 할 은행의 대출금이 있지만······. 지금은 약간 다른 차원의 이야기를 하고 있다는 걸 독자 여러분들은 알아주시리라 믿는다.)

우리는 타인 혹은 이 세계와 '빚'을 주고받을 만큼 그것과 깊이 얽매일 수 없는 존재다. 우리는 수많은 속박과 규범, 채권 채무와 사회적 계약의 그물망 속에서 살아가지만, 알고 보면 누구도 누구를 구속할 수 없고, '너는 나의 것이다'라고 말할 수 없고, '너는 내게 갚아야 할 것이 있다'고 말할 수 없는 존재들이다. 그것은 꽤 쓸쓸한 일이라고 할 수도 있을 것이다.

우리는 모두 거품처럼 흩어지는 존재들이다. 나는 이 신기루 같은 세계를 만질 수가 없다. 나는 '너'라는 사람을 알 수 없고 또 나는 '나 자신'이라는 존재를 알 수 없다. 나는 신의 자식이거나, 태양의 자식이거나, 아니면 공허함의 자식일 수밖에 없을 것이다. 존재하는 모든 것은 찰나의 시간만큼 변하고 있고 파괴되고 있다.

이 무상無常한 그물망 사이를 뚜벅뚜벅 홀로 걸어가는 일은, 어느 시인의 표현처럼, '내가 내린 닻이, 알고 보니 내 덫'이었다는 것을 무심하게 깨닫는 일과 같을 것이다. 나의 출발지와 목적지들은 알고 보면 모두 나의 '닻'이자 나의 '덫'이었다. 피할 수 없는 덫, 인간의 덫이었다. 나는 그 사이에서 잠시 서성거릴 수 있을 뿐이다. 우린 모두 한평생을 꿈결처럼 서성거리다 떠난다는 것만이 이 허무한 삶의 진실일지도 모른다.

걷는다는 것은 슬픈 일이다.

그중에서도,   산책에 관하여

—

그러나 이 책에서 나는 '걷는 일' 자체에 관해서 말하고자 하진 않는다.

아시다시피 걷는 일을 이야기하는 좋은 책들은 이미 우리 주위에 참으로 수두룩하기 때문이다. 걷는 일은 삶의 진실과 너무도 닮아 있어서 수많은 지성들은 이미 걷기에 관하여 지혜롭게 사색하고 성찰하는 책을 써 두었다. 걷기에 관한 철학적이고 추상적인 이야기가 아니더라도, 걷는 일과 걷는 습관이란 물론 우리의 건강에도 더없이 좋은 게 분명하므로, 우리가 평생에 걸쳐 왜 가능한 한 많이 걸어야 하는지를 꼼꼼하게 설득하는 텍스트를 가까운 서점에서 찾는 일은 전혀 어렵지 않다.

나는 걷는 일 중에서도 '산책'에 관해 말하고자 이 책을 시작했다. 산책은 물론 여러 걷기 중 하나라고 할 수 있지만, 산책하는 일에는 다른 걷기들과는 다른 고유하고 독특한 매력이 담겨 있기 때문이다. 그런 매력에 주목하지 않았더라면 내가 왜 산책하는 일과 산책하는 마음을 이처럼 힘껏 예찬하는 책까지 쓰려고 했겠는가. 어떤 의미에선 '걷는 일은 슬프더라도, 산책은 즐겁다.' 내 반경을 어슬렁거리는 일은 언제든 우리 존재를 은근하게 고양시켜 주며 또 윤기 있게 만든다. 이 장에서는 다른 걷기의 양식들과 구분해서 내가 생각하는 산책만의 특성에 관하여 간단히 적어보려고 한다.

산책은 순례와 다르다.

순례는 종교적 성지聖地를 찾아 걸으면서 자신을 거룩하고도 깨끗하게 비우는 일을 뜻한다. 순례는 성스러운 땅에 새겨진 기적의 흔적을 참배하며 현세와 내세를 아우르는 이 세계의 참된 진리를 깨닫고 되새기는 일이다. 순례자들은 진리를 증명하는 땅을 향해 오랫동안 걷고 또 걸으면서, 자신의 내면에 담겨 있는 악의 흔적들을 쓸어내고, 그 자리에 신의 조용한 가르침을 채워 넣는다.

산책은 이렇게 자신의 전 존재를 비워내는 일은 아니다. 산책은 순례처럼 변치 않는 신성함과 거룩함을 찾아 나서는 길고도 험난한 일이 아니다. 산책은 그저 하루 동안의 피로와 마음속 어둠을 닦아내는 정도의 '작은 일'이다. 산책하는 이는 짧은 시간 동안 자신의 육신과 영혼을 소소하게 점검하고 반성한다. 산책이란 자신의 생활공간에서 빚어지는 하루하루의 세속적 삶에 충실하면서, 바로 거기에서부터 조금씩 정돈하고 조금씩 나아가겠다는 소박한 의지의 표현이다.

산책의 세계관에 성스러움은 없다. 산책하는 이의 마음속엔, 적어도 산책하는 그 순간만큼은, 자신이 고난을 무릅쓰고 반드시 들러봐야 할 먼 이역의 '어떤 공간'은 없다. 그래서 어쩌면 그의 주위를 둘러싼 모든 것은 '아주 조금씩' 성스럽다. 저 반짝거리는 나뭇잎들과 붕붕거리는 곤충들과 또 매일매일 옅게 번져나가는 계절의 변화마저도. 자신이 데리고 꼬박꼬박 산책을 시키는 멍멍이의 활기찬 꼬리까지도.

산책은 등산과 다르다.

산책하는 일엔 '우뚝한 봉우리'가 없다. 즉, 등산의 본질을 이루는 기승전결의 과정이 없다. 산을 오른 뒤 정상을 찍고 다시 내려오는 일을 통해서 육체적이고 심미적인 즐거움을 찾는 게 등산의 미덕이리라. 반면 산책하는 일에는 그런 선형적인 클라이맥스, 어렴풋하게 배어든 '정복'의 그림자가 전혀 존재하지 않는다. 산책이란 평지와 순환의 미학으로 평화롭게 채워진 일이니까.

산책은 유유자적하게 거니는 자신의 행위 자체를 무심히 음미하는 일에 가까워서, 어쩌면 산책하는 취미에 흠뻑 빠진 우리들은, 이 세상에 어떤 '정상'이라고 할 만한 것은 끝내 없을지도 모른다는 것을 슬며시 인식하게 될지도 모른다. 정상은, 언제나 지금 내가 걷고 있는 이곳이다. 정상은 내가 숨을 쉬며 땀을 흘리는 바로 이곳, 숲속의 좁은 길 혹은 도시의 골목길이다.

삶을 수평적으로 인식하며 크고 작은 심리적 클라이맥스를 버리는 태도는 꽤나 무미건조하고 심심한 게 아닐 수 없다. 그래서 우리는 보통 기승전결의 서사를 사랑하는 것 같다. 꼭 겉으로 드러나는 야심만만함이나 성취의 욕망이 아니더라도, 우리 마음 깊숙한 곳엔 자신을 이 힘겨운 세상의 '고독한 등반인'으로 묘사하고 싶어 하는 낭만성과 로맨틱한 인생관이 깃들어 있다. 나도 물론 예외가 아니며, 그 또한 충분히 이해할 만한 일이다. 산책은 그런 '마음의 경사'를 조금은 부드럽고 평평하게 다듬어내는 소박한 습관에 가깝다. 이 세상의 모든 가파른 경사들을 조금씩 또 조금씩 평화롭고 담담하게.

산책은 답사나 기행과 다르다.

산책은 역사적인 공간이나 장소, 유적을 찾아서 떠나는 일이 아니다. 즉, 산책이란 어떤 중요한 외부 세계를 애써 기록하고, 공부하며, 자신 안에 담아두기 위한 일이 아니다. 답사기나 기행문에선 보통 '어딘가를 걷는 나'보다도 '내가 바라보는 공간이나 사물'이 우선시되곤 한다. 당연한 일이다. 일상에선 쉽게 접할 수 없는 세계가 내 앞에 존재하고, 나는 그것을 두 눈으로 직접 보고자 머나먼 길을 달려왔기 때문이다. 내가 마주한 대상을 찬찬히 경험하고, 분석하며, 그것을 새롭게 인식한 뒤 성찰하는 기록이 이런 글의 본질이라 할 수 있다.

산책하는 일은 그런 '외부 세계를 향한 여정'과는 다르다. 거기선 언제나 '내'가 우선이다. 산책의 묘미는, 이 취미가 뭉클할 정도로 주관적이라는 점에 있다.

지금 나는 별다르게 중요하지도 않을 동네 주변의 풍경 안을 걷고 있다. 그런데 그 익숙한 풍경이 내 안으로 흘러들어와서 — 내 안에 들어왔다는 바로 그 사실 때문에 — '미학적으로 완벽해지는' 순간이 있다. 나의 산책길은 저 장엄한 유적들에 비하면 너무도 사소하고 별 볼 일 없는 게 분명하다. 그러나 내가 오감을 활짝 열어둔 채 그 길을 걸으며 깊은 생각에 잠겨있는 순간, 나와 내 주위 세계는 저도 모르게 흔연히 겹쳐지고, 어느덧 그 풍경은 나의 역사에서 빼놓을 수 없는 '나만의 공간'으로 아로새겨져 버린다. 나는 산책을 하면서 외부의 세계는 물론이요 그 세계 속을 걸어가는 나 자신을 답사하고 나의 내면을 여행하는데, 그때 나의 감각과 감성은 이 평범한 공간에 놀라운 볼륨감과 입체감을 부여할 수 있다.

요컨대, 산책은 내게 이런 진실을 알려준다. 결국 '나'라는 (하잘것없어 보이는) 존재는 그 어떤 외부의 (아름답고 완벽한) 세계보다 깊고, 중층적이며, 아름답다는 진실을.

산책은 행군이 아니다.

산책의 반대말을 꼽는다면, 그것은 집에 가만히 있는 것이 아니라 '행군'이라고 할 법하다. 산책과 행군은 한쪽 끝과 반대편의 끝에 위치하는 대극적인 개념이 아닐까 싶다.

산책은 누가 시켜서 억지로 하는 일도 아니고 집단의 대오를 이뤄가며 하는 일도 될 수 없다. 군인들의 행군처럼 생존과 임무에 절박한 무언가를 짊어진 채 떠맡는 일도 아니며, 청년들의 '국토 대장정' 같은 떠들썩한 행사와도 거리가 멀다. 산책하는 마음은 '대장정'과 같은 거창하고 투철한 집단성, 긴 시간에 걸친 목표지향적인 노정을 사양한다. 산책은 이 세계가 인간에게 짊어지운 저 단단한 의무와 규율을 거부하는 일이고, 어쩌면 내가 자신에게 짊어지우던 타성적인 의무와 규율까지 다시 한번 되돌아보는 일일 테니까.

산책하는 일은 오와 열을 맞추는 일이 아니라 나 홀로 어딘가를 잠시 이탈하는 태도에 가까우며, 이런 작은 이탈이야말로 한 인간의 영혼에 긴요하다는 것을 깨닫는 일과 같다. 산책은 개인의 미학이며, 자유의 미학이고, 고독의 미학이다. 마침내는 행군이 없는 세상을 꿈꾸며, 그렇지만 아직 어딘가에서 지친 몸과 발걸음, 어두운 낯빛으로 힘겹게 행군 중인 사람들이 있다는 사실을 외면하지 않은 채……

마지막으로, 산책은 방랑이 아니다.

산책하는 사람은 자신의 안식처를 알고 있는 사람이다. 그에겐 자신이 되돌아갈 마음의 고향이 있다. 설령 그 고향이 가끔은 깊고 사나운 아픔을 남긴다고 할지라도 그는 잠시 걸었다가 그곳으로 다시 되돌아올 것이다. 그는 되돌아온다. 매번 출발하고, 되돌아온다. 그는 이 세계의 저 멀리까지 튕겨 나가진 않는 사람이다. 그는 방랑자가 아니다.

그는 걷는 일을 사랑하고 있고, 때때로 모든 것을 내려놓은 채 오직 앞만 바라보고 길고 긴 여행을 떠날 것이다. 그렇지만 그가 여행길의 어딘가에 정박해서, 다시금 자신이 사랑을 나눌 어떤 공간이나 관계를 발견한다면, 그때 그는 그 대상의 반경을 얼마간 걸은 후에 '그곳으로 되돌아갈 것이다.' 그가 여정을 멈춘 그곳이 자신이 태어난 곳에서 아무리 먼 곳이라고 해도 상관없다. 어쨌거나 스스로 선택한 공간의 주위를 걸으며 자기 마음을 깊이 고르고 되짚은 후 '자신이 아끼는 어딘가로 다시 되돌아온다는 것.' 그것이 산책하는 일의 소중한 본질일지도 모른다.

즉, 산책은 '영원한 떠남'과 '떠남의 반복'이며, '영원한 되돌아옴'과 '되돌아옴의 반복'이다. 산책은 저 바깥의 영토에서 내 영혼을 환기하는 원심력을 실천하는 동시에, 우리를 편안함과 익숙함의 세계로 끌어당기는 구심력의 에너지를 신뢰하는 일이다. 인간은 원심력만으로도 살 수 없고 구심력만으로도 살 수 없다. 앞 장에서 이야기한 '걷는 이의 영원한 슬픔'이란 관점에선 우리 모두 한평생을 배회하는 방랑자에 가깝겠지만, 우리에겐 그 고된 방랑길에서 잠시 멈춰선 채 서로의 온기를 나누고자 약속한 소중한 존재들이 있다.

그 존재가 누구라도, 무엇이라도 상관없다. 다만 내게 그런 존재가 있다는 것을 뭉클하게 생각하며, 그와의 관계를 쉽게 포기하거나 놓아버리지 않고 그 곁으로 '다시 되돌아오는 일'. 슬픔의 운명을 역행하면서 그 존재와 함께 오래도록 쌓아가는 시간의 힘을 믿는 일.

그런 건 산책하는 사람들의 몸과 마음에 굳어진 습관일 뿐이다. 애를 쓰지 않아도 자연스럽게 그리되어 버리는 습관일 뿐 그걸 뭐 굳이 놀랍거나 대단하게 생각할 일은 아니다.

내 곁에 주어진 풍경에 관하여

—

삼십 대 중반의 삶을 살아오면서 지금껏 총 세 개의 나라를 가보았다. 일본과 중국, 그리고 태국.

그리고 2018년 가을의 이 지구 위에는 237개의 국가가 있다고 한다. 국제법상으로 인정된 비독립국까지 치면 242개.

내가 태어난 우리나라까지 치면, 이제까지 그 땅을 밟아본 나라의 수는 네 개다. 그러니까 나는 아직 이 지구 위의 230여 개의 나라에 얼씬도 하지 못했다. 코카콜라가 판매되는 나라가 전 세계 199개국이라고 하니, 과연 나 같은 소시민의 삶은 세계를 누비는 코카콜라의 막강한 힘에 비빌 수 없는 것이다.

역시 코카콜라라고 할 만하다. 그러니까 나는 누구에게도 콜라만큼의 청량한 쾌감을 주어본 일이 없었던 것이다.

어쨌든 이 글을 읽고 계시는 많은 분과 마찬가지로, 또 지금 무럭무럭 자라나고 있을 아이들과 마찬가지로 나도 어린 시절 지구본을 사랑했다. (그런 내가 나이를 먹은 뒤 '산책하는 마음'이라는 책을 쓰고 있다니, 역시나 얄궂은 인생이다.)

나는 세계지도를 사랑했고, 초등학생 시절 친구들과 즐겨 했던 '세계의 나라와 수도 맞히기' 내기에서도 져본 기억이 별로 없다. 또 친구들과 불멸의 보드게임 '부루마불'에 열중하며 마닐라와 코펜하겐, 리스본과 부에노스아이레스, 파리와 로마 등등에 신나게 별장과 호텔을 짓고 다니던 그때도 뭐 꼭 저 나라들에 굳이 다 가야겠다, 가보고 싶다, 이런 생각을 했던 건 아니었지만, 그때 부루마불 주사위를 던지거나 지구본을 돌리던 어린 시절의 우리 마음에는 '이 넓은 세계에는 수많은 나라가 있고, 우리는 언젠가 저 나라들에 가볼 수도 있겠지'라는, 말하자면 다소 확장적이고 개방적인 감각이 깃들었던 게 아닐까 싶다.

어떤 순진한 판타지에 가깝다고도 할 수 있는 저 화려했던 1990년대의 감각, 부루마불의 감각 말이다. 그 시절 우리들의 명저 『먼 나라 이웃 나라』의 감각 말이다. (수십 번을 넘게 독파했다.)

1990년대는 거침없는 시절이었다. 우루과이라운드가 타결되고 한국이 WTO에 가입했다는 어떤 '세계화'의 소식들을, 우리 80년대 초반 태생들은 곧바로 교과서에서 만났다. 그리고 농민 어르신들이 울부짖으며 소를 끌고 올라오고, 동시에 김포공항이 점점 더 붐비기 시작하다가, 마침내 찾아온 IMF로 온 나라(무엇보다도, 우리 집)가 폭삭 가라앉았다는 생생하고 절박한 소식들이 계속 이어졌다. 바로 그때, 더는 친구들과 모여서 부루마불을 하지 않게 된 그즈음, 1990년대와 함께 우리의 소년기도 끝장나 버린 게 아닐까 싶다.

나도 나지만, 이렇듯 '아직 가보지 못한 나라들, 세계에 대한 그리움'을 누구보다 깊이 간직한 사람이 또 있다. 나의 아버지다. 몇 년 뒤 일흔을 바라보는 나이에 아직도 바깥에서 고된 노동에 시달리는 그 남자 말이다. 휴대폰으로 세계의 관광 명소와 여행 후기를 찾아보는 걸 좋아하고 또 그럴 때면 눈가에 반짝반짝 소년다움이 묻어나는 늙은 사람.

그가 언젠가 노동의 속박에서 벗어난 뒤 어머니와 둘이서 세계 여행을 떠날 거라고, 넌 방해나 하지 말라고 했을 때 나는 그 무뚝뚝한 경상도 가부장에게서 처음으로 로맨틱함을 발견하기도 했다. (조금은, 존경스러웠다.) 꼭 그럴 수 있기를. 그때가 되면 자식으로서 조금이나마 여비를 보태드릴 수 있기를 바랄 뿐이다.

과연 그럴 수 있을까.

코카콜라를 이기진 못하겠지만 ——— •

보라. 여행 이야기를 하니까 할 말이 이렇게나 많다. 다시 오

3 5

지 않는 이 한 번뿐인 삶. 전 세계의 230여 개가 넘는 나라 중에서 230개를 눈으로 보지 못하고 죽다니 가끔은 원통하고 한스러울 때가 있다. 내가 지금 무슨 해외여행 예찬을 늘어놓으려는 게 아니다. 나는 다만 우리들의 삶과 영혼을 지탱하는 공간적 감수성에 대하여 말하고 있는 것일 뿐이다.

아니, 공간적 감수성이고 나발이고 사실 그저 미국에나 빨리 한 번 가보고 싶은 게 더 정확한 내 마음일지도 모르겠다. 아, 그리고 북한도. 올해 남북 관계의 해빙을 맞아 친구들에게 "언젠가 개마고원에서 꼭 술 한잔하자."라는 말을 몇 번이나 했는지 모른다. 정말 그랬으면 좋겠다. (열렬한 민족주의자들께는 미안하지만, 물론 미국과 유럽에 더 빨리 가보고 싶다!)

산책하는 즐거움을 예찬하기 위해선 적어도 지구 반대편과 저 아프리카의 오지들을 몇 번은 다녀온 사람이어야 하지 않을까. 방방곡곡 여행을 다녀보고 '지도 밖으로 행군까지' 해본 연후에 "아, 세계를 돌아다녀 보니 그냥 집 주위를 편안하게 산책하는 일이 훨씬 더 낫더군요."라고 시크하고 여유 있게 말할 수 있는 사람이어야 하지 않나. 그런 사람들은 결국 "응? 결국 여행이 최고라니까요."라고 말하며 책을 쓰게 되는 것일까. 이미 많은 프로여행러들이 그러고 있듯 말이다.

나도 이 지구를 여기저기 누벼 봤으면 그런 글을 쓰게 되었을까? 결국 여행이야말로 (그 비싼 값어치만큼) 인생 최고의 미덕이라고 할 수 있을까?

아마 그렇지는 않을 것이다. 아니, 그렇지는 않다고 믿고 싶다. 우리나라 각지의 수많은 곳을 쏘다녀 보았고 (해외에 자주 나가보진 못했지만) 해외여행을 사랑하는 평범한 한 사람으로서 말하건대, 내가 말하는 산책은 그처럼 내 삶의 반경을 일시적으로 '완벽하게' 이동시키는 여행과 대립각을 세우는 경험이 아니다. 산책은 여행을 포괄한다. 여행을 떠나지 못해도 산책하는 일은 가능하지만, 산책하는 일이 생략된 여행은 있을 수 없다. 진정 산책하는 즐거움을 누릴 수 있는 사람만이 저 먼 곳에서도 무언가 '미지의 것'을 가슴에 충만히 담을 수 있을 것이다.

왜냐면 인간이 새로운 것들을 받아들이기 위해선, 언제나 그 새로움에 경탄할 수 있는 '익숙함의 리듬'과 '익숙함의 시선'이 필요한 법이니까. 그러니 새로운 풍경을 사랑하기 위해서 우리는 먼저 내 주위의 익숙한 풍경을 사랑하는 법을 배워야만 하기 때문이다.

숨을 깊이 들이마시듯 내 곁에 주어진 풍경들을 찬찬히 응시하고 음미하는 법을 배울 수 있다면……. 말 그대로 나는 우주에서도 행복을 누릴 수 있을 것이고, 내가 사는 '한반도 평화수도' 파주시에서도 행복을 누릴 수 있을 것이다. 이것은 정신승리가 아니다. 익숙함과 새로움의 균형감이 지닌 묘미는 우리 삶의 가장 원초적인 진실에 가깝다.

부루마불이 끝난 자리에서 ———— •

매일 똑같은 풍경에서 똑같은 존재에 대하여 감동할 수 있는 사람이 된다는 것. 지금 나는 마치 자신의 고양이를 애지중지 아끼는 집사님처럼, 아니, 그냥 저 신묘하고 느긋한 고양이들처럼 내게 주어진 삶의 환경을 진실로 사랑할 수 있는 존재가 되는 일에 관하여 말하고 있을 뿐이다.

물론, 자신이 터를 잡은 곳의 풍경이 따분하게 느껴지는 일은 자연스럽다. 똑같은 건물과 똑같은 간판, 그다지 새로울 게 없는 밋밋한 거리, 별다른 특별함이 느껴지지 않는 초록색의 가로수들⋯⋯. 한마디로 말해서, 우리가 살아가는 도시엔 보통 그윽한 시간과 역사의 향취가 배어있지 않은 게 분명하니까. 더욱이 제아무리 아름다운 풍광도 한두 달을 반복해서 보면 질리기 마련인데, 우린 짧게는 수년에서 길게는 수십 년까지 어딘가에 얽매인 채 살아가야 하니까.

그렇지만 이 글을 읽는 분들은 누구나 공감할 것이다. 우리는 자기 삶의 가까운 반경에서 참으로 신기할 정도로, 어떤 식으로든 새로움과 아름다움을 찾아낼 수 있는 존재라는 것을 말이다. 나아가 그처럼 익숙한 것에서 새로움을 길어 올릴 수 있는 감각을 잃는다면, 우리들의 긴 인생은 너무나도 따분한 무채색의 빛깔이 되고 말 거라는 사실도 말이다.

대도시에는 대도시의 정취가 있고, 소도시엔 소도시 나름의, 시골엔 시골 나름의 정취가 있다. 그러니 자신이 도저히 기분 좋게 산책을 하지 못할 정도로 정이 가지 않는 공간이라면 나는 그곳에 정착한 이에게 당장에라도 삶의 터전을 옮길 것을 권하고 싶다. 적어도 이 글을 읽는 이가 나처럼 적게나마 돈을 벌며 자신의 경제적 자립을 이룬 사회인이라면, 우리에겐 모두 자신의 주거를 이동시킬 자유와 권리가 있기 때문이다. 자기가 거닐 만한 어떤 공간은 결국 자기가 선택했기 때문이다.

이게 무슨 말 같지도 않은 소리냐고? 삶의 터전을 옮기는 것이 그렇게 생각만큼 쉬운 줄 아느냐고? 가뜩이나 피곤하고 가혹한 현실 속에서 도무지 현실적이지 않은 소리는 좀 그만하라고?

그렇다. 산책이란 이런 '현실적인', 정말로 현실적이어서 오히려 더욱 어리석게 느껴지는 반문을 한순간에 흩어버릴 수 있는 지혜로운 행위일 것이다. 산책하는 일은 이렇듯 피곤하게 현실에 쫓기며, 자기 삶의 여유와 탄력을 스스로 통제하거나 조절하지도 못한 채 자신의 일상을 갑갑하게 얽어매는 습관을 거부하는 일과 같다. 그것은 자기를 꾹 억누른 채 휴가와 돈을 악

착같이 모으고 모아서, 1년에 한두 번씩 비행기를 타고 지구 반
대편에 가서 '자유'와 '해방감', '저 먼 곳의 아름다움'을 찾으
려는 감성을 거부하는 일이다. 그런 변비에 걸린 듯 갑갑한 감
성을. 1년 350일을 찌푸리고 살다가 보름 남짓한 시간 동안 자
유를 누리겠다고 공항에 달려드는 저 이상한 풍경을.

아니다. 이상하긴 뭐가 이상한가. 나도 인천공항에 갈 때는
기분이 붕붕 뜬다. 지구본과 세계지도는 여전히 내 마음을 설레
게 만들고, 나는 코카콜라처럼 전 세계 방방곡곡을 누비고 싶다.

동시에 나는 내가 선택하고, 내가 매일같이 마주하며 깊은 애
정을 품은 어떤 공간을 언제든 거닐면서 휘휘 둘러볼 수 있다.
나도 여행을 사랑하지만 나는 내가 산책의 즐거움을 느낄 수 있
다는 데서 더할 나위 없는 기쁨과 뿌듯함을 느끼고 있다. 아마
이 글을 읽는 대부분의 독자분도 나와 마찬가지일 것이다.

그러니까, 삶은 부루마불이 아니다. 내 삶을 밀고 나가는 주
사위는 지금 이 순간 자신이 선택한 풍경을 걸어가는 우리의 두
발 안에 담겨있다. 나의 순진한 어린 시절, 부루마불의 세계는
끝났다. 비록 내 여권은 언제라도 손이 닿을 수 있는 첫 번째 서
랍 속에 잘 모셔져 있더라도……

일상의   소중함에   관하여

—

   산책에 관한 이야기를 한 권의 책으로 만들어보고 싶다고 했을 때, 내 주위 사람들의 표정과 반응은 하나같이 뜨악하고 어리둥절해 보였다. 산책? 내가 지금 산책이라고 들은 것 맞지? 지금 네가 말하고 내가 들은 단어가 우리가 잘 알고 있는 '산책' 맞는 거지?

   바로 그 산책이 맞다. (어쩌면) 심심하고, 따분하며, 당연히 별다른 얘깃거리가 될 리도 없는 그 산책 말이다.

   가뜩이나 사람들이 책을 읽지 않는 이 엄혹한 출판 시장에서 산책에 관한 글을 쓴다니……. 특히 내 주위에는 출판업 관련 종사자들이 많은데 이들 대다수가 이 책의 기획에 고개를 절레절레 저었다는 사실을 밝혀두어야겠다. 가장 뼈를 때린 코멘트는 이런 것이었다. 네가 만약 무라카미 하루키나 김영하 정도 되는 작가라면 사람들은 너의 '산책 이야기'를 궁금해할 거야. (물론, 너는 너의 위치를 잘 알고 있겠지?)

   결국 이렇게 일을 벌이고 말았지만, 솔직히 말해서 나도 무척 걱정이 되는 게 사실이다. 초판을 2,000부 남짓 찍는다고 했을 때, 나는 이 책이 서점에서 독자들의 선택을 전연 받지 못하고 물류 창고에 1,500부 정도 남아돌게 되는 상황을 상상할 수밖에 없다. 그나마 500부 중 100부는 서점과 거래처, 언론 등등을 대상으로 한 증정용 도서들로 세상에 나가야 할 것이다. 그렇다면 나머지 1,500부의 관리 비용(아시는 분은 알겠지만, 절대 만만치 않다.)은 고스란히 출판사 재정으로 떠안을 수밖에 없는 것이다. 아, 이렇게 쓰다 보니 또 비관적인 기분에 사로잡힌다. 나는 모든 출판사의 가장 큰 고민 중 하나는 기어이도 안 팔리는 구간들의 재고 더미라는 사실을 잘 알고 있다. (아니, 사실 반품이 최악이다.)

중요한 사실을 하나 더 말해두어야겠다. 내 지난 과거, 숱한 산책의 시간에서 재미있고 흥미진진한 일이 있던 적은 '단 한 번도 없었다.' 산책을 하다가 마음에 드는 이성에게 고백을 받은 적도 없고, 간절히 그리워했던 첫사랑과 우연히 마주친 일도 없다. 귀한 보물 같은 걸 발견한 적도 없고 스릴 넘치는 추격전을 벌인 적도 없으며 알쏭달쏭 미스터리한 사건에 휘말렸던 일도 없다.

내가 사는 동네를 천천히 걷다가 신묘한 능력, 흥미진진한 비밀 이야기를 감추어 둔 지혜로운 노인과 인연을 맺게 된 일도 없다. 누군가와 거리에서 한바탕 주먹다짐을 벌여본 적도 없다.

러시아 작가 안톤 체호프의 단편소설을 빌려와 말해본다면, 나는 산책하는 도중 「개를 데리고 다니는 부인」을 만난 적도 없다. 이 작품 속 유부남 구로프와 '개를 데리고 다니던' 유부녀 안나는 러시아 얄타의 산책길에서 마주쳐 조금씩 더 사이가 깊어지다가, 곧 함께 손을 잡고 호텔(!)에 들어가는 사이가 된다. 음, 나는 물론 '호텔에 들어가는' 짜릿한(?) 만남까진 바라지도 않는다. 여하튼 내 산책길에 그런 일은 없었다. 나는 산책하던 도중 간첩을 만난 일도 없고, 수배자를 만난 일도 없으며, 연예인을 만난 일도 없었다.

없다. 재미있는 일은 하나도 없었다.

그러니까 이 책을 끝까지 읽더라도 실망하지 않으시길 미리 바라마지 않는다. 이 책에는 소설처럼 번뜩이는 사건과 만남이 단 한 차례도 등장하지 않는다. 그래서였을까. 산책에 관한 이 책의 아이디어를 듣던 한 친구가 "너 그거 말고 혹시 소설을 쓸 생각은 없니?"라고 걱정스레 물었던 것이.

내게 문학의 재능이 있었다면 좋았겠지만 그런 재능 또한 없다. 반평생 없던 능력이 하루아침에 떡하니 생길 리는 없을 것이다. 나는 그냥 내가 생겨먹은 이대로 살아가야 할 것이다.

나는 오늘도 나 자신의 평범함과 무능함을 슬프게 여기며, 집에서 15분이면 걸어올 수 있는 도서관에 자리를 잡고 지금 이 글을 쓰고 있다. 이곳은 내가 파주에 자릴 잡은 이후로 거의 매일같이 찾고 있는 동네의 한 도서관이다. 작년에 마주친 풍경과 오늘 마주친 풍경이 거의 다르지 않은 그곳. 떠들썩한 소리도 없고, 유별난 사건도 없고, 매번 마주치는 근엄한 표정의 사서님들도 언제나 그대로인 그곳. 그리고 나는 이 공간에서처럼, 흥미롭고 특별한 일이 없었고 앞으로도 그런 일이 별반 없을 거라고 확신할 수 있는, 바로 이런 고요한 리듬감 속에서만 탄생할 수 있는 '산책하는 일' 특유의 에너지와 가능성을 믿고 있다.

그러니까 나는 마치 도서관을 닮은 산책의 가능성을 믿고 있는 것이다. 1년 365일 언제든 그다지 새로울 건 없겠지만 그 안을 조금만 세심하게 뒤적이다 보면 헤아릴 수 없는 것들이 쏟아져 나오는, 저 평온함의 뒤편에 숨어 있는 놀랍고도 놀라운 가능성을. (독자들이시여, 도서관으로 오라. 도서관은 정말로 과소평가되고 있는 우리 사회 최고의 문화공간이다.)

말하자면 우리들 모두가 하루하루 마주쳐나가는 '일상 속의 가능성' 말이다. 내 일상에는 어떤 극적인 스토리도 없었지만, 나는 산책 코스에서 마주쳤던 그 평범한 풍경들이 내 안으로 흘러들어온 순간들의 힘을 느끼고 있다. 나는 그 '일상의 흘러들어옴'이 내게 선물해 준 육체적인, 정신적인, 또 실천적인 의미의 힘을 확실히 체감하고 있다. 나는 이젠 내게 너무도 익숙해진 저 거리의 분위기와 공기의 질감, 자연과 계절의 꿈틀거림이 주는 안정감이 내 살결 위에 '묻어 있다'는 사실을 실감할 수 있다. 나는 그러한 느낌을 내 영혼으로 꼬박꼬박 불어넣어 주는 나의 '생활의 루틴'을 믿고 있다.

요컨대, 나는 그냥 즐겁게 산책함으로써 은연중에 나 자신을 믿을 수 있었다. 나는 집 바깥을 선선히 어슬렁거리는 한 토막의 시간을 통해서 내가 제대로 살아가고 있다는 안도감과 스스로에 대한 신뢰감을 느낄 수 있었던 것이다. 내 삶의 일부가 된 주위의 동네를 하루에 한두 시간씩 걸으며 얻을 수 있던 평화로운 에너지가 있었으니까.

어쨌거나 이 장에서 말하고 싶은 것은 이런 것이다. 내가 오랫동안 겪었던 이런 일상적인 정경들이 특별하지 않다면, 과연 우리 삶의 무엇이 특별하다는 것인가?

꼭 결혼한 두 사람이 비밀스럽게 호텔에 들어가야만 어떤 짜릿한 서사가 완성되는 것인가? 사라예보에 총성이 울리고, 오스트리아의 황태자가 살해당해 세계대전이 시작됐다는 식의 역사적 대사건만이 특별한가? 누군가가 뼈를 깎는 노력을 통해 자신의 운명을 개척하고 성공신화를 만들어낸 뒤 '개천에서 용이 난다'라는 것을 증명했던 일이 특별한가?

물론, 이것들 다 특별하고 기억해둘 만한 일들이다. 그런데 이처럼 놀랍고 큼직큼직한 '스토리'만이 우리가 주목하고 매료될 만한 무언가라고 생각하는 건, 한 사람의 인생에 관한 크나큰 편견이자 우리 자신의 인간성에 대한 심각한 배신이 아닐 수 없다. 나는 산책하는 일을 통해서 이런 무의식적인 감성, 즉 우리가 '인간적인 스토리'에 관하여 지레짐작하고 있는 어떤 편견 아닌 편견을 물리치고 싶었던 것인지도 모르겠다. 나는 정말로 우리들의 삶이란 그런 것이 아니라고 생각하니까. 그리고 산책할 때마다 내가 마주치는 담담한 풍경은 '나의 삶은 그런 것이 아니다'라고 말해 주는 하나의 알레고리였으니까.

'개를 데리고 다니는 부인'을 만날 일은 없겠지만

———— •

'특별한' 삶에는 특별한 삶의 절박함과 무게감이 있다. 그래서 그런 사람들의 삶과 사건·사고는 보통 신문의 머리기사나 포털의 실시간 검색어를 장식하곤 한다. 그런데 나의 과거엔, 또 나의 주위 사람들 대다수에겐 지금껏 아무런 '특별한' 사건도 없었다. 아마, 앞으로도 없을 가능성이 크다. 그렇다면 나의 삶 ─ 그리고 나와 비슷하게 평범한 하루하루를 살아내는 우리 모두의 삶 ─ 은 저 '특별함'의 눈으로 보았을 땐 하나의 무가치한 잉여에 불과하단 말인가?

이는 우리네 100명 중 97~98명의 무덤덤하고 평온한 일상을 '잉여적인 것' 비슷하게 만들어 버리는 참으로 웃기는 감수성이다. 또 우리가 여전히 벗어나지 못하는 '스토리에 대한 갈망'이기도 하다. (그렇지 않다면 매일 아침에 방영되는 막장 드라마들이 그렇게 높은 시청률을 기록할 리가 없다!) 우리는 끊임없이 괴팍하고 충격적인 이야기들에 몰입하며, 인생의 극적인 반전, 비밀과 몰락, 배신과 파탄 등등이 주는 카타르시스를 즐기고 있다. 우리는 자신의 '밋밋한' 일상에서 빠져나와선, 그처럼 무언가 '극적인' 것들을 탐닉한다.

아니, 그런 순간에 우린 어쩌면 어딘가부터 도피하고 있다. 하지만 내가 지금 뛰어난 '막장 스토리'를 써 내려갈 수 있는 작가님들을 질투해서 이런 말을 하는 것을 아님을 알아주길 바란다. (물론 부러운 건 사실이다.)

물론 나도 '막장'에는 그 자체로 풍성한 삶의 진실이 담겨있다는 것을 잘 알고 있다. 굳이 아침 드라마를 언급할 것만은 아니다. 예컨대 셰익스피어와 도스토예프스키, 플로베르가 쓴 작품들부터, 저 동서고금의 신화와 전설, 구약성서, 혹은 그리스의 비극적인 희곡들까지 흔히 위대한 고전문학이라 일컬어지는 작품들에는 얼마나 많은 통속성과 막장의 요소가 섞여 있던가. 나는 모든 인간 안에 내밀하게 숨겨진 '막장성'(!)을 부정할 생각이 없으며, 그래서 영화 〈친절한 금자씨〉와 〈마더〉, 〈아가씨〉 등의 시나리오를 쓴 정서경 작가의 다음과 같은 말이 주는 역설적 울림에 충분히 공감할 수 있다. (2018년 9월 '셀레브' 인터뷰)

> 사람들은 멀리서 보면 다들 평범하지만 다 자기만의 특별함이 있잖아요. 좋건 나쁘건 그런 특별함 말이죠. 어떻게 보면, 저는 (사람들의 인식과는) 반대로 특별함에서 평범함으로 가는 게 '성장'이라고 느껴질 때가 많이 있었거든요.

대다수의 평범함에서 소수의 특별함으로 나아가는 게 아니라, 몇몇 비극적 인물들의 특별함에서 우리를 평범하게, 또는 '인간답게' 만들어주는 무언가를 성찰한다는 것. 그렇다. 우리는 금자씨와 숙희, 라스꼴리니꼬프와 보바리 부인 등등의 저 '극단적인 특별함'을 접하면서 얼마나 놀라운 인간적 본질, 인간 내면의 심원함을 깨달을 수 있었던가. 숱한 문학과 영화들의 저 문제적인 주인공들은, 자신의 운명을 과감하게 불태우면서 우리에게 인간성의 불가사의한 면모들에 대한 깊은 통찰을 전해주곤 했으니.

정서경 작가의 말처럼, 특별함과 비범함에서 평범함으로 나아가는 어떤 경로에 관해선 나도 인정한다. 세월을 뚫고 살아남은 걸출한 문학작품부터 간간이 엿보는 아침 드라마까지, 나도 그런 '스토리'에 한 번 빠져들면 정신없이 몰입해 버리는 게 사실이다. 그럼에도 나는 내 영혼의 부피를 채워주는 산책길의 아케이드를 그냥 흘려보내고 싶진 않았을 뿐이다. 내가 마주치는 저 평범한 사람들, 평범한 풍경이 전해주었던 조용한 활기와 따뜻한 에너지를 잊고 싶지 않았기 때문에, 나는 지금 이런 글을 쓰고 있다.

'훌륭한 스토리'의 관점에선 극단적이고 충격적인 것도 나쁠 건 없겠지만, 우리가 오랫동안 살갑게 부딪치고 있는 이런 일상의 광경들이 얼마나 귀중한지 기록해두고 싶다는 소박한 마음으로.

나는 단지 '그런 사소하고 밋밋한 시간은 너의 인간성을 형성하는 데 전혀 힘을 쓰지 못할걸?'이라고 단정하는 듯한 분위기에 오래전부터 의심을 품고 있었을 뿐이다. 책을 읽거나 영화를 보고서, 또 별별 극단적인 사례로 가득한 신문의 사회면을 보고 난 뒤 '인간의 본질'에 대해서 이러쿵저러쿵 떠들기 좋아하는 사람들을 향하여 '아니, 그렇지만은 않던데?'라는 반문을 하고 싶었던 것인지도. 인간은 그렇게 큼직큼직한 '사건'들로 구성되는 것이 아니라, 자신이 껴안은 사소하고도 일상적인 사건들을 오래도록 기억하고 기리는 어떤 '정서'로 구성되는 존재임을 말하고 싶었던 건지도.

어쩌면 나는 단지 산책하는 일을 통하여 "익숙함이란, 무언가를 기억하고 기념한다는 것"이라는 오래된 격언을 마음으로 받아들이게 됐는지도 모르겠다. 그렇다면 이 책은 내 산책길과 거기서 마주쳤던 그 풍경들을 기념하는 나만의 소박한 방식일 뿐이라고 말할 수 있을 것이다.

어쨌든, 나는 산책길에서 '개를 데리고 다니는' 여인을 만나지 못해도 상관없다. 나는 사람들을 홀릴 수 있는 특별한 이야기를 창조하지 못해도 그럭저럭 잘 살아갈 것이다. 다만 이 책은 많이들 좀 읽어주셨으면 하는 욕심이 생기는 건 어쩔 수 없다. 나는 ― 우리 책을 만들고 쓰는 사람들은 ― 재고가 싫다. 정말 싫다.

잠깐,　　　나의　산책 루트에　관하여

—

여기서 나의 산책길 얘기를 간단히 해보겠다.

　내가 집의 대문을 열고 걸음을 나서면, 가장 먼저 나를 맞이하는 건 푸르게 펼쳐진 밭두렁과 몇몇 작은 비닐하우스이다. 내가 사는 건물의 10미터 앞에는 평방 300제곱미터 정도 되는 작은 밭이 있고, 이를 경작하시는 토박이분들이 살고 계신다. 닭도 제법 여러 마리 키우셔서 나는 가끔 닭의 우렁찬 울음소리에 잠을 깬다.

　아침 일찍 산책을 나섰을 때, 그리 크지 않은 밭의 한가운데서 농사를 짓는 어르신들을 만나는 건 그리 어려운 일이 아니다. 늙은 부부가 함께 밭을 매는데, 그들은 언제나 서로에겐 눈길 한 번 주지 않고 아주 무심하게 저 할 일에 충실할 뿐이다. 사시사철 변함없는 그네들의 모습이다.

　발걸음을 좀 옮겨서 큰길가로 나가면 저 멀리 심학산의 부드러운 능선이 보인다. 그리고 심학산과 시내의 사잇길에 서 있는 지금 내 앞엔 평방 몇 제곱킬로미터는 될 법한 평평하고 드넓은 공터가 펼쳐져 있다.

이곳은 이런저런 잡초들이 우거져 있는 천연의 공간이고, 여름밤엔 개구리와 두꺼비들, 또 온갖 이름 모를 곤충들의 합창소리를 들을 수 있는 멋진 땅이기도 하다. 컴컴한 밤, 가로등도 없이 펼쳐진 그 안의 자갈길을 걸을 때면 정말로 여기가 '시골'이라는 게 실감이 나곤 할 법한 그런 널찍한 들판 말이다.

여기저기 '택지개발예정'이라는 푯말이 곳곳에 세워져 있어 안타깝긴 하지만……. 이런 '빈터'는 그대로 내버려 두기엔 너무 아까운 '택지'일 수밖엔 없는가. 끝내 여기에도 번듯한 건물이 올려질 수밖엔 없단 말인가. 슬픈 일이다.

*

집에서 도보로 20분 남짓한 거리에는 교하 신도시가 있다. 말 그대로 신도시의 외형에 딱 들어맞는 작은 도심지구다. 아파트와 주택도 많고, 상가도 많고, 식당들도 많다.

그 중심가 한편에는 교하도서관이 있다. 이 도서관은 훌륭하고 활기찬 운영으로 전국의 사서님들 사이에서도 꽤 유명하다고 들었다. 도서관은 내 삶의 중심적인 아지트 중의 하나인데 이곳을 둘러싼 언덕에 조성된 아담한 산책로도 걷기가 좋다.

내가 동쪽의 신도시 방면을 걷는다면, 이렇게 집을 나선 후

도서관을 중심으로 교하동과 동패동 일대를 크게 둘러 문발교 차로로 되돌아오는 코스를 택하곤 한다. 때때로 시내에 조성된 교하중앙공원과 달맞이공원 일대를 거닐기도 하고, 또 그곳의 멋진 카페에 들러 커피를 마시기도 하면서.

이 길은 호젓한 동네치곤 사람을 제법 많이 만나게 되는 산책 루트이다. 예를 들어 이 코스엔 신도시 안팎에 자리한 초등학교 와 중학교가 있어 여기 다니는 학생들을 자주 본다. 거리를 걸으 며 저 산란하고, 부산하고, 제멋대로 삐죽삐죽한 아이들의 웅성 거림을 대할 때마다 나는 이런저런 생각에 잠기곤 한다.

그들과 마주칠 때, 나는 자연스레 내 학창 시절을 연상하는 것 같다. 이미 20년도 더 지난 그 시절의 내 모습, 가장 시끄럽 게 굴어댔지만 알고 보면 가장 슬픈 고아처럼 배회하던 나의 10대 시절을 말이다. 영영 다시 돌아갈 수는 없는 그 애틋하고 빛나는 과거를.

*

심학산 방면 그러니까 남쪽 방면으로 루트를 잡는다면, 심 학산 둘레길을 걷는다든지 아니면 출판도시 방면을 걷는다든 지 하는 두 가지의 선택 코스가 있다.

심학산은 이 동네의 주산主山 격인 산이다. 약 200미터밖에 되지 않는 높이지만, 어디서나 보이며 누구나 쉽게 찾을 수 있는 동네의 뒷산이다. 일대의 둘레길이 잘 정비되어 있어 걷기가 무척 좋고, 관광 명소로도 제법 유명한 곳이다. 나는 조금 숨찰 정도의 운동이 필요하다 싶을 때면 항상 이 길을 택해서 정상의 전망대까지 걷다 오곤 했다.

여러 둘레길 중에서도 내가 주로 택하는 코스에는 약천사라는 절이 있다. 경내는 그리 크지 않지만 소담하고 정갈한 느낌이 배어있어 갈 때마다 마음이 편안해지는 공간이다. 지장보전이 대웅전보다 훨씬 큰 것도 다른 절과는 달리 다소 이례적인 사찰의 풍경이다.

이 절에는 '통일의 관문' 파주의 절답게 거대하게 조성된 '남북통일약사여래불상'이 있는데 그런 큼직한 불상은 (내겐) 좀 거북살스럽게 느껴지는 게 사실이다. 그보단 이 절에 기거하는 고양이들이 훨씬 더 사랑스럽다. 그중에서도 날 반겨주는 치즈냥 한 마리는 내 생애 최고로 사람친화적인 고양이, 즉 '개냥이'였는데 요새는 절에 갈 때마다 잘 보이지 않아서 우울한 기분이다.

법당에 들러 정성스레 삼배를 한 뒤에 나는 다시 길을 오른다. 약 20여 분을 더 걷다 보면 벌써 심학산의 꼭대기가 나온다. 심학산 전망대의 풍광은 언제든 기가 막힐 따름이다. 여기선 유유히 흘러가는 한강의 전망이 한눈에 들어오고, 고개를 돌리면

사방으로 교하와 운정, 김포 일대의 너른 대지가 펼쳐져 있는 장관을 볼 수 있다.

거기다가 저 멀리 한강 너머로는 북한의 개풍군도 보인다. 그렇다. 나는 북한을 바라보고 있다. 이곳은 역시 통일의 관문, 파주인 것이다. 날이 아주 맑을 때는 여기서 개성의 송악산까지도 보인다던데, 그 말은 좀 의심스럽긴 하지만 어쨌든 굉장한 전경이 아닐 수 없다.

*

한때 내가 직장생활을 했던 출판도시 방면의 산책길도 멋진 루트이다. 집에서 도보로는 약 25분 남짓한 거리이다.

이 루트에는 역시 개성적인 건물들 사이로 휘휘 걸음을 내딛는 상쾌한 활보의 맛이 있다. 계획도시라 길도 건물도 반듯반듯하고 큼직큼직해서 발길에 속도감이 절로 붙곤 한다. 워낙 직장인들만 많은 동네라서 밤이 되면 유령도시로 변하는 곳이다.

나는 낮의 사람들이 모두 빠져나간 이 도시의 밤 산책을 정말 좋아한다. 껌뻑이는 건 가로등뿐인 저 컴컴하고 고요한 공간을 걸으면서, 나는 약간은 내가 유령이 될 법한 기분을 느끼기도 했다. 무언가 발걸음이 둥둥 뜨는 듯한 한밤중의 산뜻함, 그리고 가까운 저편의 자유로에서 쌩쌩거리는 차들의 흐름과 함께하는 어떤 초현실적인 느낌…….

더욱이 여기선 고라니도 뛰어다닌다. 얼마 전 이곳에서 그 우아한 뜀박질을 두 눈으로 직접 보기도 했다. 새벽이면 고라니가 뛰어다니는 고요한 도시라니, 역시 굉장한 곳이지 않은가?

출판도시와 내가 사는 곳의 사이에는 거대한 습지와 작은 공원이 조성되어 있는데, 그곳의 둘레를 걷는 일도 아주 멋진 경험이다. 이곳의 푯말에는 개리, 저어새, 큰부리 큰기러기 등 여러 천연기념물 야생조류와 철새의 서식지라는 설명이 적혀 있기도 하다. 그래서 느지막한 시간에 이 습지를 거닐 때면 별의별 새소리가 일대의 밤공기를 그득 채우곤 한다.

출판도시 일대의 인쇄소가 전해주는 부산함도 내게는 산책길의 깊은 인상으로 남는 풍경이다. 출판도시의 몇몇 인쇄소는 불이 꺼지거나 멈추는 시간이 거의 없다. 직업상 그분들의 노동을 자주 가까운 곳에서 지켜보기도 했고, 어떤 공정으로 한 권의 책이 인쇄되는지를 잘 알고 있다.

늦은 밤이나 새벽에 그곳을 지나쳐갈 때면, 나는 항상 책을 만드는 이들의 노고에 마음이 아파지곤 했다. 부디 내가 지금 쓰는 이 책이 그분들의 수고에 헛된 것은 아니어야 할 텐데…….

*

내가 사는 곳에서 북쪽 방면으로는 파주시 신촌동의 신촌산
업단지가 있다. 이 단지에는 제조업과 인쇄업, 유통업의 다양한
공장들이 오밀조밀하게 모여 있다. 우쭐우쭐 구획을 나눈 공장
들이 모인 뒤편엔 푸른 밭과 숲과 언덕이 있고, 거길 끼고 좁은
도로들이 실핏줄처럼 이어지고 있다.

거기서 더 나아가면 한강을 끼고 송촌동과 탄현면으로 이어
지는 언덕들이 펼쳐진다. 이쪽은 도보로 이동하기엔 다소 무리
가 있는, 말 그대로 '교외의 공간'이다. 으슥한 산세에 여기저기
논밭과 습지가 펼쳐져 있고 길가에는 크고 작은 공장들이 드문
드문 보인다.

한밤중 신촌동 방면 공단의 어둡고 위압적인 공장들 곁을 지
나칠 때, 나는 한낮에 그 공간을 채웠을 소란스러움, 내게도 익
숙한 노동의 탄내를 느낀다. 나는 아무도 남지 않은 빈 공장, 또
는 이미 퇴락해서 돌보아지지 않는 건물들, 그 주변의 틈을 비
집고 들어온 굴착기의 흔적을 지나치며 무언가 씁쓸한 기분에
젖는 것만 같다. 희미한 흙냄새와 풀냄새가 어려 있는 아주 오
래된 철물상이나 구멍가게들도 내 마음에 괜한 우수를 남긴다.

어쨌든 이쪽 루트엔 힘깨나 쓰는 듯 보이고, 밤이 되면 삼삼
오오 모여 얼큰하게 취하곤 하는 장년의 남자들도 많다. 어두

운 밤길에서 그 일행과 마주칠 때면 그네의 활달하고 직선적인 표정, 하루의 고된 일과 후에만 깃들 수 있는 여유로운 노곤함, 또 짙게 패인 얼굴의 주름과 그을린 근육 등이 유독 눈에 들어오곤 했다.

이처럼 공단을 끼고 있는 우리 동네엔 다른 나라에서 건너온 외국인 노동자도 꽤 많이 살고 있다. 밤이 되면 나는 종종 그들과 함께 동네 마트에서 장을 보기도 한다. 하루의 피로를 과일과 맥주, 과자 더미로 다 풀어버리려는 듯 커다란 장바구니를 가득 채운 그들을 볼 때마다 나는 무언가 묘한 기분에 사로잡히곤 한다. 미각은 고향이나 국적을 묻지도 따지지도 않고 우리 모두를 평등하게 위로하고 있었다. 어쩌면 우리는 저 달짝지근한 것들에 좀 더 고마워해야 하는 존재들일지도.

이상이 대략적인 나의 산책로에 대한 소개였다. 그러니까, 한마디로 '갖출 건 다 갖춘' 산책로가 아니었을까?

여기에는 산이 있고, 강이 있고, 새와 두꺼비가 있고, 아이들이 있고, 인쇄소와 출판사들이 있고, 도서관이 있고, 공장과 논밭이 있다. 공터가 있고 습지가 있다. 그리고 저 멀리 북한이 보인다. 나는 내가 사는 동네가 좋다. 여러분도 여러분의 동네를 좋아하셨으면 좋겠다. 물론, 좋아하고 계시리라 믿는다.

욕심을   버린다는   것에 관하여

———

나도 어릴 적엔 내가 더 뛰어나고 완벽한 사람이 되어있을 줄 알았다.

무슨 일이든 최고의 퍼포먼스를 발휘하면서도 지나치게 일 자체에만 골몰하지 않는, 한 마디로 '쿨'한 인상을 풍기는 에이 스 말이다. 또 내 곁의 사람들이 지닌 아픔과 상처를 성숙하게 위로할 줄 알고 어딜 가든 나만의 매력을 자연스럽고 은은하게 뿜어내는 그런 사람. 옳지 않은 일에 분연히 맞설 줄 알고, 언제 나 아름답고 선한 것들을 사랑하며, 내가 맞이한 하루하루를 강인하게 버텨내다가 훗날 자손들의 축복을 받으며 평온한 죽 음을 맞이할 수 있는 그런 사람 말이다.

그러니까, 내게도 어떤 삶의 청사진 같은 것이 있었다. 내가 노력한 만큼 앞으로 살아갈 미래가 활짝 열릴 것이라는. 내가 더 멋진 사람이 될 것이라는.

지금 나는 그런 기대를 접었다. 나는 이제 미래를 믿지 않는다. 나는 그냥 오늘을 살아내고 있을 뿐이다.

　물론 이렇게 말한다고 해서 내가 언젠가 더 나은 사람이 될 수 있으리라는 희망을 모두 포기했다는 건 아니다. 좀 더 좋은 사람이 되고 싶다는, 완벽한 삶을 살아내고 싶다는 욕망은 여전히 내 안에서 아우성을 질러대고 있다. (덧붙이자면, 우리는 자신의 욕망을 내려놓았다고 말하는 사람들을 믿어서는 안 된다. 그런 발화 자체가 자신 안에 담긴 욕망을 게슴츠레하게 표출한 것일 뿐이므로. 욕망은 그런 방식으로 늘어나거나 줄어들었다는 걸 확인할 수 있는 게 아니므로.)

　나의 경우엔, 이제 내가 살아가는 하루하루의 일상과 동떨어진 '어떤 청사진'을 믿지 않게 되었을 뿐이라고 적어두고 싶다. 나는 으리으리한 망원경 따위로 나의 인생을 노려보고 재단하는 일을 그만두었다. 나는 '언젠간 더욱 뛰어나고 완벽한' 사람이 되어야겠다는, 일직선의 모노레일 같은 성찰도 그만두었다. 현실적으로 말하건대 그런 인생론이 나를 더 뛰어나게도 완벽하게도 하지 못할 뿐만 아니라, 때때로 그런 '깔끔한 청사진'은 내가 하루하루를 즐겁고 편안하게 살아가는 데 명백히 방해가 되고 있다는 사실을 깨달았기 때문이다.

　무수한 노력과 시행착오 끝에, 내 시야는 극적으로 축소되었다. (아니, 물론 지금도 무수히 노력하고 있으며 실수와 실패를 거듭하고 있다.) 난 그냥 내가 산책하는 시간을 즐길 수 있는 오늘 하루에 집중하고 있다. 나는 '더 잘 살겠다, 더 많은 걸 움켜쥐겠다'와 같은 나의 욕망을 모두 버리지는 못했다. 다만 내 안에서 순간순간 싹트는 욕망을 조심스레 바라보며, 그걸 부드럽게 매만지고 달래려 애쓰고 있을 뿐이다. 내 마음속 나름의 욕심들은 여전하지만, 그런 욕심을 다루고 바라보는 관점과 자세를 바꾸고자 노력했다는 것이 정확한 표현일지도 모르겠다.

왜냐면 내 건강과 생활이 극적으로 망가져 있었기 때문이다. 이 얘기는 뒤에서 자세히 하겠지만, 나는 나도 모르게 무너지고 망가지고 있었다. 어쩌다 보니 그렇게 되어버렸다.

내 마음의 자동스위치가 켜진 순간 ─── •

뭐, 크게 봐선 지금도 난 옛날처럼 살고 있다. 오늘 하루 끝내야 할 업무들을 적당히 마무리한 뒤 어둑해질 무렵 집으로 돌아온다. 그리 넓고 번듯한 집은 아니더라도, 지난주에 장만한 은은한 새 디퓨저 향이 꽤 괜찮은 나만의 공간. (이런 한 줌의 공간을 지키기 위해 우리는 얼마나 많은 것을 포기해야 하는가. 눈물이 난다.) 냉장고를 뒤져 식사를 제법 그럴듯하게 챙겨 먹고 집 안을 휘휘 둘러보니, 웬걸, 나름 말끔하게 청소도 되어 있는 상태다. 빨랫거리가 밀려 있지 않다는 건 내 일상의 작은 기쁨이다. 지난 일요일의 고생이 헛되진 않았던 것이다.

그렇다면, 이젠 말할 것도 없이 산책을 나설 차례라고 할 수 있다.

따뜻한 계절이라면 아직 석양의 흔적이 조금 남아있을지도 모른다. 추운 계절이라면 이미 컴컴해진 채 코끝을 쨍하게 만드는 밤하늘과 밤공기가 우릴 맞을 것이다. 대도시에 산다면 분주한 열정이 어린 사람들의 걸음걸이가 산책길에 함께하리라. 교외나 시골에 산다면 고요한 대지의 지평선에서 불어오는 바람의 냄새가 코끝에 어른거릴 테고.

거리 곳곳의 가로등에 깃든 저녁 불빛이 고즈넉하게 흔들린다. 수채화에 얼룩진 감색과 자주색, 주황색 물감이 사르르 번져나가는 듯한 이 저녁의 빛깔, 저녁의 풍경 속에서는 무엇이든 좋고 모든 것이 좋다. 어쨌든 난 내 주위의 사람과 사물들을 조용히 음미하며 걸을 준비가 되어 있다.

나는 내 밥을 벌기 위하여 대문을 나섰고, 저 험악한 세상에서 하루의 밥값을 한 뒤 다시 집으로 돌아왔다. (과연 눈물이 나는 일이다.) 그렇지만 가방을 내려두고, 꽉 끼는 옷을 벗고,

밥으로 배를 든든히 채운 뒤 다시 대문을 나설 때, 그 순간 나의 '동선'은 이미 그 첫걸음부터 '노동의 동선, 의무의 동선'과 전면적으로 다를 수밖에 없다. 바깥의 공기는 막상 별다르게 달라진 것도 없는데, 그 공기를 코끝으로 머금은 나의 영혼은 어느새 족쇄를 풀고 심호흡할 준비가 되어 있다. 이건 전혀 의식적인 행위나 절차가 아니다. 마음의 '자동스위치'처럼 절로 그렇게 되어버리는 것이다.

저 강원도 동해에 갈 때마다 나를 휘감는 신비로운 순간이 있다. 꾸불꾸불한 한계령의 산맥을 오랜 시간 통과한 뒤에도 나는 계속 길을 달리고 있다. 난 내가 동쪽의 바닷가에 가까워져 있다는 걸 알고 있지만, 내 의식은 아직도 아스팔트 위의 킬로미터라는 숫자 단위에서 벗어나지 못하는 상태다. 그러다가 어느 순간, 언제부터인가를 눈치챌 겨를도 없이, 비릿한 바닷바람이 내 육신과 오감을 완전히 휘감고 있는 걸 퍼뜩 느낄 때가 있다.

나는 저 어딘가에서 흘러오는 소금의 향기에 휩싸여 있다. 마치 내 몸 안에 흐르던 소금이 연하게 돋아나서 이 공기를 채우고 있던 것처럼……. 그건 정말로 매번 새롭고 짜릿한 경험이었다.

그리고 산책길에 나서고자 (한 시간 전 닫았던) 대문을 열고 다시금 첫걸음을 내디딜 때, 물론 내가 강원도에서 느낀 '소금기와의 마주침' 같은 순간만큼 강렬하진 않았겠지만, 나는 늘 그런 식의 자동적인 '영혼의 변주'를 느끼곤 했다. 주위의 신호에 따라 스르륵 보호색을 넘나드는 한 마리 곤충처럼, 어떤 흐름에 결합된 채 자연스레 커지고 꺼지는 내 내면의 스위치를.

나는 바로 그 '첫걸음'의 순간을 사랑해서, 그 '미묘한 냄새'를 느끼고 싶어서 산책에 중독된 것인지도 모르겠단 생각을 한다. '나인 투 식스'의 삶은 날 버석거리게 했지만, 마르지 않는 깊은 우물처럼 내 안엔 여전히 축축하고도 비릿한 생명력이 남아있다는 걸 확인할 수 있는 그 순간을.

자족의 정신과 반절의 정신 ———— •

산책하는 일은 저 빽빽한 노동과, 관계들과, 살림살이의 수풀 속에서 내가 간신히 확보한 한 줌의 권리라고 할 만하다. 산책은 그 '한 줌의 여유'를 가장 담박하면서도 충만하게 누리려는 적극적인 행위라고 표현할 수 있다. 산책하는 일이 다소 심심하게 느껴지고, 정적인 측면이 강하고, 누군가에겐 텅 비어 보인다고 해서 그것을 소극적이거나 수동적이라고 생각하면 번지수를 한참이나 잘못 짚은 것이다. 산책하는 일은 한 사람의 무덤덤한 여백 속에서, 그 어떤 취미도 흉내 낼 수 없는 활동적인 여유로움을 잉태하고 있으니까.

산책은, 그야말로 자족自足하는 일의 전형이기 때문이다. 우리는 (물론) 스트레스를 받으려고 산책하는 것도 아니고, 또 애써 스트레스를 풀고자 산책하는 것도 아니며, 떠들썩한 재미와 감동을 위해서 산책을 하는 것도 아니다. 군이 하루를 꽉 채워서 보내고자 작정하고 나서는 산책도, 억지로 시간을 쥐어짜내서 즐기는 산책도 내가 지금 이야기하는 산책의 의미와는 다르다.

산책에는 그 자체로 내 삶의 동선動線을 이 세계의 흐름과 나 자신의 자연스러운 움직임에 맡겨두려는 느긋함과 태평함이 섞여 있으니까. 또 우리는 그런 마음의 평화를 얻기 위해서 가끔은 끝없이 피어오르는 잡념, 엉거주춤한 자기 불신을 단호히 물리쳐야 한다는 걸 알고 있으니까.

이런 측면에선, 산책하는 일을 통하여 무언가 만족스러운 기분을 느낀다는 것이 아니라, 산책한다는 것 자체가 자족의 다른 이름일 테니까 말이다.

그러고 보면, 스스로 넉넉함을 느낀다는 '자족'이라는 말이 '스스로의 발'을 뜻한다는 것도 의미심장하지 않은가? 말 그대로, 나는 자유로이 이곳저곳을 거니는 '나의 두 발'을 통해서 여유로워지고 넉넉해질 수 있다. 이것은 복잡한 비유가 아니라 '산책'이란 글자 그대로의 예찬일 수도 있겠다고 생각한다. 어쨌든 산책하는 일은 매 순간 꿈틀거리는 내 안의 욕심과 의심을 버리면서 있는 그대로의 나 자신에게 만족하는 일과 같고, 산책하는 마음은 그처럼 욕심이 비워진 나를 토닥여주는 작은 위안이자 소탈한 격려와도 같다.

산책하는 것만으로 우리 마음속의 그 짙고 끈질긴 욕망을 완전히 다 버릴 순 없겠지만, 욕망에 관해서라면 산속에서 수십 년 정진한 수도자들도 생의 마지막 날까지 그 마수魔手에서 완전히 자유롭진 못한 게 분명하니까…… 우리까지 지레 겁을 먹거나 낙담할 필요는 없지 않겠는가.

일은 반절만 이루어도 후회가 없고,
맛은 반절만 입에 맞아도 한쪽의 진미는 갖춘 것이다.

그러니 중국 명나라에 살았던 여득승呂得勝이 남긴 이 옛말이, 우리의 하루를 '완전히' 다르게 만드는 산책의 힘을 압축하고 있는 것인지도 모르겠다. 우리의 몸과 마음은 신비로워서 한 번 여유를 잃은 생활에 중독되면 결국 그 끝을 모를 만큼 여유를 잃게 되고, '반절'에 만족하지 못하는 삶의 자세는 나머지 반절마저 집어삼킬 기세로 채찍질을 시작하게 마련이다. 완벽하게 채워진 목표, 완벽하게 채워진 24시간은 그 자체로 우리를 고장 나게 만든다. 그런 삶의 방식은 예리한 핀셋처럼 우리를 끊임없이 '현재'에서 뽑아내며, 저 완벽한 목표를 향하여 좀 더 뛰어나고 빈틈없는 삶을 살라며 닦달하곤 할 테니까.

아니, 물론 누군가에게는 그런 완벽한 삶이 가능할 것이다. 그런데 내게는 그렇지 않았다. 내게는 그렇지 않았다는 그 엄연한 사실을, 난 이제 9월이 되면 하늘이 신비로울 만큼 한없이 높아지고, 3월이 되면 개나리가 방정을 떨며 저 귀여운 꽃잎 틔우는 것을 대하듯 받아들일 수 있게 됐다.

나는 반절만 되어도 후회가 없을 것이다. 미처 다 피지 못한 꽃도 저 나름으로는 아름답다. 그래서 나는 오늘도 산책길을 나설 뿐이다. 완벽해지지 못한 내 몸을 끌고. 완벽함이라는 관념을 버리고, 다시 버리고, 매 순간 버리면서.

목적이 없다는 것에   관하여

—

산책하는 일엔 목적이 없다. 산책한다는 것은, 무언가를 힘써 이루기 위한 행위가 아니다. 달성할 목적이 없으니 애초부터 이 일엔 잘한다거나 못한다는 개념이 들어설 여지가 없다. 그리고 이러한 '목적 없음'을 통해서, 산책은 우리의 생활에서 가장 활기가 넘치는 어떤 일이 될 수 있다.

우리의 빼곡한 일상의 한가운데서, 정말로 목적 없이 이루어지는 일이 얼마나 있을까? 사람들의 모든 행동은 (안 그런 듯 보여도) 거의 언제든 일정한 목적을 갖고 있다. 나는 돈을 벌기 위해서 직장에 나간다. 일이란 게 혼자서 할 순 없고 인생도 혼자 살 수는 없으므로, 내게는 다른 사람들과의 적절한 대화와 교감도 필요하다. 건강상의 혹은 미관상의 이유로 운동을 하는 일도 중요하다. 집안 살림을 사람답게 유지해야 사람다운 생활이 가능하니 나는 꼬박꼬박 밥도 차려야 하고, 이불 빨래도 해야 하며, 화장실 청소도 거르면 안 된다. 내일 또 다른 하루를 시작하려면 잠도 푹 잘 들어야 하고.

(무엇보다도 청소와 세금, 이 두 가지는 죽는 날까지 우릴 괴롭히는 가장 무시무시한 두 가지가 아닐까? 세금도 세금이지만, 청소는 정말 끝이 없다. 눈물이 날 만큼 끝이 없다.)

그런데 이처럼 목적 있는 일들은 일정한 긴장을 수반할 수밖에 없다. 왜냐면, 저 일들은 내가 '어른답게', 한 사람으로서 '번듯하게' 살아가기 위해서 빼먹거나 망쳐버리면 안 되는 일이기 때문이다. 나는 저것 중 뭐 하나라도 제대로 해내지 못했을 때 나의 생활이 조금 조금씩 — 마침내는 걷잡을 수 없을 만큼 — 엉망으로 돼버린다는 것을 알고 있다. 위에서 말한 일들은 우리가 살아남으려면 필수적으로, 또 정기적으로 '잘' 해치워야 하는 목록이라 할 수 있다.

즉, 저 모든 일은 알게 모르게 나의 '생존' 또는 '정상적인 삶'과 직결되어 있다. 다른 이들과 그럭저럭 어울려 살아가는 한 사람의 사회적 인간으로서든, 아니면 내 한 몸 건사하며 살아가는 생물학적인 인간으로서든.

물론 이렇게 말한다고 해서, 이처럼 한 사람의 삶에 필수적인 일들이 모두 억지스러운 의무감에 의해서만 행해진다고 할 수는 없다. 이런 일들에도 당연히 나름의 보람과 즐거움이 있다. 우린 이 일들에서 목적을 신속·정확하게 달성하는 쾌감을 누릴 수도 있고, 다양한 흥미의 요소를 찾을 수도 있으며, 내 몸에 잘 맞는 습관으로 굳어진다면 그 일들을 끝마치는 데서 편안한 안정감과 '루틴의 여유'를 느낄 수도 있다. 이러한 필수 리스트를 제대로 해치울 때의 굉장한 쾌락, 혹은 '미학'까지 존재하는 게 엄연한 사실이다. 그래서 우리는 이런 일들을 쓱싹쓱싹 굉장한 실력으로 해내는 사람들을 보면 입을 떡 벌리고 찬탄하기도 한다.

예컨대 내가 집안 살림 전문가들을 보고 매번 존경을 금치 못하는 것처럼, 또는 젊음을 운동에 바친 올림픽 선수들의 저 날래고도 정련된 움직임을 바라보며 감동할 때처럼.

달성되지 못한 목적들의 늪에서 ——— •

제대로 굴러가기만 하면 큰 문제가 없다. 중요한 것은, 저 '목적 있는' 일들이 제대로 통제되지 않고, 내 의도대로 '쓱싹' 해치워지지 않는 순간이다. 우리 삶에서 어떤 사소한 이유, 혹은 우연의 장난이나 불운한 사건 따위로 인하여 — 때때로 아무 이유가 없을 수도 있다 — 저 일들 중 무엇 하나가 삐끗거리면서 (내 생활을 인간답게 유지해준다는) 소정의 목적을 제대로 달성하지 못하는 순간, 그래서 내가 나의 '정상적인' 생활이 무너지며 망가지고 있다는 걸 깨닫는 순간 나는 별수 없이 심대한 스트레스를 받고 애꿎은 자기 자신을 탓할 수밖에 없다.

마치 톱니바퀴 하나가 어긋나서 작동되지 않는 시계처럼, 새끼손가락만 한 구멍 때문에 제 기능을 잃어버린 모기장처럼 우리는 이런 일 중 무엇 하나만 삐끗하더라도 무력한 자신에게 좌절감을 느끼며 자신을 미워하게 된다. "시작은 미약했으나 끝은 창대하리라"라는 〈창세기〉의 말씀은 우리의 자학 또는 자괴감과 잘 어울리는 비유가 아닐까 싶다. 자신에 대한 분노와 증오는 마치 우리 몸의 암세포처럼 파괴적으로 불어난다. 내 안의 분노는 왕성하게 자가 증식을 하며 또 다른 분노를 낳곤 하는데, 나는 온몸을 다 바쳐 분노의 땔감이 되어버리는 일을 내 힘으로는 도저히 멈출 수가 없다.

밀린 집안일들과 먼지가 쌓인 생활공간, 더러운 화장실, 혹은 부실한 체력으로 바닥을 친 컨디션, 잔뜩 엉킨 생활 리듬, 미뤄지는 서류작업, 내 신경을 긁는 몇몇 인간관계들……. 이런 지극히 사소한 것들은 눈덩이처럼 가속도가 붙은 채 어느새 내 신경을 팽팽하게 만들면서 내 삶의 질을 '완전히' 고꾸라뜨리곤 한다. 우린 무엇 때문에 자신이 그렇게 짜증스러운지 제대로 알지도 못한 채(아니, 사실 우린 그 근본적인 요인 ― 나 자신이라는 괴물 ― 을 잘 알고 있다), 마침내는 어딜 향하는지도 모를 분노와 증오, 모멸감을 참을 수 없게 된다. 열에 아홉을 잘 관리

하더라도 그중 무엇 하나만 고장이 나면 우린 말 그대로 환장할 노릇이 되어버리곤 하니까.

그렇다. 어쩌면 우리 대다수 사람은 그렇게 어긋나고 망가진 시계와 모기장처럼 하루하루 늙어가고 있는 것일지도 모르겠다. 해결되지 않은 자신의 분노를 꾹꾹 누르고 산다는 게 우리 인생의 기본값인지도. 나의 경우엔 오랜 불면의 시간을 벗 삼아, 수면유도제를 달고 살면서.

어쨌거나 그와 같은 위태로운 순간이 닥치면, 이제 사람들은 제대로 생활을 굴러가게끔 만들기 위해서 적극적으로 '목적 없는' 일들을 추구하곤 한다. 마음이 맞는 사람들과 술자리를 갖는다든지, 머릿속을 텅 비울 수 있는 통속 드라마를 본다든지, 레고에 몰입한다든지, 수영장에서 천천히 레인을 오고 간다든지, 요가와 명상을 배운다든지, 비디오 게임을 즐긴다든지 등등.
무엇이든 상관없다. 다시금 자기 일상의 정상적인 루틴을 되찾게 해줄 수 있다면, 우리에겐 뭐든 무심하게 즐기면서 자신의 뇌를 쉬게 해줄 거리만 있으면 된다. 어떤 사람들은 어려운 수학 문제를 풀면서 복잡한 머릴 비우고 마음을 환기하기도 한다니까. 언제부터인가 '멍때리기' 같은 대회마저도 히트하는 이 사회는, 우리들이 과연 얼마나 빽빽하고 치열한, '목적 과잉의'

일상을 살아가고 있는지를 보여주는 하나의 상징과도 같은 것일 테니까.

아무튼, 그게 무슨 취미든 간에 내가 '아무런 긴장도 없이' 즐길 수만 있다면 우리의 일상에 작은 활력을 불어넣어 줄 수 있을 게 틀림없다. 그것이 내 스트레스를 억눌러주고 나의 생활에 윤기를 흐르게 해줄 수만 있다면 그런 일들을 마다할 이유는 없다. 그것이 하나의 또 다른 '목적'이 되지 않는다면. 내 팽팽하던 의식이 그 일을 푸근하고 여유롭게 즐길 수만 있다면. 내 마음이 그 일에 얽매여 은밀한 압박을 느끼지 않을 수만 있다면.

산책, 작고 부드러운 공백들 ———— •

그리고 나의 경우엔 무엇보다도 산책하는 일에서 그런 '목적 없음'의 전형을 찾았을 뿐이다. 산책은 정말로 목적이 없는 일이니까. 모든 목적이 없는 일 중에서도 가장 목적이 없는 일이니까 말이다. 산책만이 갖고 있는 본질적인 목적 없음에 관하여 김행숙 시인은 이렇게 인터뷰를 한 적이 있다. (2013. 2. 5. '노컷뉴스')

걷다 보면 어떤 기억에 사로잡히기도 하고 굴러다니는 공 하나에서 재미난 생각이 들기도 해요. 이때 중요한 건 목적 없이 걷는 거죠. '시 쓰려고 걷는다'는 생각조차 비워야 하니 힘들 때도 있어요. (웃음) 걷기는 강박이 부르는 초조함을 버리려는 행동입니다. 카프카가 '초조함은 죄'라고 했다는데 절절하게 다가오는 말이죠. 초조해지기 시작하면 그 일의 가치, 자족감조차 느끼지 못하니까요.

산책하는 이들은 그 취미에 빠져 있는 순간 자신의 강박적인 초조함을 버릴 수 있는데, 애써 그러지 않아도 자연스럽게 그리 되어 버린다는 게 산책이 가진 최고의 덕목이라고 할 수 있다. 왜냐면 산책이라는 기호의 핵심 안에는, 김 시인의 말처럼 '아무것도 정해지지 않음'이란 미덕이 깃들어 있기 때문이다. 그런 면에서 산책은 우리 삶의 하나의 '공백'과도 같은 어떤 것이다. 산책은 텅 비어 있다. 이 기호에는 아무런 약속도, 구조도, 또 자기완결적인 의미와 법칙도 담겨있지 않다. 산책은 우리에게 아무것도 요구하지 않는다. 산책은 자유로운 일이며, 허허로운 일이다. 산책은 내키는 대로 걸어 나갔다가 걸어 돌아오면 '장땡'인 일이 분명한 것이다.

그리고 바로 이런 공백의 요소 덕택에, 산책하는 일은 우리가 아낌없이 즐기는 것에 비하여 지나친 주목이나 칭송을 받은 적도 없고 상품화가 된 적도 없던 것이다. '산책 대회' 같은 것을 들어본 적이 있는가? '산책 전용 신발'이나 '산책용 백팩' 같은 것을 본 적이 있는가? 없을 것이다. 왜냐면 제아무리 집요한 자본주의더라도 끝끝내 '공백'을 칭송하거나 상품으로 만들 수는 없으므로. 공백은, 그것을 오직 자신의 활기로 채워가면 그만인 각자만의 '비어 있는 시간'일 것이므로. (그러므로 산책을 예찬하는 나로서는, 멍때리기보다 산책이 훨씬 더 '멍때리는 일'의 본질과 맞닿아 있다고 생각한다.)

> 네가 겪고 있는 이 시간은 무척 값진 시간이야. 인생이 우리가 딛고 있던 바닥을 무너뜨리고, 우리가 사랑하고 중요하게 생각하는 모든 것을 앗아 간 기분이 들 때, 우리는 자동적으로 인생의 근원적인 공백과 마주하게 되지. 평소에 우리의 의식은 인생이 원하는 대로 흘러갔으면 하는 소원과 기대로 막혀 있거든. 너는 지금 이런 것들을 버릴 수 있는 기회를 얻은 거야.
>
> — 니콜라 슈테른, 『혼자 쉬고 싶다』(박지희 옮김 · 책세상) 중에서

이런 면에서 독일의 명상가 니콜라 슈테른이 위와 같이 묘사했던 삶의 근원적인 공백을 나는 '산책을 하는 시간'으로 이해하곤 했다. 우린 산책하는 일을 통하여 조금씩 부드럽게 나뉜

자신만의 근원적인 공백을 누릴 수 있고, 그래서 자신이 둘러싸였던 온갖 목적들과 이해관계로부터 잠시 탈출할 수 있다. 산책은 내가 가로막고 닫아두었던 나 자신에게 자유의 바람을 불어넣어 주는 일이고, 자신이 알게 모르게 쌓아왔던 온갖 소원과 기대들을 조금은 내려두는 일과 같을 테니까.

목적 없이 걷는다는 건 언제나 그 정도의 마법 같은 힘을 품고 있는 일일 테니.

내가 선택한 '텅 빈 시간'의 힘 ─────── •

그래서 나는 산책을 한다. 나는 시작과 끝의 지점이 유동적이고, 귀에 꽂은 플레이리스트도 유동적이며, 내 머릿속의 생각도 내가 택하는 길도, 내가 앞을 향해 나아가는 속도도, 내 한 걸음 한 걸음의 순간적인 리듬도 모두 유동적인 산책하는 일을 택했다. 나는 잠깐의 시간 동안 내 삶의 '텅 빔'을 선택했다. 이 시간이 끝난 후 돌아가면 또 내가 처리해야 할 온갖 일들이 날에워싸겠지만, 나는 이런 어슬렁거림이 내게 던져주곤 하는 원초적인 에너지를 잘 알고 있다.

어른스러운 삶은 곧 괴로운 삶이다. 그것은 징그럽게도 계속 반복해야 하는 청소의 삶이고, 끝도 없이 날아오는 세금 고지서의 삶이다. 인생은 원하는 대로 흘러가지 않고, 우리는 허덕허덕 자신의 일상을 살아내다가 언제든 쉽게 고장 나버릴 수 있는 사람들이다.

그렇지만 산책하는 시간은 오늘도 우리에게 심드렁하게 알려주고 있으리라. 결국, 이 세상에 영원히 고정된 목적과 규칙은 아무것도 없다는 것을. 내 행복과 무관한 어떤 '목적'들도 사실은 다 부차적이고 허울 좋은 '목록'에 불과하다는 것을. 우리가 저마다의 힘겨운 일상에 시달리고 있더라도 '나'라는 사람은 생각보다 훨씬 더 풍요로운 가능성이 넘치는 존재라는 것을. 그러므로 내게 필요한 건 단지 약간의 시간, 나 자신을 되돌아볼 수 있는 마음의 여유라는 것을…….

나는 불규칙하게 걸으면서 — 아니, 나만의 걷는 규칙을 매 순간 새롭게 만들고 허물어뜨리면서 — 이런 단순한 진실을 되새기곤 하는 것이다.

현재에　머무른다는　것에　관하여

—

산책하는 일은 역시 '지금, 이 순간'을 곱씹으면서 하릴없이 걷는 일이다.

앞 장에서 열거했듯 인간은 밥도 먹고, 일도 하고, 또 사랑도 하며 공부도 해야 한다. 그러니까 세상에는 아마 산책하는 것보다 중요하고 시급한 일이 훨씬 더 많겠다만, 나는 그런 수많은 대소사의 틈을 비집고 어쨌든 잠시나마 산책할 시간을 마련했다.

나는 어슬렁거리며 '현재를 걷고 있다.' 현재라는 아주 작은 소실점을. 야금야금 나를 밀어붙이는, 무한으로 회귀될 만큼 잘게 나뉜 어떤 점을. 말 그대로 내가 맞닥뜨렸다가 순식간에 사라져버리는 이 점들의 연속을 말이다.

나는 걸으면서 오만 가지 생각을 다 한다. 나는 현재를 흘려보내며 편안한 마음으로 이리저리 거닐고 있는데, 그런 '산책 모드'에서 내 머릿속을 헤집고 나를 사로잡는 것은 무한히 소실되는 '지금 이 순간'이 아니다. 나는 끊임없이 사라지는 순간에 사로잡힌 채 그 자체를 달콤하게 매만지진 않는다. '소실되는 순간'이란 사실 우리가 머릿속으로 상상한 어떤 관념적이고 추상적인 개념에 불과할 뿐이니까.

대신 나는 온갖 활기가 넘치며 풍성한 것들로 내 안을 가득 채우고 있다. 아니, 나는 채워지고 있다. 청명하고 높은 하늘, 언제든 우리를 경탄하게 만드는 환한 햇살, 땅바닥에 뒹구는 낙엽들, 멀리서 흐르는 물소리……. 그리고 나만의 사적인, 지극히 사적인 여러 고민들. 나에 대해서. 나의 소중한 사람들에 대해서, 또 미운 사람들에 대해서. 나의 뭉클했고, 가슴 뻐근했고, 또 반짝였던 기억과 회한들에 대해서.

그리고 우리가 무언가 — 그게 정말로 무엇이든 — 의 한복판에서 그 무언가를 깊숙하게 느끼고 음미하는 순간, 그 무언가와 혼연일체가 된 그 순간, 우리의 현재는 '이미 사라지고 없다.' 우린 모두 그것을 알고 있다. 우리가 무언가에 풍덩 빠져 있을 때 현재라는 텅 빈 관념은 '흰 눈이 사르르 녹아 없어지듯' 그 무언가에 자기를 내어주곤 과거로 스며들어 버리곤 하니까. 셰익스피어는 "눈이 녹으면, 그 흰빛은 어디로 가는가?"라고 물었는데, 그의 질문은 현재라는 관념을 가리키는 참으로 명징한 메타포로도 받아들일 수 있을 것이다. 눈은 어딘가로 사라졌다. 그래도 — 아니, 어쩌면 '그래서' — 그 눈이 남긴 회고 투명한 빛깔은 우리의 기억 속에 생생히 살아있기 마련이다.

눈은 녹아도 흰빛은 사라지지 않는다. 순간은 소실되어도, 그 순간에 깃들었던 아름다움은 남는다. 그러니까 현재를 가장 깊숙하게 누릴 줄 아는 사람은 오랫동안 눈이 녹지 않게끔 냉동장치를 이용하려는 사람이 아니라, 눈이 남겨둔 그 언어 너머의 빛깔들을 자기 마음속에 가장 잘 간직하고, 자신 안에 남은 '흰빛'들을 가장 선명하게 '기억하는' 사람일지도 모르겠다. (세상의 문과들이여, 정말 그런 것이다. 우린 자부심을 가져도 된다.)

어쨌거나 내가 말하고 싶은 바는, '나는 이제 현재를 즐겨야겠다.'라고 작정하고 산책길에 나서는 사람은 아무도 없다는 것이다. '아, 난 오늘 내가 만나는 풍경들을 깊이 음미해야 겠군.'이라고 단단히 마음을 먹으면서 산책을 시작하는 사람이 있을까? 없을 것이다. 우리는 모두 그냥 주섬주섬 신발을 신고 헝클어진 머리로 밖에 나가서는 저도 모르게 소실점으로 스며들고 만다. 평화롭게, 또 아무런 준비도 계산도 없이.

대개는 현재를, 즉 '지금 이 순간'을 누리겠다면서 의식을 잔뜩 벼른 채 매 순간순간을 꽉 움켜쥐려고 하는 사람들, 그러니까 '카르페디엠'이란 문구에 가장 환호하고 집착하는 사람들의 내면이 (어쩌면) 가장 팍팍하고 불우한 게 아닐까 싶다.

나는 생각한다. '현재'라는 관념은 우리가 생각하는 것만큼 '얇디얇은' 것은 아니라고. 현재는 '다시 돌아올 수 없다'라는 이유로 그처럼 떠들썩하게 예찬될 만한 것은 아니라고.

그러므로 나는 산책을 예찬하는 것이다. 산책하는 동안 나는 현재를 가장 충만하게 누리면서 나의 현재를 가장 적극적으로 떨쳐내고 있으니깐.

산책하는 일은 흔히 이 세계를 거닐며 잠기는 사색의 미덕과 함께 묘사되곤 하지만, 사실 우리가 산책하는 시간이란 자신이 걸어온 과거를 달콤하고도 쌉쌀하게 되짚는 시간에 더 가깝다고 생각한다. 나는 산책길에서 언제나, 마치 소가 여물을 계속 우물거리면서 되새김질을 하는 것처럼 나의 지난날에 관하여 생각하고 또 생각했다. 적어도 내 경우엔 그랬다. 그냥 자연스럽게 그리되어 버렸던 것이다.

나는 지금 내가 마주친 익숙한 공기와 풍경으로 편안한 자극을 받고 있고, 내 안에서 무수하게 다시 증폭되는 과거의 시간을 되짚는 중이다. 나는 내 삶의 뒤안길을 돌아보고, 그로부터 아직 도래하지 않은 내 삶의 수천 가지 시나리오들을 묘사하고 있다.

나도 지혜로운 종교인들처럼 내면의 번뇌들을 맑게 비우고 이 세계의 평화와 행복을 기원하는 명상의 시간을 보냈다면 더할 나위 없었겠지만, 그러진 못했다. 돌아보면 산책하는 시간 대부분은 그저 나의 삶을 A부터 Z까지 반추했던 시간이었던 것 같다. 지극히 사소한 사건부터 인생사에 닥쳤던 커다란 일들까지. 또 그런 일을 통과하던 당시 내 마음의 희미한 흔적들까지.

예컨대, 지난주 거래처 직원에게 들었던 약간은 모호하고 부정적인 뉘앙스의 한마디가 계속 머릿속을 맴돈다. 내가 뭘 좀 잘못했던 건가. 그땐 이러저러하게 대처를 해야 했나. 아니, 근데 이렇게 말하면 그냥 깔끔하게 지나갔을 것을 왜 저런 식으로 표현을 했던 거지. 역시 갑질인 건가. 내가 좀 만만하게 보였던 건가. 이하 등등.

가까운 과거의 자질구레한 흔적들을 떠올리며 걷는 일에 집중하다 보면, 시간은 갑작스레 뒤로 훌쩍 이동한다. 유년 시절의 풍경과 그 안에서의 일화들이 쿵쿵거리면서 내 머릿속을 찾아온다. 그네 위의 신발 멀리 날리기, 미끄럼틀과 시소를 베이스로 삼아 진지하게 벌였던 야구 경기, 세찬 비가 와서 곳곳에 물웅덩이가 고였던 놀이터, 정말로 겁도 없이 크고 작은 도로를 쌩쌩 누볐던 자전거와 롤러스케이트 경주, 조개껍질 씨름, 그땐 덥석덥석 잘도 잡았던 잠자리와 매미, 사마귀 같은 곤충들, 하늘이 어둑해져 갈 때쯤 저 멀리서 들려오던 어머니들의 목소리……

그리고 내 기억 속에 애틋하게 남아있는 몇몇 고정적인 화면들. 언젠가 학교에 날 데리러 왔던 아버지, 초등학교 때 '무서운 초딩' 선배들에게 운동장에서 돈을 뺏겼던 경험, 별것도 아닌 이유로 친구와 대판 싸웠던 일들, 오락실에 몰래 다니던 것을 딱 걸렸던 그날 엘리베이터 안에 흐르던 정적, 지금은 돌아가신 외할머니가 그 작은 일탈을 감싸주던 일, 우리 반 한 아이의 어머니가 지키고 계시던 학교 앞 구멍가게…….

이런 것들이 내 머릿속을 혼곤하게 메우곤 한다. 물론 사랑의 풍경도 빠질 수 없다. 좌절된 사랑의 그림자는 언제나 날 '그때 그 순간으로' 되돌려놓는다. 내가 그 순간 이렇게 행동했더라면, 내가 조금만 더 성숙한 사람이었더라면 어땠을까. 실패했던 소개팅의 아픔들은 늘 새롭게 찌릿하고, 오래전 사귀었다가 지금은 헤어진 옛 연인들도 시시각각 마음을 흩트리곤 한다.

그러다간 젊었던 부모님의 얼굴과 지금 쭈그렁 노인이 된 부모님의 모습이 겹쳐져 괜스레 울적해지기도 하고, 또 중학교 시절 짐승우리 같았던 남학교 교실에서 짐승처럼 뛰놀던 내가 떠오르기도 하는 것이다. 중학생이었던 내가, 지금 내 모습과 발걸음 위에도 묻어 있다. 또 어느 정도는 달라졌다. 어느 정도는 그대로이다. 이렇게 뒤죽박죽 내 머릿속을 메우는 옛날 기억들을 곱씹으며 걷다 보면 한두 시간이 훌쩍 지나간다. 가는지도 모른 채 가버린다.

나는 지금 내 앞에 주어진 삶의 반경을 걷고 있지만, 그때 나를 사로잡고 있는 것은 과거의 기나긴 자취와 그 안의 빛나는 추억들이다. 붙들 수 없는 걸 알지만 계속 붙들고 싶어지는 내 삶의 사소하고도 중요한 조각들 말이다.

현재가 한없이 길고도 깊은 것이라면 ———— •

과거는 지나갔고 미래는 아직 오지 않았으니 우리에겐 오직 현재뿐, 이라는 '현재 예찬'은 대중문화의 가장 흔한 클리셰 중 하나다.

그 말을 유행시킨 사람들의 충정은 이해할 수 있다. '나중에 졸업하면', '좋은 직장에 취업하면', '언젠가 네가 성공을 하면' 등등의 가정법을 날 선 무기처럼 휘두르는 이 천박한 사회에서, 우리의 '지금 이 순간'들은 무수히 훼손되며 짓밟히고 있다. 그러니 우리를 끝없이 미래로 밀어붙이는 사회에 맞서 현재를 즐기라는, 'YOLO'를 실천하라는, 너의 지금 그 젊음을 그대로 흘려버리지 말라는 식의 조언과 경구들이 이토록 넘쳐나는 것이다.

그렇지만 그런 식의 조언이 제아무리 세련되고 그럴듯해 보여도, 그건 언제나 100퍼센트 순도의 '마케팅 문구'일 뿐이다. 타블로이드 지면을 장식할 섹시한 헤드라인이자, 베스트셀러를 노리는 자기계발서의 제목으로 적합할 문구들이리라. 한마디로 말한다면, 질소로 가득한 과자봉지처럼 과장이 잔뜩 섞인 전시품이란 뜻이다.

'인생은 단 한 번뿐이다'("You Only Live Once", YOLO)라는 가치관을 이곳저곳에서 찬양하던 세상이, YOLO를 실천하다가 대출을 떠안고 커리어를 망가뜨린 젊은이들에게 뒤늦은 걱정과 우려를 보낸다. 참으로 경박하게 들끓는 목소리가 아닐 수 없다. 우리는 이처럼 지나치게 요란한 마케팅 트렌드를 가급적 멀리할 필요가 있다. 인생은 한 번뿐이라는 말은 물론 틀린 게 아니지만, 그런 문장이 TV와 인터넷에 유행처럼 번지는 순간 이미 싸구려 전단지의 광고 문구와 다를 바 없어졌다는 것을 명심할 필요가 있다.

현재는 마음껏 '즐기고 말고' 할 만한 게 아니다. 아니, 애초에 현재라는 건 과거에서 미래로 이어지는 무수한 소실점 중 하나일 뿐이다. 매 순간 소실되면서도 우리에게 반짝이는 추억과 아름다움을 남기곤 하는. 결국, 소실되면서도 소실되지 않는.

그러므로 나의 과거, 나의 미래와 동떨어진 '현재란 없다.'

내 관점에서 말한다면, '현재를 헛되이 보내지 말라, 순간을 아껴 써라, 오늘을 충실하게 즐기라.' 등등의 떠들썩한 말들은 모조리 이렇게 바뀌어야 마땅하다: '현재는 너 자신이며 너의 전 생애이다.' 너의 수십 년 과거를 고르게 담고 있으며 한없이 길고 또 한없이 깊은.

그렇다면 현재를 '가장 잘 산다는 것'은 내가 밟아왔고 또 밟아갈 시간의 연속선을 명징하게 바라보고 거기서 나 자신을 '가장 잘 발견하는 일'과 같아질 것이다. 나는 나를 깊이 발견함으로써만 매 순간 사라지는 이 순간에 충실히 머무를 수 있다. 즉, 한 사람이 오랫동안 밟아온 '그만의 시간'을 알 수 없는 어떤 타인이나 세상도 그의 현재에 관해 이러쿵저러쿵 닦달할 수는 없다. 설령 그런 식의 조언이나 극적인 '동기부여' 일화들이 아무리 달콤하게 느껴질지라도.

그러니 우리는 이런 모든 소란을 뒤로하고 그냥 휘파람을 불면서 집 앞 공원과 샛길을 휘적휘적 걸어보면 어떨까 싶다. 산책하는 시간은 우리에게 '현재'의 진정한 볼륨감을 돌려주니까. 매 순간 휘발되면서도, 과거의 두툼한 색채를 뭉클하게 담아내고 있는.

과거는 지나갔고 미래는 아직 오지 않았다. 우리가 맞이했던 모든 순간은 사라지는 중이다. 다만 그 순간들은 지금도 내 안에 차곡차곡 쌓여가고 있다. 눈은 녹아 없어졌지만, 우리가 세상을 수놓았던 맑고 선명한 흰빛을 자기 안에 담아두고 있듯이 말이다.

기억한다는 것은 곧 미래를 기약한다는 것이다. 나의 과거를 소중하게 간직하고 되새기는 일은, 아니 오직 그 일만이 '바로 지금' 내가 어떤 길로 나아갈지를 일러주는 유일한 나침반이 되어줄 것이다. 나침반의 지침은 결코 흔들리는 법이 없다. 자신의 과거를 기억한다는 것도 마찬가지다.

눈이 내리는 계절이 곧 되돌아온다. 우리는 또다시 이 계절의 흰빛으로 우리의 시간을 채워가리라. 소복하게 쌓인 눈길을 걸을 그날이 기다려진다.

깨어있다는 것에 관하여

—

나는 지금 이 글을 강원도 동해시의 일출을 바라보며 쓰고 있다. 새벽 6시가 가까워져 오는 검푸른 시간이다. 2018년의 여름은 기록적으로 뜨거웠는데, 9월의 초입을 맞이한 이 시각 동틀 무렵엔 산들거리는 가을바람이 조금 쌀쌀할 정도로 내 몸을 휘감고 있다. 무더웠던 나날 숨조차 쉬기 힘들었던 더위의 감각은, 마치 마법이 풀린 〈미녀와 야수〉의 세계처럼, 신비할 정도로 스르륵 한순간에 자취를 감추어버렸다.

일출 전이라 아직은 어슴푸레한 수평선이 저 바다 끝에 걸쳐 있고 그 위에선 수많은 고깃배가 서로 간의 점잖은 거릴 유지한 채 점점의 불빛을 전해주고 있다. 저 배들은 짙은 구름과 맞물린 먼바다의 오묘하고 환상적인 빛깔 속에서 노동과 일상의 흔적들을 의연하게 흩뿌리는 중이다. 가까운 연안 부둣가에선 뒤늦은 엔진 소리가 부르릉거리고, 지근거리의 개들이 컹컹 짖는 소리도 들린다.

언제나 지겹고도 새로운 삶의 빛과, 삶의 풍경과, 삶의 소리들. 이렇게 또 하루가 시작됐다.

어젯밤엔 이 도시의 명소인 망상해변 밤바다를 오래도록 걸었다. 일 때문에 1박 2일로 온 동해시였는데, 이 도시에서 하루를 묵었던 건 처음이었다. 아담하면서도 예스러운 시내의 모습이 푸근하고 좋아 보였다. 학교에서 강의를 마치고, 이곳저곳을 여유롭게 천천히 둘러보다가 숙소에 짐을 푼 후 바닷가로 걸어나갔다.

나는 도시에 있을 때에도 자꾸만 바다를 보고 싶다. 시시각각의 바다를 시시각각 바라보고 싶다. 무엇에도 둘러싸이지 않은 망망대해를, 부드럽고 매혹적인 색으로 태양을 적시는 낙조를 보고 싶다. 어떤 걸림돌도 엿보이지 않는 일직선의 수평선을, 그리고 쉼 없이 육지를 파고드는 파도의 뒤척임을 보고 싶다.

나는 '밤바다 예찬론자' 중의 한 사람이다. 그것도 서해나 남해가 아닌 '동해 밤바다'를 예찬하는. 생활에 여유만 된다면 나는 매달 한 번은 꼭 동해를 찾고 싶다. 내 생각엔 동해바다에는 동해바다만의 정취가 있는데, 이건 앞에서 적었듯 내 가난했던 청춘의 흔적이 선사해 준 주관적인 감상에 가까울 것이다. 어쨌든 나는 하루나 이틀 동안 넉넉한 여유를 품은 채, 하늘과 바다가 뒤섞인 컴컴한 바닷가를 멍하니 걷는 어젯밤과 같은 시간을 사랑한다.

한밤중의 바다는 나를 늘 설레게 만들고 살아있게 만드는 것만 같다. 칠흑과도 같은 공간 속에서 파도를 배경음악 삼아, 오랫동안 서걱서걱한 모래를 밟으며 상쾌한 바람을 맞다 보면 나는 늘 어디론가 사라지거나 날아가 버릴 것 같은 기분이 되곤 했다. 어제는 밤하늘도 쾌청해서 수천수만 개의 별들이 내 머리 위를 떠다니고 있었다.

언젠가는 사랑하던 사람과 거닐면서 서로 노래도 불러주고 그랬던 밤바다이다. 애틋했던 기억이다. 다시 돌아오지 않는. 그렇지만 내 안에서 매 순간순간 숨 쉬고 있는.

밤바다의 백사장을 걷는 일을 너무나 좋아해서, 몇 년 전엔 드넓은 백사장 한쪽 끝 너머의, 너머의, 너머까지 갔다가 길을 잃을 뻔한 적도 있다. 새벽 한 시가 넘은 시각. 불빛도 없고 사람 다니는 길도 보이지 않고, 도대체 지금 내가 걷고 있는 곳이 어딘지도 모르겠고……. 쏴아 쏴아 하는 파도 곁을 걷고 또 걷다가 슬슬 두려움이 몰려오기 시작했다. 결국, 저 높은 해안경계초소의 군인들이 나를 구원했다. 초소의 사이렌이 요란하게 울리며 "거기서 뭐 하십니까, 거기 길 없습니다."라는 메시지가 반복적으로 전파됐다. 그이들이 커다란 헤드라이트를 요리조리 비춰준 덕에 간신히 내 좌표를 인지하고 총총걸음으로 원위치에 돌아올 수 있었다.

막상 동해시에서 만난 학교 선생님들과 학생들은 웃으면서

"바다를 마지막으로 본 게 언제인지도 잘 기억나지 않는다."는 얘기를 들려주던 것도 흥미로웠다. 아름다움을 이웃한 사람들은 그것이 얼마나 아름다운지 의식할 필요가 없다. 그냥 오래 사귄 벗처럼 해안의 정취와 바닷바람을 곁에 두고 살아가는 것이다.

그들에게 묻어 있을 소금기는 그들 삶에 어떤 영향을 남기곤 했을까?

세상의 어둠을 긍정한다는 것 ────── •

하늘이 서서히 밝아지고 있는 지금, 나는 잠에서 깨어 눈을 비비며 앉아있다. 주황빛과 자줏빛이 어슴푸레하게 섞인 저 시원시원한 바다의 풍경을 바라보며 나는 다시 밤바다를 걷는 일에 관해서 생각한다. 어젯밤 가장 어두컴컴한 시간에, 가장 어두컴컴한 공간에서 나는 한가롭게 산책을 하고 있었다. 밤하늘과 밤바다의 경계선은 보이지 않고 머리 위의 별들만이 총총했던 어떤 태고의 영역.

주기적으로 일렁이면서 제 몸을 뒤집고 있는 바다……. 지구와 달이 지금처럼 움직이는 한 영원히 반복적으로 뒤척일 저 미지의 세계를 말이다. 아니, 우리에게 아직 '태고'라든지 '미지'라든지 하는 게 남아있기는 한 것일까? 이미 진보하고 또 진보하여 바다는커녕 우주까지 점령할 기세의 호모 사피엔스라지만, 어쨌거나 나는 이 지구에서 가장 깊고 가장 광대한 영역의 숨결을 지척에서 느끼고 있던 게 사실이었다.

우주라는 저 위의 어떤 곳은 나의 몸, 나의 감각으로는 잘 실감이 되질 않는다. 직접 실감해 본 일도 없을뿐더러 역시 그 무시무시한 곳에 머물기 위해선 꽁꽁 싸맨 두꺼운 우주복을 입어야 한다고 알고 있으니. 더욱이 그곳에선 우주복에 바늘만 한 구멍이 뚫려도 우리 모두 모골이 송연한 시체가 되어버린다는 걸, 나는 영화를 봐서 잘 알고 있다. 우주란 과연 경이롭고도 경이로운 미지의 공간이긴 하겠지만 아무래도 좀 비인간적이며 으스스한 곳에 가깝지 않을까 싶다. 멀기도 너무 멀고. (일단 우리 대부분은 거기에 가고 싶어도 갈 수 없다!)

바다는 그보다는 소박하고 친숙하다. 바다는 내게 여전히 불가해하고도 신비로운, 그러면서도 내가 직접 만질 수 있고, '한 공간에서 숨 쉴 수 있는' 어떤 이미지로 남아있다.

밤의 한가운데에서, 아무것도 보이지 않는 공간을 산책하며 나는 비로소 '내 안으로' 가장 침잠하는 느낌이 들었던 것 같기도 하다. 어쩌면 나는, 나를 완전히 휘감고 있는 아득한 어둠을 그리워했던 건 아닐까? ('자궁 속과 같은 어떤 공간'이라는 비유는 진부하므로 쓰지 않도록 하겠다.) 한밤중의 시각, 나는 바깥 세계의 광막한 어둠에 휩싸인 채 그 어둠의 힘을 통하여 내 안에 고여 있던 어둠을 조금은 더 생생하게 바라볼 수 있던 것 같기도 하다. 내가 발을 디딘 육지의 끝에서, 아무것도 보이지 않는 곳에서, 그리고 모든 경계가 풀어진 곳에서.

"사람은 자신의 가슴속을 들여다볼 때 비로소 시야가 트이게 된다. 바깥을 보면 꿈을 보지만, 안을 들여다보면 깨어날 것이다." 정신분석학의 창시자 중 한 사람이었던 칼 구스타브 융의 말도 상기하며, 나는 온갖 상념에 젖어 든다. 나는 밤바다를 걸으며 분명 저 막막한 드넓음과 '보이지 않음'이 주는 어떤 안식의 감각, 역설적인 생생함을 느끼고 있었다.

나는 생각한다. 어쩌면 인간이 '깨어있다'는 것은, 자기 자신과 자신을 둘러싼 관계를, 자신이 지나온 어떤 세계의 윤곽을 선명하고 형형하게 이해하는 것이 아닌지도 모르겠다. 내가 깨어있다는 것은 지금 내가 걷고 있는 이 공간처럼, 어두운 지점을 어두운 지점으로 남겨두고, 미지의 영역을 미지의 영역으로 남겨둔 채, 나를 둘러싼 세계와 나 자신의 영원한 혼곤함과 '보이지 않음'을 홀연히 인정해버리는 것일지도 모르겠다.

저 신비로운 밤의 장막처럼⋯⋯. 모든 것을 속속들이 분석하고 밝혀내려는 게 아니라, 모든 것의 영혼과 모든 것의 역사 안에 담긴 어둠을 긍정하고 그것들 각자에게 각자의 깊이와 평온함을 되돌려주는 일일지도 모르겠다.

밤바다를 거닐 때면 나는 내가 미처 붙잡을 수 없는 어떤 광대한 세계가 있다는 것을 온몸으로 느끼고 있었다. 그것은 내 지척에서 뒤척이며 숨을 쉬고 있다. 나는 짙은 어둠 속에 살아 숨 쉬는 그것과 오랜 친구가 된 것만 같다. 아니, 나는 어쩌면 하루하루와 매 순간순간이 설레고 행복했던, 또 나를 둘러싼 모든 것을 믿고 모든 것과 친구가 될 수 있었으며 아무것도 계산하지 않았던 저 연약한 유년의 시절로 되돌아간 것 같다.

마치 푸르고 넓은 바다 앞에 처음 도착해 이 공기를 들이마셨을 그 아이처럼……

바다는 언제나 거기에 있으므로 ———— •

나는 지금껏 너무 순진하고 낭만적으로 바닷가를 거니는 감정을 묘사했던 건지도 모르겠다. 바다 앞에 서면 누구나 조금은 감상적이 되곤 하니, 이 글을 읽는 여러분들도 너그럽게 이해해주시리라 믿는다.

나는 매일처럼 산책을 하면서 내 곁에 주어진 풍경을 가슴속에 담고 나의 과거를 되돌아보곤 했다. 나는 내 마음을 채웠던 욕망을 곱씹었고, 내 삶의 목적을 생각했고, 또 내가 살아내야 할 현재와 미래에 관하여 생각했다. 그렇지만 역시 가끔은, 내가 자초했던 온갖 상처와 흉터들로 뒤덮인 가까운 공간을 걷는 일이 내게도 질긴 슬픔과 괴로움으로 다가왔던 게 사실이다. 그럴 때면 나는 잊지 않고 바다를 찾았던 것 같다.

"낮은 데로만 흘러 고인 바다, 작은 배들이 연기 뿜으며 가고……." 김민기가 〈봉우리〉에서 노래했던, 바로 그 낮은 데로만 흘러 고인 바다를 말이다. 우리가 아무리 평탄한 길을 찾아 걷는다고 해도, 삶은 역시 높고 가파른 봉우리의 연속에 가까울 것이다. 삶은 끝끝내 산책과 같은 것이 될 수는 없다. 그래서 나는 가끔씩 모든 높낮이를 지워버린 바다를 산책하는 것인지도 모르겠다. 또 세상의 모든 높낮이를 평화로운 어둠으로 감싸주는 한밤중의 바다를 산책하는 일이 내게 그토록 깊은 인상을 남겼던 것인지도 모르겠다.

"혹시라도 어쩌다가, 아픔 같은 것이 저며 올 때는. 그럴 땐 바다를 생각해, 바다." 봉우리 같은 삶에 지친 우리들 곁엔, 바다가 남아있다. 김민기가 옳았다. 결국 봉우리는 그저 넘어가는 고갯마루일 뿐일 것이다. 우리는 모두 영영 이해되지 않는 탄생과 죽음의 궤적을 걸어가고 있지만, 어찌 됐든 우리에게 주어진 삶은 기어이 축복 같은 것이리라. 설명될 수 없고 이해될 수 없는. 그저 풍요롭고 또 경이롭다고밖엔 말할 수 없는.

나는 다시 내가 사는 곳으로 돌아와서 이 글을 마무리 짓고 있다. 우리는 물에서부터 뭍으로 출발한 종족이다. 내 안엔 언제나 바다가 숨 쉬고 있고, 나는 오늘도 그 소금기를 되새기며 산책을 한다. 겨울이 다가오고 있다.

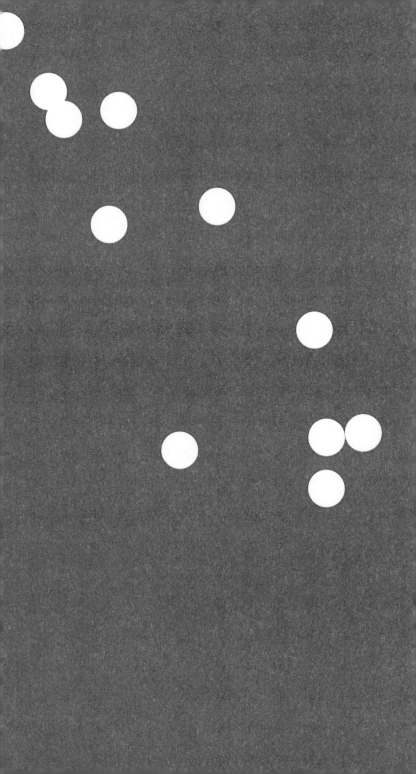

2

산책의

몇 가지

미덕들

자유롭다는 것

—

　오래전 직장에서 업무 관계로 처음 인연을 맺었다가 지금은 편안한 친구 같은 사이가 된 분이 있다. (편의상 K님이라고 부르겠다.) 같이 일을 하던 그 시절에도, K님에게 '자유로운 영혼'의 기질이 없었던 건 아니었다. 한마디 한마디가 범상치 않게 통통 튀고, 외근길에 나설 땐 마법사처럼 검고 뾰족한 모자를 쓰고 다니고, 미팅하러 와선 (업무 이야길 쓱싹 해치우고) 실컷 딴 얘기로 수다를 떨다 가고…….

　그런데 이런 과거와 비교하기도 힘들 만큼 최근 이분의 영혼이 물 만난 물고기처럼 춤을 추기 시작했다. 매사에 흥이 넘치며 거리낌 없이 웃고, 농담을 멈추지 않고, 아무튼 굉장히 '하이한' 모습을 보여주는 K님을 보면서 어, 가끔은 내가 알던 그분이 맞나 싶을 정도였다.

　얼마 전 K님이 보여주는 '하이 텐션'에 다시 한번 놀라서, 메시지로 조심스레 "잘 지내고 계신 것 맞죠?"라고 물어보았다. 우리들 마음의 특성상 가끔 심각한 '하이'는 심각한 '로우'의 반작용일 가능성도 있으니깐. 그랬더니 K님 말씀이 "어휴, 주위 사람들이 왜들 그리 자기를 걱정해주는지 모르겠다"면서 자신은 요즘 그 어느 때보다도 행복하다고 말했다. 내가 아, 그렇다면 다행이네요, 라고 대답하니 그분은 "인생은 깔때기"라는 문장과 함께, 이 요한복음의 경구가 적힌 비석 사진을 보내주었다.

진리가 너희를 자유케 하리라

The Truth Will Make You Free

아, 이 사진을 보고 생각났다. 이분이 언젠가 종교 안에서의 깊은 깨달음, 감격에 찬 눈물, 절대적인 신에 대한 찬미를 고백했던 것이. K님은, 내가 이렇게 말한다면 불경할지도 모르겠지만, 역시 '자신만의 숭고한 깔때기'를 만난 것이었다. 그는 저 모든 사소하고 자잘한 부대낌과 부딪침이 여과되고 난 뒤 자신 안에 남아있을 가장 소중한 것을 찾은 것이었다. 그러니까 자유롭다. 어차피 이 세속의 '중요하지 않은 것'들은 검불처럼 흩어지고, 걸러지고, 휘적휘적 흘러가 버릴 것이다. K님은 그것을 알고 있다. 그러니 어린아이처럼 그 '진리 안에서' 뛰놀기만 하면 되는 것이다.

나는 종교를 갖고 있지 않지만, K님처럼 종교에서 절대적인 목소리를 듣고 그 안에서 순수한 위안과 기쁨을 느끼는 분들을 보면 가끔 무척 부러운 감정을 느낀다. 신앙을 가진 모든 분들이 그런 건 아니겠지만 종교 본연의 가르침에 충실함으로써 주위의 사람들에게 참으로 밝고 청량한 기운을 전달하는 사람들이 있다. 그런 분들은 대개 일도 잘한다. 성실하고, 반듯하고, 단단하다. K님도 물론 일을 잘했다.

진리는, 그 진리를 성심껏 따르는 어느 한 사람을 자유롭게 할 수 있다. 그런데 나는 종교적 가르침과 같은 어떤 '고정된 진리'를 믿고 있지 않다. 나는 고정된 진리를 믿지 않고, 고정된 진리는 우리 세상에서 때때로, 아니, 자주 위험할지도 모른다는 철학적 견해를 믿는다. 나는 (대부분의 종교 없는 이들이 그렇듯) 오로지 내가 직접 겪어나가는 감각과 경험의 힘을 믿고 있을 뿐이다. 오직 나 자신이 겪어내고 내가 받아들일 수 있는 것들만.

그렇지만 동시에 나는 자유롭고 싶다. 영원한 진리 안에서 자유로운 사람들이 부럽다. 그렇다면 나의 진리는 무엇이 되어야 할까? 나는 자유로움의 씨앗을 어디서 찾아야 하는 걸까?

내 자유로움의 시작은 산책하는 일이라고 할 만했다. 정말 그렇다. 그러니 나는 산책하는 마음을 예찬하는 이런 책을 쓰기 시작했던 것이다.

한때는 나도 젊음, 비슷한 것을 만끽했다. 내가 갖지 않은 것들을 꿈꾸었고, 내가 더 뛰어난 사람이 되리라는 사실을 '진심으로' 믿었다. 30대 초반 즈음까진 할 수 있는 한 제법 열심히 공부도 했고 일도 잘 해내려고 노력했다. 사람 때문에 울었고 사람을 울렸다. 술을 마시느라 밤도 많이 새웠고, 인간과 이 사회의 선악과 정의로움을 토론하길 좋아했다. 더러운 세상을 욕했으며, 짝사랑하던 이의 집 앞에서 한나절을 서성거렸다. 사랑에 성공했고 사랑에 실패했다. 여하튼 나는 삶을 좀 더 뜨겁고 깊게 살아보려고 발버둥을 쳤다. 한 번뿐인 인생과 한 번뿐인 젊음을 더 멋지게, 더 열심히…….

그리고 몸이 망가졌다.

돌이켜보면 몇 년간 몸이 야금야금 조금씩 닳다가, 이전 직장에서 결국 면역체계가 극적으로 무너졌다. 나의 경우엔 그 무너짐이 피부로 번져나갔다. 얼굴부터 발끝까지 내 피부가 진물을 흘리며 아우성을 쳤다. (아, 두피도. 눈에 보이진 않았지만 제일 심했다.) 매일 내 얼굴을 보는 일이 두려울 정도였다, 가 아니라 너무 두려웠다. 직장 동료들은 멈칫거리며 경악을 했고,

거리의 사람들은 흘끗거리며 경악을 했다. 어머니는 내 몸을 보며 울었다.

당시엔 어떤 병원에서도 확진을 못 했고, 이후 나의 병원순례기는 서울과 지방을 넘나들며 오래도록 계속됐다. 열 몇 곳의 병원을 전전하다가 지금은 다행히 한곳에 정착했는데, 나는 아직도 매주 한두 차례씩 병원에 다니고 있다. 지금은 많이 가라앉았지만 내 병은 여전히 완전하게 치유되지 않았다. 더 슬픈 건 내가 앓고 있는 병은 (많은 피부질환이 그렇듯) 완치될 수 있는 성질의 것이 아니라 평생을 '관리'해 주어야 하는 병이라는 사실이었다.

이제는 몸 곳곳에 착색된 흔적들로 남아있지만……. 아무튼 그때의 경험은 하나의 '원체험'처럼 내게 깊이 각인되어 있다. 그냥 내 얼굴을 드러내는 것만으로도 자연스럽게 사람들에게 '괴물처럼' 인식되는 어떤 강렬한 체험 말이다. 아, 나는 그저 평범하고 무난한 삶을 살아가는 '운 좋은 보통사람'이라고 생각했는데, 그처럼 사람들이 나를 보고 은근슬쩍 경악하던 그때 나는 '보통사람'이 아니었다. 나는 잠시 괴물 비슷한 이방인이 되어있었다. 그 순간 나는 내가 타인들에게 괴물 같은 존재로 비친다는 사실을 똑똑히, 아주 민감하게 의식할 수 있었다. 그런 느낌은 슬픔이나 절망보다는 진한 씁쓸함에 더 가까웠다. 내겐 그랬다.

억울한 감정이 들 때도 있었다. 이 한 번뿐인 인생, 나보다 더 화려하고 방탕하게 삶을 즐기거나 혹은 치열하고 부지런히 중요한 일을 감당해내는 사람들도 많은데, 왜 내 몸은 버텨주지 못했을까. 하필이면 왜 내가 '운이 없는' 쪽에 걸려들었던 걸까.

그렇지만 이런 억울함이 인간적으로는 이해될 수 있어도, 종국에는 별수 없이 무의미하고 무용한 감정이라는 것을 우리는 모두 알고 있다. 자신에게 닥친 비극과 아픔은 무슨 특별한 원인과 결과가 있는 게 아니라, 그냥 내가 끌어안고 살아가야 할 비극과 아픔일 뿐이다. 병病은 그저 병인 것이다. 많은 이들이 자신의 한계, 그러니까 질병이나 선천적 장애, 절대적 빈곤, 슬픈 가정사, 혹은 우연한 사고로 인한 육체의 치명적 손상 등등을 안고 살아가고 있다. 더군다나 내가 당장 시한부 인생을 선고받은 것도 아니지 않았던가.

내 몸의 한계와 아픔을 받아들이는 바로 그 순간, 지금 이 책에 쓰는 맥락에서의 '나의 산책'은 시작되었다. 나는 직장을 그만두었고 오랜 시간에 걸쳐 요양을 시작했다. 매일 내가 사는 파주시 문발동과 출판도시 인근을 걷고 또 걸었다. 산책만 하고 먹고 살 수는 없으니, 책 언저리에서 살아온 경험을 살려 작은 출판사를 냈고 또 글을 쓰는 프리랜서의 생활을 시작했다. 거미줄처럼 퍼져있던 인간관계를 쳐냈고, 취하도록 술을 마시는 일을 금해야 했으며(정말 슬펐다), 돈을 벌기 위한 일 역시 최대한으로 줄일 수밖에 없었다. 어쨌거나 내게는 '삶의 여백'이 필요했다. 의사 선생님들 말마따나 그냥 잘 먹고, 잘 쉬고, 잘 자는 일이 삶의 최우선이 되어야 했다.

그러니까 이런 일은, 한마디로 말해서 내 삶의 스타일 자체를 완전히 바꿔나가는 일이었다. 나의 요양은 '이 한 번뿐인 인생'에 대한 욕심을 덜어내고 '적당히 살아가야 하는' 나 자신을 인정해야 하는 일이라고도 할 수 있었다. 그리고 내게는 그냥 하루에 한두 시간을 쉬엄쉬엄 걷는 일이 바로 그런 스타일을 상징하는 하나의 습관처럼 되어 있었던 것이다.

진리, 라고 말한다면 너무 거창하겠지만, 어쨌든 내 "인생의 깔때기" 중에서도 가장 상징적인 깔때기가 산책이 되었다는 것만은 분명하다. 정말 그랬다. K님은 절대적인 신에게서 찾은 진리를, 그리고 진리 안의 황홀한 자유로움을 나는 내가 사는 곳을 휘휘 걸으면서 아주 어렴풋하게나마 찾으려고 했는지도 모르겠다. 나는 삶의 많은 것들을 비워내고 그냥 '멍하게' 산책을 함으로써 조금씩 자유로워질 수 있었다.

아니, 강가에서 예쁘고 반짝이는 조약돌을 고르듯, 그저 그런 자유로운 감정을 조금이라도 내 손에 움켜쥐려 노력했는지도.

내가 선택한 진실함의 방식 ————— •

> 우리가 '잘했음'이나 '잘못했음'을 결정하는 데에는 아주 간단한 기준이 있다. 그 작문이 진실이어야 한다는 것이다. 우리는 있는 그대로의 것들, 우리가 본 것들, 우리가 들은 것들, 우리가 한 일들만을 적어야 한다.
>
> — 아고타 크리스토프, 『존재의 세 가지 거짓말』(용경식 옮김·까치) 중에서

파주출판도시와 신촌공단 사이의 길들을 오래도록 걸으면서 나는 내가 언젠가 되어야 할 무언가, 되고 싶은 무언가를 욕망하는 일을 멈추려고 노력했다. 물론 내가 그런 욕망을 다 버릴 수 있었다는 건 아니다. 나는 성인聖人이 아니니까. 나는 그저 내가 겪어낸 일상과 감정'만'을 소중히 여기려는 어떤 자세를 간직하고자 했을 뿐이다.

아고타 크리스토프가 쓴 것처럼, 나는 산책을 하면서 오직 "내가 본 것, 내가 들은 것, 내가 한 일들"에 충실해지려 노력했을 뿐이다. 그게 나의 '잘했음'의 유일한 목표가 되었다. 왜냐면 내 몸이 그러기를 요구했으니까. 마음이니 정신이니 영혼이니 해도, 우리가 자기 몸의 말을 듣지 않고 어찌 배길 수나 있을까?

지금도 나는 떠들썩한 술자리, 밤의 향연과 뜨거운 육체적

감각, (일적으로든 인간적으로든) 더 높고 이상적인 목표를 성취하려는 치열한 분투, 그리고 우연과 필연이 결합한 어떤 짜릿한 사랑의 홀림 같은 감정들이 그립다. 그런 걸 평생 외면하며 살겠다는 말이 아니다. 다만 나는 이제 내게 주어진 어떤 '조건'들과 '한계'들을 오래도록 껴안고 살아나가야 한다는 걸 알았을 뿐이다.

그 조건과 한계까지 포함한 내가, 곧 나였다. 내가 꿈꾸고 욕망했던 무언가가 아니라 그냥 지금 이 자리에서 숨 쉬며 걷고 있는 내가, 바로 나였다. 내 자유로움이 시작되는 지점은 하루하루의 생활과 멀리 떨어진 어떤 곳이 아니었다. 내 자유로움은 내가 마련한 나의 터전과 일상 속에 있었다. 아니, 있어야 했다. 언젠가는 또 벼락과 같은 계기로 영원의 시간 속에 숨 쉬는 신, 어떤 절대적인 존재를 만날지는 몰라도, 아직까지 나는 오로지 내 '감각'과 '경험'을 믿고 있을 뿐이며 그게 내가 선택한 나의 진실함이라는 것을 이제는 알고 있으니 말이다.

아마도 K님이 기도를 할 때, 나는 운동화 끈을 다시 묶고 있을 것이다.

가볍다는 것

—

세상이 온통 힘들고 허위이고 악의적이라는 어두운 생각
에 빠져 있으면 안 돼. 그럴 때면 우리를 찾아와. 숲은 항
상 너를 좋아하니까. 숲과 함께 있으면 기운을 차리고 건
강해질 거야. 그래서 다시 더 고귀하고 아름다운 생각을
하게 될 거야.

— 로베르트 발저 작품집 『산책자』(배수아 옮김·한겨레출판) 중에서

앞 장에서 '산책'을 무슨 '진리'와 비슷한 위치까지 격상시
키는 바람에 이 글을 읽고 계신 분들께선 다소 어안이 벙벙하셨
을 것 같다. (그랬다면, 미안합니다!) 그럴 의도는 아니었지만,
결과적으로는 내가 겪었던 육체적인 병의 기록까지 보태진 나
머지 글의 톤이 너무 무겁고 둔중해져 버린 듯하다. 어쩌면 그
런 부담스러운 둔중함이야말로 내가 아직 다 버리지 못한 욕망
의 흔적일지도 모르겠지만…….

내게 산책은 자유로움의 소중한 알레고리인 것이 사실이지
만 우리는 모두 산책이 그보단 훨씬 더 소박하고 홀가분한 일

임을 알고 있다. 산책은 그냥 단출하게 대문을 나서는 산책일 뿐이니까 말이다. 산책하는 일에 관해서라면 누구나 언제든 할 수 있고, 아무런 준비도 필요하지 않으며, 그 어떤 의무감이나 구속감을 느낄 필요도 없다. 10분이어도 좋고 1시간이어도 좋다. 산책은 정말이지 사소하고 평범한 우리네 습관이자 취미인 것이다.

그래서 산책은 거창하지 않고 가볍다. 가벼우니까 산책이다. 우리가 자연스레 터득하고 있는 것처럼, 산책하는 일은 동그랗고 투명한 공기 방울처럼 텅 비어 있다. 이 비어 있는 시간을 제각기 채우는 건 우리의 몫인데, 그 몫에는 그 어떤 수직적인 위계와 우열의 흔적도 엿보이지 않는다. 엿보이면 안 된다. 산책하는 사람들은 그냥 산책하는 사람일 뿐이다. 거기에 덧붙일 무슨 수식어가 더 필요할까?

누군가는 산책을 통해 그저 조금 전 먹은 점심을 소화시킬 수도 있고, 누군가는 내일 업무의 우선순위를 머릿속으로 정리하는 시간을 가질 수도 있다. 산책을 하면서 과거의 해소되지 않은 고통들과 씨름하는 사람도 있을 것이고, 힘찬 '파워워킹'에 열중하면서 몸의 군살을 빼려는 사람도 있을 것이며, 철학적인 혹은 예술적인 사색에 잠긴 채 위대한 작품의 씨앗을 품어내는 사람도 있을 것이다.

산책은 그런 것이다. 산책은 마치 숨쉬기와 맨손체조처럼 우리가 아주 손쉽게 즐길 수 있는 단순한 취미니까 말이다. 산책에는 일말의 긴장이 없다. 산책할 때 우리들의 근육이나 정신은 전혀 경직되지 않는다. 그리고 산책은 바로 그런 가벼움을 통해서 우리 모두의 영혼을 잔잔히 환기시켜 준다.

말하자면 산책은, 자신을 만끽하는 이의 몸과 마음에 어떤 '주름'도 남겨두지 않는다. 산책을 즐기는 일을 통해서 자신의 근육이 단련되거나 배움의 단계가 쑥쑥 신장하는 일을 기대할 순 없다. 우리는 '동네 한 바퀴'를 걸으며 인상을 팍팍 쓴 채 더 나은 사람, 더 뛰어난 사람이 되려고 안달하는 건 아니니까.

그러니 호흡을 나른하게 가져가며 즐기는 산책은 마치 지혜롭게 나이 든 어르신이 들려주는 '괜찮아, 너는 지금도 충분히 완벽해.'라는 조언과도 비슷하다. 우린 물론 완벽하지 않다. 다만 그런 넉넉한 조언을 듣는 순간 우리들은 잠깐이나마 '완벽해진다.' 나는 완벽한 존재다. 아니, 완벽하고 말고 자시고가 인생에 어디 있담? 나를 향해 미소 짓고 덕담을 건네는 그이는 그것을 알고 있다. 우리도 역시 그것을 알고 있다. 모두가 쭉정이처럼 못난 인생이므로, 우리는 그냥 울퉁불퉁한 자기 자신을 사랑하며 현재를 좀 무던하게 즐길 필요가 있는 것이다.

단 바깥 공기는 쐬면서. 이리저리 걸으며 사람들도 마주치고, 웅크린 몸에 활기를 불어넣어 주면서.

깃털처럼 살다 간 이들에 관하여 ──── •

산책은 자신을 즐기는 이에게 아무것도 요구하지 않고 그냥 우리의 몸과 마음을 편안히 비우면서 힘을 빼게끔 만들어 준다. 산책하는 일은 어떤 섣부른 판단이나 평가에도 구애받지 않고, 인간을 바라보는 엄격·진지·근엄한 시선에 선선한 공기가 통하는 구멍을 내며, '더 높이, 더 멀리, 더 빨리'와 같은 스포츠적인 세계관을 정중히 사양한다.

우리 모두에게 한 시간 전 먹은 밥을 소화시키는 일은 중요하다. 헝클어진 인간관계를 곰곰 가다듬는 일도 중요하다. 사랑하는 이와 다정스레 하루의 일과를 나누거나 반려동물에게 확 트인 야외의 공기를 맡게 해주는 일 역시 중요하다. 또는 산책을 그토록 사랑했다는 칸트와 니체 같은 철학자들처럼 『순수이성비판』이나 『비극의 탄생』의 서문을 오래도록 고르는 일도 마찬가지다. 산책하는 일은 이런 여러 가지 일 중에서 무엇이 '더' 중요하고 '덜' 중요한 것이 있다는 식의 감수성을 거부한다.

정말이지 우리네 삶은 다 소중한 것이다. 천상병 시인이 〈귀천〉에서 노래한 것처럼, 그 누가 하찮게 여기거나 별게 아니라며 깔보더라도 우리 모두의 생애는 아름다운 소풍과도 같은 것이므로.

천 시인은 자신이 남겨놓은 저 질박한 시들처럼 한평생을 가난하고 허허롭게 살다가 소풍처럼 떠났다. 그래서 그는 진정 자신의 삶과 시를 일치시킨 시인이 되었던 것이다. 그와 오랜 세월을 함께하며 서울 인사동에서 〈귀천〉이란 카페를 운영하던 목순옥 여사도 몇 년 전 세상을 떠났다. 그들은 이 험한 세상을 오순도순 깃털처럼 살다가 깃털처럼 유순하게 무지개다리를 건넜다.

천상병처럼 산다는 것. 그리고 산책하는 일을 너무도 즐긴 나머지 정말로 산책하듯 이 세상에 잠시 머물렀다 떠난 스위스의 은둔 작가 로베르트 발저처럼 산다는 것. 발저가 쓰고 소설가 배수아가 옮긴 작품집 『산책자』는 내가 읽은 어떤 책보다도 슬픈 책 중 하나였다. 발저는 천상병 저리 가라 할 정도로 완벽한 이방인처럼 살다가 이방인처럼 죽었다. 그는 오랫동안 온종일에 걸쳐 기나긴 산책을 했으며, 마침내는 산책길에서 죽었다. 그는 1956년 크리스마스 날 눈 속에 얼어붙은 시신으로 쓰러져 어린아이들에게 발견되었다고 한다. 산책길에 심장발작이 왔던 것이다.

그는 왜 그렇게 외로운 삶을 살았던가? 발저는 헤세와 카프카에게 인정을 받은 작가였지만 독자들은 그의 문학을 받아들이지 못했다. 베를린 문학계에서 발을 붙이기엔 그의 성정은 지나치게 독립적이고 이질적이었다. 그의 작품을 옮긴 배수아에 따르면, 헤르만 헤세는 발저의 열렬한 독자이자 옹호자였으며 스위스의 많은 지식인들이 로베르트 발저와 같이 훌륭한 독일어 문장을 한 마디도 쓸 줄 모르면서 발저를 외면한다고 강력하게 비난했다. 그렇지만 이런 든든한 우군의 존재에도 불구하고 발저는 실패에 실패를 거듭했으며, 셋방에서 셋방으로 끊임없이 이사를 다니다가 결국 오랫동안 입원해 있던 정신병원 인근의 길 위에서 쓸쓸한 임종을 맞이했다.

"가장 좋은 것과 가장 남루한 것이 모두 아름다우므로"
——— •

발저의 『산책자』는 기가 막힐 만큼 산책의 정신에 충실한 책이다. 그의 언어는 가볍고 어지러이 부유하고 또 그의 시선은 그 어디에도 고정되지 않는다. 발저의 글에는 플롯도 없고, 희극도 없고, 비극도 없고, 파국도 없다. 그는 이 땅 위의 무슨 일이 가볍고 사소하다거나, 무슨 일이 더 중요하고 위대하다는 식의 세속적인 통념에 전혀 얽매이지 않은 채 자신이 생각하고 느낀 내면의 움직임을 정직하게 기록했을 뿐이다. 그는 이 세계의 철저한 아웃사이더였으며, 그 아웃사이더의 정신을 자신의 작품집에 충실히 옮겨두었다.

이 작가에겐 세상의 그 어떤 그럴듯한 일들도 산책하는 즐거움에 비할 바가 아니었다. 발저는 자신이 고요함을 사랑하고, 검약과 절제를 사랑하며, 모든 종류의 소란과 성급함을 정말이지 마음속 깊숙이 혐오한다고 썼다. 또 그는 이 충실한 대지 위에 둘러싸인 감미로운 사랑의 빛 속에서만 비로소 진정으로 자기 자신이 될 수 있다고 썼다. 발저는 산책을 함으로써 이 성급하고 시끄러운 세상 속 자신이 쉴 수 있는 한 뼘의 자리를 간신히 마련했다.

발저에 따르면, "산책자는 사물을 오직 바라보고 응시하는 행위 속에서 자신을 잊을 줄 알아야 한다." 왜냐하면, "가장 좋은 것과 가장 남루한 것, 가장 진지한 것과 가장 유쾌한 것, 산책자에게는 이 모두가 마찬가지로 마음이 끌리며 아름답고 소중"하기 때문이다. 발저는 그 자신의 글처럼, 자기 자신을 독하게 잊었다. 슬프도록 독하게 잊었다. 그는 자신을 소중히 부여잡기에는 너무도 섬세하고 여린 영혼을 갖고 있었다. 가장 섬세하고 여려서 더욱 고귀한 것이 분명한, 참으로 아름답고도 투명한 영혼을.

발저처럼 산다는 것은 역시 너무도 슬픈 일일 테지만…….발저의 삶과 그가 남긴 글은 우리에게 말해 준다. 이 험한 세계 속에서 어떤 알레고리가 되기엔 너무도 보잘것없다는 산책의 그 사소함과 가벼움이, 바로 산책하는 일의 가장 핵심적인 알레고리라는 것을. 산책하는 마음의 핵심이란 그것을 '진중한 미덕'의 알레고리로 만들고자 하는 모든 사회적 압력을 단호히 거부하는 데 있다는 것을. 세상이 정해놓은 기준과 잣대를 완강하게 거부하기 위해서 때때로 우리는 자기 자신을 깃털보다 더 투명하고 가볍게 만들어야 할 때가 있다는 것을.

정말로 가볍게 산다는 건 생각보다 훨씬 더 힘겹고 서글픈 일일지도 모른다는 것을.

또는, 긍정한다는 것

—

　로베르트 발저와 천상병은 그들이 지닌 예술적 재능과 어울리지 않게 참으로 가난하고 힘겹게 살다간 예술가들이다. 그들은 그렇듯 자기 방식대로, 자신들의 예술을 하나의 삶으로써 완결했다. 그렇지만 물론 세상에 이런 문학가들만 있는 건 아니다.

　예컨대 여기서 나는 무라카미 하루키 얘기를 해보고자 한다. 하루키는 매년 노벨문학상 물망에 오를 정도로 세계적인 명망을 떨치고 있는 작가이고, 나는 중학생 때부터 하루키의 한결같은 팬이다. 그는 그야말로 성공한 작가 중에서도 성공한 작가가 아닐까. 하루키 특유의 자기반복적인 플롯과 남성중심적인 성애 묘사에 관해선 꽤나 정당한 비판과 논란이 제기되는 게 사실이지만, 어찌 됐든 나는 이 작가가 내 감성에 오랫동안 심대한 영향을 미쳤단 사실을 부정할 수 없다.

　그리고 하루키는 잘 알려진 마라토너이자 달리기 마니아이다. 그의 달리기에 관한 글들은 굉장히 매끈하고 탄탄한 인상을 풍긴다. 그는 달리는 일에 관한 애정과 그 집요한 천착을 하나의 '작가적 자세'로 굳혀두었다. 하루키는 자신의 삶을 고독하고 강인하게 유지해나갈 줄 아는 작가이고, 그런 삶의 인상을 아주 세련되고 영리하게 조각해서 자신의 아이덴티티로 빚어낼 줄 아는 작가이므로.

말뿐만은 아니다. 무엇보다도 그의 '달리는 삶'과 '달리기에 관한 글'에는 확실한 육체적 경험과 근거가 있다. 그는 삼십 대 초반인 1982년에 달리기를 시작해, 수십 번의 풀 마라톤은 물론이요 울트라마라톤과 트라이애슬론(철인 3종 경기)까지 도전했던 이력을 지니고 있다. 40년에 가까운 시간 동안 매일 새벽에 일어나 꼬박꼬박 달리고, 정해진 분량만큼의 글을 쓰고, 밤 9시면 잠드는 생활을 어기지 않는 소설가라니. 실로 대단한 삶, 존경스러운 내공이 아닐 수 없다.

그는 왜 달리는가? 하루키는 달리기의 본질에 관하여 '한 사람의 한계 속에서 조금이라도 더 효과적으로 자기를 연소시키는 일'이라고 밝힌 적이 있다. 그는 달린다는 것이 소설가로서의 자신에겐 '삶과 글쓰기의 메타포'와 같다고 말하고 있다. 그는 자신의 묘지에 〈적어도 끝까지 걷지는 않았다. 이것이 지금 내가 바라는 것이다.〉라고 적히기를 바란다고 말했다. 어쨌거나 하루키에겐 '삶'과 '글쓰기'는 떨어져 있지 않은 어떤 것이다. 그는 달리는 일은 달리는 사람의 하체를 안정되게 하는데, 하체가 안정되면 상체가 부드러워지고 자신은 그 부드러움을 통해 더 좋은 문장을 쓰게 되었다는 지론까지 펼칠 정도니까.

(하루키의 팬인 내가) 그의 글을 곰곰 읽다 보면, 지금 이 책에서 산책을 예찬하는 나로서도 '아, 역시 달린다는 것이야말로 삶의 본질과 가장 맞닿아있는 것은 아닌가'라고 낙담하게 될 때도 있다. 달리고 또 달림으로써 자신의 육체에 붙어있던 군더더기를 제거하고, 자기를 좀 더 극한으로 몰아붙이며 내가 지녔던 모든 가능성을 극대화한다는 것. 과연 멋진 자세다. 우리는 모두 어영부영 시간을 보내다가 쉽게 무뎌지고, 쉽게 녹슬고, 쉽게 흐물흐물한 삶을 살게 되어버리는 합리화의 늪을 잘 알고 있으니까.

그리고 나도 역시, 가끔 숨이 끊어질 듯 달리는 일은 우리를 진정 살아있게 만든다는 사실을 알고 있으니까.

'하루키 월드'의 고독한 러너들 ———— •

죽을 때까지 성장을 멈추지 않는다는 것. 자신이 잠시 머물렀던 자리에 '안녕'을 고하고, 한순간도 안주하지 않은 채 또다시 뛰어나간다는 것. 타인에게 쉽사리 의지하거나 의존하지 않으며 언제나 '달리고 있는 사람'과 같은 고독한 단독자의 자세로 살아간다는 것. 그것은 우리의 운명을 몰아세우는 하나의 실존적인 굴레이자 사명인 것 같기도 하다. 인간의 삶은, 세계의 만물은, 또 모든 관계는 멈추면 흐트러지고, 멈추면 썩는다. 그것이 하루키가 우리에게 전해주는 강철 같은 메시지일 것이다.

그렇다. 역시 달려야 할 때는 확실히 달리는 게 좋을 것이다. 그러므로 자신을 불꽃처럼 연소시켜야 할 때를 냉철하게 판단한 후 가끔은 과감하고 맹렬하게 자신의 몸을 움직여보도록 하자. 내가 정해놓은 나만의 목표를 향해 어떤 핑계도 대지 말고 힘차게 달려나가도록 하자. 앞을 향해 힘껏 도약하면서 자신을 둘러싸고 있던 과거의 저 무겁고 두꺼운 굴레를 벗어나도록 하자.

동시에, 우리는 달리는 일이 기본적으로 '부정의 미학'이라는 사실을 인식해보는 건 어떨까 한다. 달린다는 것은, 어떤 의미에선 자기 자신을 부정하고 이 세계를 부정한다. 뛰는 일은 기본적으로 자신을 '극복'하는 일일 테니까. 그것은 찰나의 자신을 극복하고, 그러다 숨이 차더라도 '조금만 더' 극복하고자 하는 일이며, 나를 옭아맨 이 '평온하고 조용한 세계'를 향해 반기를 들고 부정을 거듭하는 일의 은유라고 할 수 있다.

달리는 이는 참으로 성실한 나르시스트이다. 아무리 달리기를 잘하는 사람일지라도, 달리는 그는 느긋하게 걷는 사람만큼 자기 주위의 풍경을 흠뻑 받아들이진 못하리라. 그는 적어도 힘껏 달리는 동안에는 (외부의 세상이 아닌) 자신의 감각에 주의를 쏟을 수밖에 없다. 그는 자신을 둘러싼 이 세계에 매혹되기보단, 스스로의 육체를 한계치까지 밀어붙이는 자기 자신에게 매혹된다. 그럼으로써 그는 안온한 세계를 찢은 뒤 몇 걸음 더 성장한다.

달리기에 열중하는 이는 자신의 고통을 참아내면(즉, 부정하면) 곧 몰려올 쾌감을 확신하고 있다. 그러므로 그는 '세상'이 아닌 '오직 자신'을 믿을 수 있는 것이다. 그는 매 순간 성장하는(즉, 멈추지 않는) 그를 믿는다. 쿵쿵거리는 자신의 심장과 펄떡이는 폐와 호흡기를. 비 오듯 흐르는 땀을. 단단한 두 다리의 근육을.

그리고 난 생각한다. 이처럼 자기 몸을 연소시키는 일에는 어딘가부터 끊임없이 도망치는 삶의 태도가 배어있는지도 모르겠다고. '하루키 월드'는 우리에게 말해 주고 있으니까. 인생의 본질은 고통스러운 어떤 것이어서, 우리는 아주 면밀하고 주도적으로 그 고통을 치유해내지 않으면 안 된다고. 이 뒤틀린 세계와 끝끝내 평화롭게 섞일 수 없는 '최소한의 나'를 지켜내는 일이 그 무엇보다 중요하다고.

그래서 그들은 한 곳에 안주하지 않고, 스스로에게 만족하지 않으며, 한 사람의 단독자로서 결연히 탈주하고 또 탈주한다. 그들은 외롭다. 외로우면서도 행복하다. 행복하면서도 괴롭고, 괴로우면서도 종국엔 더 넓은 세계로 나아간다.

사실, 달리기의 즐거움에는 '화학적으로' 이미 이런 도망침과 부정의 성격이 배어있다. 우리가 흔히 달리는 일의 쾌락, '러너스 하이runner's high'라고 일컫는 현상을 유발하는 호르몬은 엔도르핀이다. 그리고 우리는 엔도르핀이 기분이 좋을 때 나오는 호르몬이 아니라 고통을 받을 때 나오는 스트레스 호르몬이란 걸 알고 있다. 엔도르핀은 최대로 분비될 시 마약성 진통제보다 100배가량 더 강력한 진통 효과가 있으며, 도박이나 쇼핑 같은 대부분의 중독 현상에서 매우 중요한 역할을 하는 호르몬인 것이다.

요컨대, '달리는 사람은 자신의 고통과 이 세계를 부정한다.' 그는 자기 자신을 부정하고, 자신이 속한 갑갑한 세계를 힘껏 뜀박질해서 찢어낸다. 그는 한순간 게을러지려는 자신을 부정함으로써, 조금 더 참아냄으로써 곧 더욱 완벽해지고 성숙해진 '그 자신'을 만날 수 있다는 진실을 알고 있다. 그는 고통을 잊으면서 그것을 뛰어넘고, 그 고통의 부정으로부터 진한 쾌감을 느끼면서 더 아름다운 무언가를 창조해낸다.

달리는 일은 달리는 일일 테지만, 산책하는 일에 관해서라면 어떨까? 우리는 산책의 본질을 어떻게 이야기할 수 있을 것인가? 한마디로 말한다면, 산책은 역시 부정하는 일이 아니라 긍정하는 일이라고 할 수 있으리라. 가볍고 허허롭게 살아갔던 발저처럼, 또 천상병처럼⋯⋯. 앞 장에서 말했듯, 걷는 일은 언제나 가벼운 일이다. 걷는 일은 자신을 긍정하는 일이고 이 세상을 채운 존재의 대다수는 선하고 다정하다는 사실을 믿는 일과 같다.

그러니 산책길에 나선다는 것은 달리는 일의 고독한 부정의 세계관에서 나를 조금은 흔쾌하게 덜어내는 일이 아닐까 싶다. 나 자신을 극복하고 매 순간 성장해나가는 일도 물론 중요하겠지만, 산책하는 일은 어쨌거나 지금 이렇게 생긴 나 자신의 삶도, 또 지나치게 '성실히' 달려나가지 않는 타인들의 삶도 그럭저럭 괜찮다며 넉넉하게 바라보는 태도와 비슷할 것이다.

산책하는 일이란 이 세계의 깊은 상처와 고통을 치유하기 위해서 애쓰는 것이라기보단, 그런 고통을 무심하게 흘려보내면서 나와 꼭 닮은 고통으로 신음하는 주위의 연약한 얼굴들을 향해 빙긋 웃어주는 일에 더 가깝다. 산책의 인생관은 고통을 원천적으로 박멸하려고 한다거나 내게 고통을 주는 세계에서 '완전히' 이탈하고자 노력하는 것이 아니다. 그것은 나의 세계에 스며들어 있는 고통의 근원에 대해서 차근차근 되돌아보며, 비유컨대 '그것과 손을 잡아 버리는' 어떤 삶의 방식일지도 모르겠다.

아니, 산책하는 일은 어쩌면 조만간 힘을 내서 다시 한번 달려보겠다고 다짐하는 일이기도 할 것이며, 동시에 '오늘은 이만하면 됐어.'라고 편안하게 긴장을 풀어버리는 일이기도 할 것이다. 산책하는 마음이란 "너 밥 먹고 바로 누우면 소 된다."라는 (가끔은 지긋지긋하게 느껴지는) 가족 누군가의 잔소리를 끝내 정겹게 생각하는 것이고, 밥을 먹고 바로 소파에 벌렁 누워서 TV 드라마에 푹 빠져든 누군가를 슬며시 웃음을 지은 채 바라보는 일이며, 마치 정말로 소가 될 법한 일생을 살아가는 저 뚱뚱한 강아지와 고양이들을 애틋하게 바라보는 마음일지도 모른다.

즉, 산책하는 마음은 나의 인연과 나의 고향을 긍정한다. 산책하는 이는 지금 내가 누리고 있는 이 순간을 "산다는 것과, 아름다운 것과, 사랑한다는 것과의 노래가 한창인 때……."(천상병, 「새」)라고 파악한다. 그는 "정감에 그득찬 세월"과 "슬픔과 기쁨의 주일"을 가벼운 발걸음으로 사뿐사뿐 옮겨 다닌다. 그렇게 자기 발자국을 남기지 않는 새처럼 자유로이 한평생을 살다 갈 뿐이다.

그렇다면 나를 억압하고 있는 이 세계를 부정해야 할 땐 과감하게 부정하면서도, 결국 우리가 잘만 보면 우리 주위를 둘러싼 인연 대부분은 아름답고 소중하다는 것을 따뜻하게 긍정하는 사람이 되는 일이 가능할까?

세상은 자주 외롭고 냉혹한 것이며 우리 각각은 자기 삶을 더없이 진지하게 살아내지 않으면 안 된다는 치열한 자세를 유지하면서도, 그런 뜨겁고 치열한 연소의 사이사이에 우리에게 남겨진 다정한 일상을 여유롭게 음미할 수 있는 사람이 되는 일이 가능할까?

사실 나도 잘 모르겠다. 나는 내일도 하루키의 옛 작품들을 꺼내 읽을 것이고 또 집안일을 해치운 뒤엔 어슬렁어슬렁 산책을 즐길 것이다. 참, 몇 달을 쉬었던 운동도 다시 시작할 때가 됐다. 언젠간 고양이도 키울 것이다.

개방된다는 것

—

둥실, 두둥실. 걷는 일이 자신의 리듬에 맞춰 흥에 오를 때면 나는 잠깐 넋을 빼앗긴 기분이 된다. 그럴 때 나는 마치 부력에 몸을 맡긴 뭉게구름처럼 아주 사뿐해진 상태로 잠시 '두둥실' 떠 있는 것만 같다. 산책을 자주 즐기시는 분들은 모두 이처럼 가벼운 흥분에 취한 느낌을 잘 알고 계시리라 믿는다.

달리는 일만큼은 아니겠지만, 천천히 걷는 일에도 그 나름의 쾌감과 몰입감이 있다. 이런 쾌감은 앞에서 말한 '러너스 하이' 처럼 내가 완전히 사라져버릴 것만 같은 강렬한 성질은 아니다. 대신 이삼십 분 남짓 좋은 컨디션으로 걷는 일을 이어갈 때, 걸음걸이에 열중한 나의 내면에는 주위 세계의 풍경을 향한 뭉클한 흐릿함, 내가 살아온 과거와 이 순간의 묘한 어우러짐, 내 감정과 감각들이 부드럽게 뒤섞이며 내뿜는 산뜻한 활기……. 같은 것들이 차곡차곡 자리하게 된다.

산책에 집중할 때, 나는 마치 인상파 화가들의 그림 안 한복판을 걸어가고 있는 것만 같다. 나는 고흐나 모네의 붓질들처럼 내가 걷는 이 풍경에 착 달라붙어 있다. 가끔은 내가 정말 그런 그림들의 주인공이 된 양 주위의 세계를 낯설고도 신기하게 둘러보고 있다는 느낌마저 든다. 약간은 몽롱하게 취한 사람처럼 말이다. 그러다가 퍼뜩 내 걸음걸이를 의식하며 나는 다시 화폭 앞에 선 감상자처럼 '세계 속을 걷는 나'를 바라본다. 마치 번져나가는 수채의 물감처럼, '나의 안'과 '나의 밖'의 경계는 모호해지고 흐릿해져 있다.

즉, 나는 지금 화가이자 화가가 그린 작품 속 인물이면서도, 그 작품을 음미하는 감상자와 같은 존재다. 내 마음은 나를 둘러싼 공감각적인 장면들에 수많은 묘사를 덧대며 내 안으로 스며드는 도시와 자연의 윤곽들을 더 새롭게, 더 입체적으로 창조하는 중이다.

물론 이런 창조에도 일정한 시간은 필요하다. 산책길을 나선 직후부터 위와 같은 단계에 접어드는 것은 아니라는 뜻이다. 내 마음은 구부러진 길을 걸으면서 조금씩 더 정돈되고 침착해진다. 걷기 시작한 지 얼마 되지 않은 나의 자세엔 이런저런 불균형과 군더더기들, 조잡한 움직임이 묻어 있다. 나는 그런 군더더기와 조잡함을 차차 깨달으면서, 내 걸음걸이가 아직 기우뚱하게 흐트러져 있다는 것을 인식하곤 한다.

그러나 얼마간 걷는 일을 계속하며 그처럼 미세한 인식이 반복되다 보면, 나는 어느 순간 나의 몸과 나의 리듬이 기분 좋게 합치되어 있음을 발견할 수 있다. 나의 자세는 처음보다 훨씬 더 가지런하고 깔끔해져 있다. 움츠러들었던 등뼈와 허리는 곧음과 당당함을 되찾고, 걷는 보폭에는 경쾌하고 규칙적인 리듬감이 배어들었다. 발뒤꿈치로 느껴지는 땅의 질감은 걷기 딱 알맞게 폭신해진 상태다. 이런 일련의 잔잔한 과정을 일컬어 우리는 '워커스 하이walker's high'라고 일컬을 만하다.

그러니까, 나는 걸어가며 나의 움직임을 부드럽게 통제한다. 나는 걸으면서 점점 더 반듯해지고 걸으면서 점점 더 가벼워진다.

나의 머릿속엔 수많은 감정의 파도들이 밀물처럼 들어왔다가 썰물처럼 빠져나간다. 나는 훌륭한 서퍼surfer처럼 이런 감정들의 조수潮水를 능란하게 헤치는 중이다. 서퍼가 파도 한가운데서 움직이지 않는 것처럼, 내가 더 깊은 생각에 잠길수록 내 상체는 (저도 모르게) 더욱 꼿꼿해지고 내 두 다리의 근육은 더욱 균형감과 안정감 있는 반복운동을 이어가곤 한다.

단지 가까운 산책로를 걷는 일에 집중했을 뿐인데, 내 몸과 마음을 휘감은 채 나를 주눅 들게 했던 쓸데없는 것들이 하나둘 떨어져 나간다. 나는 이제 나 자신에게 흠뻑 젖은 채, 주위의 풍경과 물아일체가 된 듯 아주 가벼워진 영혼으로 어딘가를 향해 이탈해가고 있다. 그때 나는 이 세계를 직선으로 인식하고 있지 않다. 즐거운 산책길에서, 언제나 나는 하나의 구부러진 곡선이 된다. 내가 나름의 생각에 폭 잠긴 채 꾸불꾸불한 곡선의 길을 걷는 동안 삶과 현실의 단단한 외피, 내 영혼의 무거운 짐과 오래 묵혀둔 고민거리 따위는 가볍고, 말랑해지고, 투명해진다.

나는 아주 작아진 상태로 그 말랑함과 투명함을 통과한다. 나는 이런저런 생각에 잠겨 내게 익숙한 어떤 시공간을 걷고 있다. 과거와 미래가 뒤섞인 평화롭고 둥실거리는 시공간을. 마치 검푸른 바다와도 같이 묵묵하면서도 활기찬 나의 내면을.

데카르트의 음울한 함정을 넘어서는 법 ———— •

그래서 걷는 나는, 열려있다. 나는 걷는 일에 집중함으로써 나의 세계 안에 닫히고 고립되는 게 아니라 내 주위의 풍경들을 받아들이기에 충분할 만큼 활짝 개방되고 확장되기 시작했다. 나의 시각과 청각, 후각과 촉각은 내 걸음걸이와 장단을 맞추며 공감각적으로 활발한 움직임을 시작했다.

나는 걸으면서 내가 바깥을 내 안으로 '끌어당기는' 것을, 또 내가 바깥을 향해 '끌어당겨지는' 것을 동시에 느끼고 있다. 나는 이 거릴 걷는 어느 순간 나 스스로를 '잊어버릴 것만 같은' 기분이 된다. 아니, 하지만 어느 때보다도 나의 감각을 명료하게 의식하고 있다. 좌우로 기분 좋게 흔들리면서 따뜻하게 데워지는 몸, 탄탄한 신발 아래로 느껴지는 땅의 감촉, 귓가에서 흐르는 (이미 수천 번도 넘게 들었을) 사랑스러운 음악의 멜로디, 그리고 부드럽고 다정한 저녁 바람, 관능적인 색색으로 일렁이는 불빛들…….

걷는 일에 취한 나는 아주 간결하고 편안해짐으로써 비로소 내가 아닌 다른 존재를 받아들일 수 있을 만큼 작아지게 됐다. 아니, 마치 '내'가 거의 없어져 버릴 것 같을 때도 있다. '워커스 하이'가 선사하는 축복은, 이처럼 나를 탁 놓아버리면서 내가 바깥세상에 달라붙어 있음을 확신하는 느낌일지도 모르겠다.

그때 인간의 의식을 지배한다고 여겨지던 '데카르트적 조종장치'(철학자 대니얼 데닛)는 흔적도 없이 사라져버렸다. 나는 생각하므로 나는 존재한다, 라는 말은 틀렸다. 근세철학의 문을 열어젖힌 프랑스의 철학자 르네 데카르트는 합리적·이성적으로 생각하는 자아의 능력을 지나치게 과대평가했다. 그는 뇌를 다친 사람들이나 동물들과 곤충들을 하나의 기계처럼 취급했다. 그것은 지극히 이성중심적이고 인간중심적이며 또 밀폐된 성격의 '근대적인' 자아관일 뿐이다. 인간의 이성, '생각하는 능력'은 그만큼 높이 칭송될 만한 무언가가 아니다.

이성의 힘으로 모든 것을 다 샅샅이 분석하고, 정확하게 인식하며, 뭐든 빠뜨림 없이 고려해야 한다는 것이 저 모더니티적인 세계의 정언 명령이었다. 물론, 그것은 영원히 이뤄질 수 없는 명령이었다. 세계와 분리된 '나'의 가치, '나'의 고뇌, '나'의 고독에 집중하며 '나 자신을 알고 사랑하는 일'에 끝없이 매료된 우리 근대적 인간들에게 남은 건 대개 이런 것들이 아니었을까 싶다. 과잉된 자의식, 사랑받고 주목받고 싶어 하는 초조한 마음, 그 초조함을 숨기기 위해 치장하는 갖가지 표현 기술들, 손금처럼 습관이 된 타인과의 끊임없는 저울질, 그리고 시시각각 찾아오는 비참한 외로움…….

내 생각에는 이렇게 모든 걸 분석하겠다고 덤벼들거나 자기 자신을 끝내 사랑하겠다고 외치는 일이 주는, 변비에 걸린 것 같은 폐쇄적인 답답함이 있다. 한순간도 자신을 편하게 내려놓지 못한 채 치열하게 타인의 눈치를 살피고, 모든 것을 계산하고 또 계산하며 살아가는 우리 가녀린 영혼들의 답답함이.

그리고 마치 떡갈나무라는 생명체를 '더 잘 알기 위하여' 그 나무의 잎사귀와 줄기와 너른 밑동과 뿌리까지 산산이 분해한 뒤 현미경을 들이대곤 했던 이 세상에서, 어쩌면 나와 이 세계의 신비를 남겨두는 일의 가치가 있는 것은 아닐까? 세계와 나의 경계선을 철벽처럼 긋고 내 자아를 오매불망 부여잡는 게 아니라 나를 이 세계 속으로 활짝 열어둘 수 있는 능력이 더 소중한 것은 아닐까?

산책한다는 바로 그런 것이니까. 그건 주위의 세계에 내 몸을 열어둔 채 그것을 오감으로 감지하고, 아름답고 미묘한 풍경의 떨림을 비밀스럽게 즐기면서, 그 모든 걸 한껏 받아들이기 위해 자신을 투명하고 가볍게 만드는 일이니까.

나는 이 세상의 아름다움을 감상하면서도, 그것을 꽉 움켜쥐거나 샅샅이 분석하거나 차갑게 박제해두려는 욕심을 버렸다. '놓음으로써' 그것들의 참된 면모와 풍요로움을 제대로 감상할 수 있다는 걸 알고 있기 때문이다. 자아의 차원에서도 마찬가지다. 나는 산들산들 걸으면서 어느 순간엔 나를 깜빡 잊어버리곤 하는데, 그것은 나의 주체적인 자아를 매몰차게 포기하는 일이 아니라 이 세계와 더욱 깊은 차원에서 연결된 나 자신의 정체성을 풍성하게 받아들이는 일과도 같다.

"나 자신도 한 그루 정정한 나무가 된다" ——— •

아니, 우린 이 모든 과정이 거창하거나 관념적인 게 아니라는 것을 잘 알고 있다. 나는 그저 넉넉한 마음으로 앞을 향해 걸어 나가기만 하면 된다.

그렇다면, 비유컨대 나는 '걸으면서' 존재하고, '걸으니까' 존재하는 게 틀림없다. 왜냐면 우리는 닫힌 공간에 머무르지 않고 바깥을 어슬렁거리며 나를 둘러싼 세계를 '직접' 만날 수 있기 때문이다. 나는 타자의 존재로 가득 채워진 그곳에서 세계와 충실하게 교감할 수 있다는 걸 알고, 그런 세계의 인상을 내 안으로 흠뻑 받아들임으로써 내가 더욱더 나 자신에 가까워질 수 있다는 것을 안다.

이런 관점에서는, 걷는 일이야말로 우리네 인생과 가장 닮았을지도 모른다는 문장은 정말로 비유가 아닐지도 모른다. 나는 세계를 향해 걸어 나감으로써만 '나'를 훨씬 더 정확히 알아갈 수 있다. 우리는 외부의 세계와 동떨어진 '나'라는 존재는 있을 수 없으며 우리가 원초적으로 다른 생명과 공존하고 있다는 사실, 또 앞으로도 공존할 수밖에 없다는 사실을 직감하고 있으니.

우리가 산책길에 고개를 들고 바라보는 저 하늘과 땅, 나무와 산, 별과 바람과 태양이 없다면 지금 내가 여기서 숨 쉴 수 있겠는가? 우리는 바깥을 걸을 때 자신이 생각하고 계획한 것을 넘어서는 저 단순하고도 무상無常한 세계가 있다는 것을 안다. 그것은 '나'와 동떨어진 하나의 객관적인 풍경이자 사물이기도 하지만, 동시에 내가 영원히 파악하지 못하면서도 나를 구성하고 있는 무한한 신비로움이다. 우리가 너무 당연하게 생각하곤 하지만 기실 나를 빚어내고 나를 지금 숨 쉬게 해주는. 은혜롭고 또 너그러운.

그러니까, 일단은 나 자신을 좀 더 열어둘 필요가 있지 않을까 한다. 우리가 자기 자신에 얽매인 나머지 '나'만을 곱씹고 또 곱씹는다면, 어쩌면 우리는 세계와의 연결이 끊어진 어딘가에서 영영 미궁 속에 빠져버릴지도 모른다. 그때 우리는 진정한 자신과는 가장 거리가 멀어져 버린 채 빈약하고 초라한 '자아의 감옥'에 사로잡힐지도 모른다. 그러므로 우리는 "사물과 나 사이에 존재하는 끊을 수 없는 사슬"을 인식하고 "객관화된 깊이 아래 숨어 있는 근원적 깊이"(철학자 메를로-퐁티)를 되찾을 필요가 있다. 나의 영혼을 둘러싼 경계를 활짝 풀어헤치고 이 세상에 대한 덤덤한 신뢰를 되새길 필요가 있다.

　　　나무 그늘 아래 앉아
　　　산마루를 바라보고 있으면,
　　　내 속뜰에서는 맑은 수액이 흐르고
　　　향기로운 꽃이 피어난다.

　　　혼자서 묵묵히 숲을 내다보고 있을 때
　　　내 자신도 한 그루 정정한 나무가 된다.

　법정 스님의 말씀이다. 무언가를 바라볼 때 내가 그것이 되어버린다는 것⋯⋯. 그것은 산책하는 이가 누릴 수 있는 최고의 미덕이 아닐 수 없다. 나는 생각하므로 존재하는 게 아니라 이 세계 안으로 정답게 스며들기 때문에 존재한다. 나는 닫힌 존재가 아니라 열린 존재다. 사실 우리는 모두 열린 존재이고, 세계와 동떨어지지 않은 자연의 자식들이다.

그리고   관조한다는   것

—

데카르트는 데카르트지만, 이 400년 전의 프랑스 철학자는 그렇다 치더라도, 어쨌거나 산책하는 사람은 가까운 동네를 천천히 어슬렁거리며 더 편안하고 평화로워질 수 있었다. 그는 굼뜰 만큼 나른한 마음가짐으로 자기 주위에 펼쳐진 자연의 숨결을 느끼고 있다. 지혜로운 사상가나 수도자가 아닐지라도, 산책의 이런 자그마한 기쁨은 맑은 하늘 아래를 이리저리 거닐면서 우리가 모두 경험하는 바가 아니던가?

산책하는 일의 즐거움을 되새길 때면 나는 언제나 '균형'에 관해서 생각한다. 어슬렁거리는 이가 누리는 평화로움은, 어쩌면 그처럼 어슬렁거리는 시간에 '그를 둘러싼 안팎의 모든 것이 절묘하게 균형을 이룬 까닭'이라고 표현할 수 있지 않을까. 나는 한 사람의 마음이 활짝 개방될 수 있는 때는 오직 그의 마음이 균형을 잡은 순간뿐, 이라고 말해두고 싶다.

그는 지금 자신이 안전한 상태라는 것을 알고 있다. 그는 긴장해 있지 않다. 그는 집에서 너무 멀리 떨어져 있지도 않고 또 너무 가깝게 머물러있지도 않는다. 그는 어떤 일에도 얽매이거나 쫓기고 있지 않고, 동시에 어떤 일에서도 손을 완전히 놓아버리지 않았다.

그렇듯 내 삶이 어느 한 편으로 기울거나 치우쳐있지 않을 때 비로소 나는 무엇도 두려워하지 않고 자신을 탁 내려놓을 수 있을 테니. 내 몸과 마음의 균형을 되찾은 덕택에, 난 지금 '나'라는 자아를 가볍게 내려두고 외부의 세계에 가장 간결하며 민감하게 반응할 수 있다. 마치 저 얇디얇은 평행봉 위에서 지극히 정제되고 또 탄력적인 움직임을 보여주는 체조 선수처럼.

산책하는 시간은 나를 지탱하는 삶의 이런저런 빛깔을 한 발짝 떨어진 곳에서 바라보며 '나의 서사'가 자리한 시공간적인 연속성을 확인할 수 있는 시간이다. 저 근거리에 살아있는 생명의 소리가 나의 자아와 사뿐하게 맞물리는 걸 확인하는 시간이고, 익숙한 것과 새로운 것의 어울림이 내 감각 위에 평화롭게 맺혀있는 시간이다. 산책이라는 모멘텀, 그 일상의 여백에는 육체와 정신이, 과거와 현재가, 내면과 외면이 유기적으로 맞물려 있다. 나는 이처럼 다양한 요소가 어우러진 균형감을 통하여 점점 더 나 자신이 맑게 비워지는 것을 느낄 수 있다.

그리고 이것이 동네의 뒷산이나 숲길, 공원과 같은 조용한 산책길을 걷다가 전연 예기치 못했던 뛰어난 아이디어가 떠오른다든지, 자기 자신에 대하여 파격적일 만큼 새로운 인식을 얻는다든지, 자신이 거니는 공간 속에 차분하게 스며든 채 한없이 깊은 생각에 잠길 수 있는 근원적인 이유일 것이다. 우리에겐 모두 무심히 걷다가 '아니, 내가 어떻게 이런 생각을 할 수 있었을까.'라고 퍼뜩 놀랐던 기억이 있지 않은가? 그런 '퍼뜩'의 힘은, 어떤 의미에선 정확히 '산책의 힘'이기도 했던 것이다.

자신의 삶을 균형 있게 만들 수 있는 사람만이 가볍고 열린 마음으로 살아갈 수 있다. 또 그처럼 가벼워지고 자신을 무심히 열어둘 수 있는 사람만이 무엇인가를 깊고 그윽하게 바라볼 수 있다. 그러므로 활짝 개방된 영혼으로 산책하는 일을 즐기고 있는 사람은 어느덧 '세계를 관조해나가기 시작한다.'

그는 천천히 걸으면서 깊은 생각에 잠기곤 하는데, 그에게는 이 세계에 존재하는 모든 것이 깊숙한 메시지이자 메타포가 된다. 그는 자신이 바라보는 무엇에 대해서든 영감을 받을 수 있는 존재다. 그에게는 자신이 마주친 모든 생명의 흔적들에서 무언가를 받아들일 수 있는 눈이 생겼다. 그 자신만의 생기와 탄력, 건강함이 배어든 눈이.

산책하는 이의 자아는 이 세계의 그럴듯한 명분과 법칙, 질서들을 거부한다. 그는 편안하게 걸어가는 자신의 감각을 깊숙하게 긍정함으로써 세상의 저 헐거운 편견과 고정관념들을 잠시 내던질 수 있었다. 그는 자기중심적인 마음을 버렸고, 매끈하고 완벽한 것만 좋아하던 버릇을, 세상의 사물들을 미추美醜와 호오好惡, 우열의 그림자로 나누어보던 습성을 내려두었다. 그는 구름과 깃털처럼 가벼워졌고, 그래서 그에겐 이 세상의 온갖 존재를 그 자체로 긍정할 수 있는 겸허함이 깃들었는지도 모른다.

"땅 위에는 몇 송이 꽃이, 하늘에는 모든 별들이"

———— •

그는 이제 잔잔한 마음으로 만물을 바라보고 있다. 살아있는 모든 것들을 향해서 조용한 연민을 품고. 자기를 배반하고 은그릇을 훔쳤던 장발장을 용서하는 일을 통하여 『레 미제라블』의 저 장엄한 대서사를 열었던 바로 그 미리엘 주교가 보여준 태도처럼.

미리엘 주교는 한 사람의 '산책하는 지성'을 참으로 아름답게 빚어낸 불멸의 문학적 인물이라 할 만하다. 『레 미제라블』의 작가 빅토르 위고는 이 디뉴의 주교가 산책이라는 취미를 얼마나 사랑했는지를 소설 안에서 꼼꼼하게 묘사해 두고 있었다. (물론 위고 자신이 산책하는 일을 평생토록 즐겼다는 사실도 유명하다.)

위고가 쓴 바에 따르면, 이 자애로운 주교는 어느 날 그는 정원을 걷다가 땅 위의 무엇인가를 발견하고 별안간 걸음을 멈추었다. 그것은 새까맣고 끔찍한 털이 난 커다란 거미였다. 그는 거미를 오래도록 들여다보면서 이렇게 중얼거렸다고 한다.

불쌍한 놈 같으니! 그것도 네 잘못은 아니다…….

미리엘 주교는 하루를 꽉 채운 일과 사이에서도 틈틈이 정원과 시내를 걸었고, 그런 시간을 그 어떤 업무보다도 소중하게 생각했다. 이때 그는 (저 징그러운 거미처럼) 이 세계의 불가해한 것, 암담하고 서글픈 것들을 억지로 이해하려고 하지 않았고 다만 그것을 바라보기만 했을 뿐이었다. 주교에게는 이 세계 자체가 깊은 신비였고, 동시에 신의 가르침이었다.

위고에 따르면, 한 사람의 신부로서 그는 그리스도를 '연구'하고 있지 않았다. 다만 그것에 '현혹'되어 있을 뿐이었다. 말하자면, "그는 식물을 연구하는 것이 아니라, 다만 꽃을 사랑할 뿐이었다. 그는 학자를 대단히 존경하지만, 지식이 없는 자를 훨씬 더 존경하고 있었다." 그러니까 그런 주교에게 삶이란 이 정도면 충분한 것이었다.

산책하기 위해서는 작은 정원이 있고, 몽상에 잠기기 위해서는 무궁한 하늘이 있다. 발아래에는 경작하고 채집할 것이 있고, 머리 위에는 연구하고 명상할 것이 있으며, 땅 위에는 몇 송이의 꽃이, 하늘에는 모든 별들이 있다.

미리엘 주교에겐 "존재하는 모든 것은 위로를 찾는 영원한 슬픔"이었으므로, 그는 이 모든 것들에 주의를 빼앗긴 채 그리스도의 은총을 느낄 수밖에 없었던 것이다. 그는 잠들기 전 오랜 시간 '하늘을 지붕 삼은 좁은 울타리' 속의 보잘것없는 정원을 거닐며 자기 자신을 마주 대하고 고요한 마음으로 주를 예찬했다. '사실 거기에 모든 것이 있었고, 그 밖에 무엇을 더 바랄 게 없었기 때문에.'

그런 그에게 장발장이 찾아온다. 일곱 명의 굶주린 조카들을 위하여 빵 한 덩이를 훔쳤다가 결국 19년을 교도소에서 보내게 된 가련한 영혼, 장발장이⋯⋯. 갇혀 지낸 19년 동안 눈물 한 방울 흘린 적 없고, 인간과 사회를 뼛속까지 증오하게 되었던 어느 비참한 영혼이.

잊지 마시오. 절대 잊지 마시오. 이 은그릇을 정직한 사람이 되기 위하여 쓰겠노라고 내게 약속한 일을. 장발장, 나의 형제여. 당신은 이미 악이 아니라 선에 속하는 사람이오.

주교가 이튿날 붙잡혀 온 장발장을 위하여 거짓말을 해주었을 때, 장발장에게 왜 이것들은 가져가지 않았냐면서 은촛대 두 개까지 쥐여주었을 때, 그때 장발장의 내부에선 무엇인가가 '완전히' 깨질 수 있었다. 미리엘 주교가 한 사람의 비참한 영혼을 위해서 자신을 희생하거나 무슨 엄청난 자비를 베풀었던 것이 아니다. 다만 장발장은 주교의 태도에서 진정 세계를 관조하며 연민할 수 있던 이가 지닌 영혼의 깊이에 감동했던 것이리라. 오래도록 뭇 존재의 슬픔을 깊이 바라보며 위안을 건네던 사람만이 지닐 수 있는 영혼의 아름다움에.

『레 미제라블』을 수도 없이 돌려 읽으며, 나는 빅토르 위고가 자신이 창조했던 이 미리엘 주교를 닮길 간절히 바랐던 건 아닐까 매번 생각하고 있다. 주교가 보여준 저 거룩한 모습은 과연 한 불행한 영혼을 참회하게끔 만들기에 더없이 사려 깊고 탁월한 묘사가 아니던가?

살아있는 어떤 것도 하나는 아니기에 ——— •

산책이라는 말을 듣는다면 보통 우리는 자연의 향취를 느낄 수 있는 숲길이나 공원, 혹은 유서 깊은 명소 같은 곳을 떠올리게 마련이다. 물론 도시 생활에 지친 우리가 그런 공간을 걸으며 몸과 마음을 환기하려는 건 자연스러운 일이다. 그렇지만 여기서 말하는 '관조한다는 것'의 맥락에선, 산책하는 일이 가진 또 다른 얼굴이 은은한 빛을 띠게 마련이다.

내게는 미리엘 주교 같은 심원한 사상도 또 그의 집에 붙어 있던 소박한 정원도 없지만, 대신 나는 집을 나와서 동네 여기저길 걸어 다녔을 뿐이다. 걸으면서, 그냥 내가 마주친 것들을 가능한 한 깊이 바라보고 싶었을 뿐.

저녁 산책길에 가끔씩 무언가를 사곤 하는 편의점에선 오래전부터 마흔 중반 즈음으로 보이는 여성분이 파트타임으로 일하고 계신다. 그분이 언젠가부터 감기가 잘 낫지 않으시는지 물건을 계산하는 와중이나 내가 값을 치르고 뒤돌아섰을 때 얕은 기침을 멈추지 못하시곤 한다. 그분의 콜록거리는 기침 소리에 나는 마음이 늘 조금씩 내려앉는 걸 느끼면서 밖으로 나와 다시금 길을 걸어간다. 나는, 왜 그 기침에 마음이 이렇게 무거워졌던 걸까?

내가 발걸음을 옮기는 시내에도, 또 시내의 외곽에도 '보세점'들이 있다. 무언가 유행이 조금씩은 지난 듯 느껴지는 옷가지와 가방과 모자와 신발 등등을 팔고 있는 가게들 말이다. 그 안에 앉아 어딘가 먼 곳을 가만히 응시하고 계신 사장님들을 지나쳐 갈 때, 나는 평생을 가난에 시달리면서 장사를 하셨던 할머니가 생각나곤 했다. 지금 저 가게를 지키는 분들의 마음과 내 할머니의 마음은 얼마나 같고 또 얼마나 다를까. 한곳을 오래도록 지키며 하루하루를 꿋꿋이 살아가는, 마치 저 멀리 있는 무언가를 기다리는 듯한 어떤 마음은.

병원은 어떨까. 종합병원 안을 몇 바퀴 돌거나 그 건물 근처를 걷는 일은 우리에게 정말로 많은 것을 생각하게끔 하지 않는가. 그곳은 고통과 절망, 그리고 그만큼 삶에 대한 강렬한 희망이 깃들어 있는 공간이다. 거기서 싸우다가 돌아가신 나의 소중한 사람들과 귀한 인연들. 그리고 여전히 삶의 모래시계 앞에서 치열하게 싸우고 있는 이들을 곁에 두고, 아직 건강한 이들은 자신에게 남은 운명의 시간을 곱씹지 않을 수 없다. 병마와 고통을 껴안고 싸운다는 것이 우리 인간을 얼마나 강렬하게 이어주는지를 실감하면서.

아니, 나는 이런 풍경들을 바라보고 이런저런 상념에 잠길 뿐, 내가 무슨 관조의 차원으로 나아간 것이 아님을 잘 알고 있다. 내 거칠고 비좁은 마음은 여전히 미리엘 주교보단 장발장의 그것에 더 가까우리라.

다만 나는 오랫동안 걸어보고 싶어졌다. 내 삶의 균형을 되찾기 위해서. 조금이나마 더 겸손하고 애정 어린 사람이 되기 위해서.

나는 내가 바라보는 세상의 모습에서 나 자신의 무늬를 발견할 수 있기를 바랄 뿐이다. 나는 앞으로도 발걸음을 옮기며, 지금처럼 "살아있는 그 어떤 것도 하나가 아니다. 그 모든 것은 항상 다수로 존재한다."라는 괴테의 말을 상기할 수 있다면 좋을 것 같다.

나는, 내가 마주치는 바로 그 자리에 있었다. 그들과 나의 거리는 생각보다 훨씬 더 가까웠고 우리는 정말로 서로를 닮은 존재들이었다. 그랬던 것 같다. 나는 여전히 미혹한 사람이지만, 위고와 괴테는 그 진실을 잘 알고 있었으리라.

분별하지 않는다는 것

—

　그렇지만 이 장에서 고백해야겠다. 이렇듯 산책하는 일의 여러 미덕을 적어두고 있는 나도 역시, 비행기를 타고 이역의 땅을 찾아 훨훨 떠났던 〈꽃보다 할배〉 같은 TV프로그램의 출연자들을 심히 부러워했다는 것을.

　그들이 오스트리아나 크로아티아의 저 보석 같은 마을들을 거닐던 장면을 바라보며 황홀하게 탄식했음을. 현지의 공기를 화면 너머로 느끼면서 입을 떡 벌린 채 그 골목골목의 아름다움에 경탄했음을. 그리고 내가 사는 곳 주위엔 어째서 그처럼 낭만적인 풍광과 건물들, 오랜 시간과 역사의 흔적이 없는지를 자주 안타까워했음을…….

　분별하지 않는 미덕을 말할 때, 나는 유럽의 저 아름다운 소도시들을 떠올리지 않을 수 없다. 저렇듯 자연과 역사의 숨결이 조용하게 배어든 공간을 걷는 일과, 비용절감의 논리를 앞세운 채 날림으로 뚝딱뚝딱 지어진 건물들, 어딜 가든 '택지개발예정', '안전제일' 따위의 표지판과 공사판의 슬레이트들로 덕지덕지 채워진 내 주위 동네를 걷는 일을, 우리는 분별하지 않을 수 있을까? 아니, 분별하지 않는다는 것은 과연 무엇인가?

　이왕 애기를 꺼낸 김에, 미국의 방송인이자 코미디언인 코난 오브라이언의 〈코난 쇼〉에서 발굴한 이 쇼의 프로듀서 조든 슐랜스키 이야기도 해보고 싶다. 그는 매사 진중하면서도 자신만의 소신과 생활수칙을 고집스레 지켜가는 괴짜 캐릭터로 큰 인기를 끌고 있다. 나는 이 글을 쓰며 코난과 함께 이탈리아로 날아가 자신의 감정을 장황히 묘사하던 조든이 떠올랐다.

　자타공인 이탈리아광인 조든은 피렌체의 골목길을 걸으면서, 바로 그 '수다왕' 코난을 옆에 두고도 장광설을 멈추지 못한다. (코난은 입도 벙긋하지 못한다.) 그는 피렌체의 한복판을 걷는 일에 관하여 이렇게 말하고 있다. "우린 예술을 보고 싶을 때 돈을 내고 미술관에 가곤 하지만, 피렌체를 걸으면서는 우리가 바로 그 그림이 되는 것과 같은 경험을 할 수 있죠. 이곳은 마치 미술관과 다르지 않으니까요. 우린 이 길을 걸음으로써 아름다움의 일부가 되고, 예술과 역사의 한 부분이 될 수 있으니까 말이죠."

　미국 동부 출신으로 LA에서 쇼 비즈니스 커리어를 성공적으로 이어가는 조든이지만, 그는 30여 번이 넘게 이탈리아를 찾을 만큼 그 나라를 진심으로 사랑하고 있다. 조든은 피렌체에 도착하자마자 코난에게 그곳 특유의 햇살과, 대기와, 구름의 질감을 느껴보라면서 흥분한다. (코난은 "아니, 대체 LA와 다를 게 뭐야?"라고 코웃음을 치지만.) 그는 여행지에 머물 때 그 공간을 '직접 만지는' 일을 즐긴다고 말하며, 코난에게 곁에 있는 난간 돌무더기의 차가운 질감을 느껴보라고 강권한다. 자신은 로마에서 만졌던 콜로세움 표면의 느낌을 생생히 기억하고 있고, 우리가 무언가를 손으로 만질 때만 실감할 수 있는 한 사물의 역사가 있다고. (코난은 "이 인간 지금 돌에 변태 행위를 하고 있어요."라고 받아치지만.)

조든 슐랜스키는 이탈리아의 오래된 도시를 걷는 일에 관하여 다음과 같이 말을 잇는다.

> 저는 혼자 여행하는 것을 좋아해요. 그럴 때 전 제가 이 공간을 걷는 일을 한 편의 회화처럼 감상합니다. 제 머릿속엔 온갖 생각들로 복잡하고 그 생각들은 때론 혼란스럽기도 하지만, 저는 여길 걸으며 그것을 정돈할 수 있어요. 그게 제가 말하는 내적인 탐험이라고 할 수 있겠죠. 역사 속에 스며든 이 공간을 이해함으로써 저는 세계와 제가 연결되어 있음을 받아들일 수 있어요. 우리는 결국 방관자가 아니며 이 세상의 일부라는 사실도 말이죠.

과연 조든의 깊이 있는 교양이 물씬 느껴지는 말이다. 오랜 시간이 응축된 어느 도시를 걸으면서 자기 자신을 그 풍경의 일부라고 느낀다는 것. 그럼으로써 저 세계사적인 문명의 시간과 자신이 하나로 이어져 있음을 발견하고, 시공간을 훌쩍 뛰어넘은 인간성의 뿌리를 더듬어가며 자기 내면을 더욱 깊숙하게 이해한다는 것. 한 사람의 생애보다 훨씬 더 오래된 골목 사이사이의 건물들과 정갈한 가가호호 사이를 거닐며 그 도시에 깃든 수천 년의 시간을 함께 호흡한다는 것…….

우리가 바라보는 도시의 풍경이란 ———— •

없다. 내가 꼬박꼬박 세금을 바치는 나의 도시에는 저런 숨결이 없다.

그렇다. 그것은 파주에서 수백 년을 대대로 살았을 지역 유지나 전·현직 파주 시장, 이곳을 지역구로 둔 국회의원들도 부정할 수 없는 명백한 사실이다. 저 평화롭고 목가적인 숲길, 동화 같은 고성古城, 그리고 수백 년의 역사가 담긴 유적들과 건축물들을 이웃하며 걷는 일은, 내가 사는 파주시 문발동과 신촌동, 교하동의 아스팔트 거리를 걷는 것과는 확연하게 다른 차원의 느낌을 전해줄 것이다.

우리는 이 땅의 대도시와 소도시를 가리지 않고 어딜 가든 대개 유사한, 저 칙칙하고 삭막한 거리의 풍경을 잘 알고 있다. 역사와 시간의 깊이감이 전혀 없는 촌스러운 간판들, 생긴 지 얼마 되지도 않아서 끝도 없이 뒤엎어지는 점포 인테리어, 천편일률적인 아파트와 빌라들, 저 멀리 펼쳐진 드넓은 조망을 참으로 뻔뻔하게 가로막고 있는 고층 건물들, 인도 곳곳에 성의 없이 널브러진 시멘트 더미들, 그리고 수도 없이 펼쳐진 모텔들과, 카페들과, 이런저런 '가든'들과, 프랜차이즈 식당들…….

이런 풍경은 입체감과 운치가 없고, 아무리 화려한 색깔과 형태로 치장한다 한들 얄팍하고 밋밋한 인상을 풍긴다. 우리가 이 밋밋한 풍경을 살아가는 사람들 저마다의 스토리가 얼마나 애틋한지를 잘 안다 해도, 밋밋한 것은 별수 없이 밋밋한 것이다.

그러니 어찌 분별하지 않을 수 있단 말인가? 우리가 피렌체의 풍광과 파주의 거리를 분별하는 일은 너무도 자연스럽다. 이탈리아의 어느 소도시와 우리나라의 어느 소도시를 비교한다 한들 큰 차이는 없을 것이다. 내가 이 장에서 말하고 싶은 '분별하지 않음'은 그중 어느 도시의 미학적인 아름다움을 인정하지 않는다는 것이 아니다.

내가 이야기하고픈 분별하지 않는 마음이란, 내가 지금 접하고 있는 이 도시의 풍경들이 깊은 차원에선 '우리 자신'과 다르지 않다는 것을 가리킨다. 즉, 내가 어슬렁거리며 매일매일 바라보는 도시적인 시야가 결국 우리들의 생활양식, 우리네 감성 안에 배어든 집단 무의식과 정확하게 일치한다는 사실을 깨닫 는다는 뜻이다. 내가 거닐고 있는 이 삶의 터전에는, 오랜 세월 여기서 살림살이를 꾸려온 우리들 모두의 인격적인 그림자가 묻어있다. 한 공간의 경관이란 그런 것이니까.『아파트 공화국』 (길혜연 옮김·후마니타스)을 쓴 프랑스 학자 발레리 줄레조의 말 그 대로, 내가 동네를 휘휘 걸으면서 바라보는 도시의 경관은 "단 순한 경험적 탐구의 대상"에서 그치는 것이 아니라 "우리 사회 와 문화, 정치 체계를 구성하는 한 요소"일 것이므로.

　도시는 주민 없이는 존재하지 않기에. 줄레조의 말마따나 도시는 보기 위해서가 아니라 살기 위해서 만들어진 것이며, 우 리가 사는 이 공간은 연극 무대의 장식 같은 것이 아니기에.

　그러므로 우린 산책을 하면서 — 원하든 원하지 않든 — 우 리 사회와 문화, 정치 체계의 일부분을 느낄 수밖에 없다. 즉, "도시의 형태란 인간이 그 주거지에 일구어 놓은 모습이나 관 습과 분리될 수 없다"라는 진실을 깨달을 수밖에 없다. 우리가 이 도시의 외면적인 경관을 바라보는 일은 사실 우리 자신의 내 면적인 풍경을 되짚는 일과 전혀 다르지 않다는 사실을 인정할 수밖에 없는 것이다.

우리의 역사적인 시간은 뿌리 뽑혔다. 남대문이 황망하게 불탄 일이 새삼스럽지도 않을 만큼, 우리는 과거의 전통과 유산을 소중하게 대하거나 아낄 줄을 몰랐다. 아니, 어쩌면 자신의 과거를 돌아보지 않고 무지막지하게 앞을 향해서 돌진해 왔으므로 우리들은 이만큼이나 빠르게 일정 수준의 윤택함과 편리함, 물질적인 풍요로움을 얻게 됐다. 전쟁 직후의 서울과 2010년대 서울의 사진을 비교해본다면 그야말로 천지가 개벽한 수준이 아니던가.

우리가 누리고 있는 빠르고 급격한 경제적 발전 ─ 혹은, 생태의 파괴 ─ 의 과실을 가능케 했던 이유가 한국인들의 전통적인 기질과 잠재력 덕택이든, 군인들의 독재 정권이 밀어붙였던 압축적인 근대화, '한강의 기적' 덕분이든, 아니면 우리 스스로가 선택했던 적자생존, 약육강식의 시스템과 가치관 때문이든. 지금 2018년에 꽤나 '발전된' 사회에서 살아가는 우리들은 모두 '어떤 사실'을 직감적으로 알고 있다. 우리는 무언가를 누리기 위하여 그만큼 소중했던 다른 무언가를 포기해 왔다는 사실을.

우리에겐 피렌체나 두브로브니크 같은 공간이 박살 났다. 지금도 박살 나고 있다. 그리고 우리는 이처럼 수많은 사람이

'뿌리박지' 못하는 사회의 우울함을 알고 있다. 모든 강력한 작용에는 그만큼의 반작용이 있는 법. 우리는 이런 우울함과 조급함이야말로 우리 사회를 추동하는 강력한 에너지가 되기도 한다는 것을 알고 있으며, 또한 그 '뿌리 없음'은 우리의 문화적 유전자를 특징짓는 가장 주된 면모 중 하나라는 것을 알고 있다.

언제나 모든 것을 손에 넣을 순 없는 법이다. 홍콩의 유튜버 브랜든 리Brandon Li가 〈서울 웨이브seoul wave〉에서 소름 돋게 묘사했던 그대로, 우리는 빠른 인터넷과 휘황찬란한 밤의 문화, 치열한 경쟁의 삶에서 오는 짜릿한 쾌감을 얻은 대신에, 딱 그만큼, 크로아티아와 오스트리아 소도시의 저 고요하면서도 깊이감 있는 수천 년의 역사적 감각을 잃었다. 무엇이 더 좋고 나쁘고를 따질 계제가 아니다. 우리가 살아왔고 지금 살아가는 감성 그대로 우리는 이 땅의 역동적인 혹은 '너무도 쉽게 뒤엎어지는' 경관을 바라보고 있는 셈이다.

내가 이 글을 쓰는 오늘도 부동산 시장과 아파트 매매가가 미친 듯 요동치고 있다는 뉴스들이 들려오고 있다. 유튜브의 부동산 스타 BJ들은 실로 엄청난 인기를 끄는 중이며, 그나마 과거의 흔적들을 간직했던 서울 인사동이나 전주시 같은 곳들이 십여 년간 '현대적으로 탈바꿈했던' 속도는 경악스러울 뿐이다. 나는 내가 살아가는 우리 사회의 천편일률적인 거리를 걸으면서, 이곳에서 살아가는 우리 마음속에 출렁이는 천편일률적인 밋밋함을 바라본다. 나는 내 도시의 방관자가 아니다. 우리는 결국 누구도 방관자가 될 수 없다.

LA에서 살면서 저 고풍스러운 유럽의 도시를 마음의 고향처럼 생각하는 조든처럼, 세계를 거닐며 역사와 문명의 호흡을 함께하는 일은 중요하리라. 그는 이탈리아를 하나의 '예술'처럼 이해하고 있고, 우린 모두 그 공간의 아름다움을 잘 알고 있다. 그렇지만 조든 슐랜스키도, 〈꽃보다 할배〉의 게스트들도, 그들의 여행을 화면 너머로 즐기던 우리들도 삶은 끝내 예술과 같아질 수는 없다는 것을 알고 있으리라 믿는다. 여행은 여행이고, 예술은 예술이며, 우린 다시 저마다의 터전으로 돌아오게 마련이다.

우리가 이역의 아름다운 공간에 넋을 뺏겨있는 이 시간에도, '대체 왜 저기에 세웠을까' 싶은 어이없는 공공미술과 공공 건축물이 자꾸만 늘어나고 있다. 한 도시의 경관이란 무엇인지에 대한 심각한 몰이해가 빚어낸, '예술'을 따라 하려다가 '흉물'에 가까워져 버린, 우리의 세금을 눈먼 돈처럼 여겼다는 걸 부끄럼도 없이 내보이는 저 으리으리한 건축물들이.

조든 슐랜스키가 자신이 사는 LA를 어떻게 바라보고 있는지는 모르겠지만…… 조금 짓궂은 말일지 몰라도, 나는 영화 〈라라랜드〉에 나온 세바스찬의 대사가 떠올랐다. 자신이 아끼던 오랜 역사의 재즈 클럽이 삼바 음악을 트는 타파스 식당으로 바뀌자 "LA는 모든 것을 숭배하지만, 소중한 것은 아무것도 없는 공간이죠."라고 푸념하던 그의 대사가.

그리고 나는 지금 영화의 주제곡 〈City Of Stars〉의 노랫말을 흥얼거리고 있다. 우리는 별들의 도시에 산다. 한밤중의 시각, 별들은 컴컴한 세상에서 밝고 아름답게 빛나고 있다. 그렇지만 우리는 저 밤하늘의 별이 사실 과거의 별이라는 것을 알고, 또 별빛을 본다는 건 시간을 되돌린다는 것과 같다는 걸 알고 있다.

LA도 별들도 피렌체의 별들도 파주의 별들도 다 같이 아름답겠지만, 세바스찬과 미아에게 그랬던 것과 마찬가지로, 우리 모두에겐 낮의 시간이 찾아오기 마련이다. 저 로맨틱하고 달콤한 밤의 장막이 걷힌 후, 대낮의 환한 햇살 아래에서 우리 주위를 둘러봐야 하는 시간이. 우리가 어떤 세상을 만들어왔고, 우린 지금 어디에 서 있으며 앞으로 어딜 향해 나아가야 하는지를 묻지 않을 수 없는 시간이.

〈라라랜드〉는 멋진 영화다.

나아가, 자신을 바라본다는 것

—

폐허는 폐허대로 아름답고, 또 문화적 가치가 있다고 봐요.
— 건축가 김중업

김중업은 현대 건축의 거장 르 코르뷔지에를 스승으로 둔
한국 건축의 1세대 건축가이다. 1952년 약관 서른의 나이이던
김중업은 당대 세계의 건축을 이끌던 코르뷔지에를 사사師司하
기 위해 서울대 교수직을 내던지고 맨몸으로 프랑스에 건너갔
다. 그러곤 통하지도 않는 말로 간신히 그를 설득하는 데 성공,
그의 설계사무소에서 3년 2개월 동안 12개의 건축 작업에 참여
했다. 그는 당시 하루에 열 몇 시간씩 도면에 매달리면서 코르
뷔지에의 건축적 성취를 흠뻑 받아들였다고 한다.

그 후 김중업은 귀국을 결심한다. 르 코르뷔지에는 자신의
유일한 한국인 제자였던 김중업의 탁월한 재능을 인정해서 한
국으로 귀국하려는 그를 극렬히 말렸다고 한다. 한국은 그의
포부를 펼치기엔 너무도 척박한 땅이며, 그가 자신의 나라로 돌
아가는 것은 건축가로선 '자살행위'와 같다며…… 그렇지만

스승의 만류를 뿌리치고 1956년 한국으로 돌아온 그는 주한 프랑스대사관, 부산 대현동 UN묘지, 삼일로 빌딩 등 굵직굵직한 프로젝트를 주도하며 당대 최고의 건축가로 이름을 날렸다.

우리 건축계에서는 르 코르뷔지에와 김중업의 만남을 한국의 근현대 건축사에서도 매우 중요하고 상징적인 사건으로 꼽는다. 그때까진 우리가 근대건축의 대부분을 일본이라는 필터를 통해 이식해야 했다면, 김중업을 통해서 한국건축과 서구건축이 비로소 직접적으로 소통되는 접점이 마련됐다는 것이다. (한양대 정인하 교수)

그러던 1971년 11월, 김중업은 쫓기듯 다시 프랑스로 떠나야 했다. 군사정권이 그를 반체제 인사로 낙인찍어 강제로 출국시켰던 것이다. 김중업은 1970년 수십 명의 목숨을 앗아간 서울 마포구의 와우아파트 붕괴 사건에 분개했고, 이 문제에 침묵으로 일관하지 않았다. 와우아파트는 '판자촌을 없애라'는 대통령의 지시에 따라 날림의 극치로 지어진 뒤 완공 4개월 만에 무너졌는데, 그는 언론과 방송을 통해 이런 불도저식 건축정책과 졸속 행정을 공개적으로 비판하며 군사정권의 '블랙리스트'에 올랐다.

그가 추방당한 직접적인 요인은 해방 이후 최초의 도시빈민 투쟁으로 평가받는 이듬해 광주대단지 사건이었다. 이 사건은 1971년 8월 경기도 광주대단지의 주민 5만여 명이 당국의 일방

적이고 무계획적인 행태에 폭발해서 일으킨 대규모 봉기사태였
다. 1960년대 후반부터 서울 밖으로 강제이주 된 빈민들은 상·
하수도 시설은 물론 공중화장실마저 변변하게 마련돼 있지 않
은 곳에서 살아가야 했는데, 김중업은 이 사태가 터진 뒤 언론
에 다시 정부의 도시개발 정책을 강력히 비판하고 나섰다. 그리
곤 그 직후 수사기관에 끌려가 '출국이냐, 아니면 감옥이냐'라
는 선택을 강요받고 한국을 떠났다.

　얼마 전 국립현대미술관의 〈김중업 다이올로그〉 전시를 오
래도록 감상하며 그의 성정이 얼마나 강직했고 한편으론 낭만
적이었는지를, 또 그가 건축이란 일을 얼마나 숭고하게 여기면
서 진심으로 사랑했는지를 잘 엿볼 수 있었다. 전시를 보고 온
뒤 도서관을 다니면서 그의 건축세계를 다룬 책들을 읽었다. 나
는 김중업과 사랑에 빠져버린 것 같은 기분이 들었다.
　김중업은 자신의 스승과 마찬가지로 타고난 반골 기질이 강
했고, 서슬 퍼런 박정희 정권에서도 자기 생각을 굽히지 않았다.
무엇보다도 그는 권력에 의하여 강요된 현대화를 체질적으로
끔찍하게 생각했고, 문화정책이 관官 주도로 이루어지는 것을
극도로 싫어했다. 김중업은 '현대화'와 '경제발전'이라는 미명
하에 옛것이 무너지고, 사람답게 살 수 있는 터전이 송두리째 박
살 나고, 모두가 자신의 정서적 뿌리와 고향을 상실해버리던 당

대의 분위기를 비판했다. 그는 평범한 사람들의 삶을 살뜰하게 챙기지 않는 도시의 풍경을 바라보며 그런 강제적이고 획일적인 방식의 도시화가 지닌 폐해에 깊은 우려의 시선을 보냈다.

김중업은 자신의 건축을 회고하던 한 인터뷰에서 사람들이 어린 시절 마음껏 뛰어놀던 골목의 풍경을 상기한다. 그런 골목길의 기억이 한 사람에게 얼마나 소중한지를 이야기하며 그는 묻고 있었다. "골목이란 아이들에게도 필요한 것이겠지만, 어른에게도 마찬가지 아닐까요? 사람들이 모여 사는 도시엔 언제나 '어른을 위한 골목'도 필요한 건 아닐까요?" 도시엔 언제나 어른들을 위한 골목도 필요하다니……. 이 책의 관점에선, 역시 그는 산책하는 마음과 잘 어울리는 건축가였다고 할 만하다.

시간을 간직한 동네, 등대를 닮은 사람들 ──── •

우리는 무엇인가를 쉽게 분별한다. 더 매력적이고, 더 잘 빠지고, 더 고급스러운 게 어떤 것인지에 관하여 너무도 빠르게 판단한다. 우리는 기다리는 일, 머뭇거리고 주저하는 일을 좋아하지 않는다. 낡은 것을 뒤집어엎고, 일견 꾀죄죄해 보이는 것엔 시멘트를 발라 버리고, 빈 곳에는 뭐든 새로운 것을 빨리빨리 세우고 올리는 것이 우리의 전문 분야다. 그래서 우린 폐허를 폐허대로 내버려 두지 못하고 거기에 좀 더 값비싸고 번듯한 무언가를 채워 넣는 일에 골몰한다.

우리는 시간의 힘을 품은 무언가를 믿지 못한다. 우린 강물을 거슬러 오르는 연어 떼들처럼 힘차게 '시간을 거스르려는' 현대인들이다. 불편함과 촌스러움은 우리의 미덕이 아니다. 우리는 언제나 세련되고 말끔한 것을 취급한다. 금방금방 버리고 금방금방 바꾼다. 오랜 시간을 견뎌온 사물은 늘 조금씩 불편하거나 투박하기 마련이고 세월은 그 표면에 이런저런 상처와 흉터를 남기기 마련이건만, 우리의 대처는 간단하다. 그런 못생긴 흉터를 보면 언제든 기세 좋게 재개발과 재건축을 진행하면 그만이다.

아니, 어쩌면 나는 지금 우리의 풍경과 우리의 감성을 너무 부당하게 묘사하고 있는 건 아닌가? 나 역시도 이 땅의 신속함과 편리함을 누리면서 그럴듯한 폼을 잡은 채 '빈티지 향수', '아날로그 감성'의 트렌드에 어울리는 불평을 늘어놓고 있는 것은 아닌가?

우리가 살아가는 공간, 살을 맞대며 부대끼는 사람들을 객관적으로 묘사하기 힘든 건 분명하다. 우리들은 이미 이 공간에 너무나 익숙해져 있는 나머지 그에 대하여 쉽사리 감정적인 견해에 치우치거나 주관적인 덧칠을 하기 마련이니까. 나만 해도 내가 사는 공간을 아주 칙칙하게 묘사했던 게 사실이지만 이런 나의 시선 또한 결코 공정하지 못했을 가능성도 크다.

더욱이 (한국에 평생을 정박했던) 우리조차 발견하지 못했던 이 나라의 미덕에 우리보다 더 주목하는 외국인들도 많다. 그들은 이 땅 곳곳의 숨겨진 아름다움에 찬탄하며, 우리의 경관을 진정성 있게 보듬으려는 작은 시도들에 뜨거운 응원을 보내고 있었다. 점점 더 많은 이들이 한국을 찾으며 우리의 친절함과 공공의식, 따뜻한 마음, 그리고 이곳의 자연환경이 주는 천혜의 절경에 감탄하고 있는 건 사실이니까.

그리고, 그들은 하나같이 한국인들은 자신이 가진 것을 아끼거나 사랑할 줄 모른다고 입을 모으고 있었다. 예컨대 우리에게 "무심코 지나치지 말고 수많은 문화가 담겨있는 자신의 동네 주변부터 살펴봐 달라"고 간청하던 잡지 'SEOUL'의 편집장 로버트 쾰러처럼. 쾰러는 한국에서 22년째 살며 한국을 해외에 소개하는 수십 권의 여행 책자를 내온 바 있다.

어쨌든 우리가 제아무리 말끔하고 새로운 것을 좋아한다고 하더라도, 나는 우리들 모두에게 '골목의 정서'가 남아있다고 믿는다. 올해 여름 파일럿으로 방영되었던 KBS 〈김영철의 동네 한 바퀴〉를 보고 내 가슴은 얼마나 찡했던지……. 김영철은 서울 중림동과 만리동, 익선동과 계동 일대의 옛 골목 곳곳을 누비면서 세월의 흔적을 굳세게 지켜가는 사람들을 보고 감동에 젖는다. (이 방송은 정규 방송이 확정되어 11월부터 계속되고 있다.)

시간을 간직한 동네의 풍경에선, 비록 화려하거나 세련되진 않더라도 언제나 우리 안에 원형적으로 간직된 마음의 무늬를 엿볼 수 있다. 김영철은 바로 그 무늬를 산책한다. 그는 말한다. 너무 소박해서 눈에 띄지 않는 도시의 이런 보물창고들은 천천히 걸어야만 바라볼 수 있다고. 김영철은 골목길 곳곳에 새겨진 소박한 사람살이의 흔적들을 바라보며 "오래된 동네가 거기 있어야 할 이유, 누군가는 등대처럼 그곳을 지켜야 할 이유"를 확인한다.

그가 길에서 마주치는 정경은 작고 여리디여린 어떤 것들이다. 그가 걸었던 옛 동네에는 변하면서도 변하지 않고, 또 변하지 않으면서도 유유히 변해가는 인간적인 속도감이 묻어 있었다. 외국에서 온 관광객들은 이 동네 구멍가게의 살가운 사장님에게서 잊지 못할 푸근함을 느낀다. 교복을 입은 아이들은 우르르 몰려다니며 김영철을 '4달라'라고 놀리고, 수십 년간 대를 이어 양복점을 운영하는 아버지와 아들도 있다. 푸릇한 젊은이들은 예쁜 한복을 입은 채 그 양복점 옆의 분식집에서 떡볶이를 먹는다.

김영철은 중림동의 한 작은 식당에서 콩나물비빔밥을 먹은 뒤 오랜 세월 고생하며 식당을 지켜오신 어머니에게 커다란 누룽지를 받아든다. 귀한 분이 이런 곳을 찾아주셔서 감사하다고, 복이라 생각하고 가져가라며 주신 누룽지를……. 그가 식당 문을 열고 나와서 눈물을 훔칠 때 그 장면을 보던 나도 눈물을 훔쳤다. 더욱이 김영철이 돌아다니던 바로 그 중림동 일대는 20년 전 돌아가신 할머니가 오래도록 살던 곳이어서 내게도 낯익고 정겨웠다.

젊은 시절 상경해 오랫동안 그곳에 터를 두고 장사를 하셨던 할머니. 그리고 말년에는 치매로 고생하시다가 우리 집에서 숨을 거두셨던 할머니. 어린 시절 병환으로 힘들어하시던 할머니를 이해하지 못하고 못되게 굴었던 일화들……. 나 또한 산책길에서 얼마나 자주 되새기던 옛 기억인지.

우리 마음에 빛이 들어오는 그곳 ──── •

사실 우리는 알고 있다. 나는 우리가 알고 있다고 확신한다. 오래된 것에는 오래된 것의 아우라가 있으며, 한 사물의 변하지 않음과 촌스러움에서 오는 놀라운 힘이 있다는 것을 말이다. 우린 모두 시간의 더께가 주는 아름다움을 알고 있는 사람들이다. 그리고 레너드 코헨이 〈Anthem〉에서 노래했듯 "모든 것엔 금이 가 있고, 빛은 거기로 들어온다There is a crack in everything, That's how the light gets in"라는 게 사실이라면, 우리는 그동안 금이 간 자국을 있는 힘껏 가리는 데 골몰해왔던 것일지도 모른다는 것을.

결국, 근원적으로는 우리들 마음의 무늬, 마음의 미학에 달린 문제가 아닐까 싶다. 우리는 매일같이 마주하는 저 일상의 풍경을 바라보며 우리 자신을 깊이 감동케 할 수 있는 것이 무엇인지, 우리 스스로가 끝까지 지켜나가고 싶은 것이 무엇인지를 묻지 않으면 안 된다. 즉, 자신의 내면과 자신의 취향을 차분하고 명징하게 들여다보지 않으면 안 된다는 것이다. 무작정 새것이 좋다든지 옛것이 아름답다든지 등등을 따지는 일은 부질없다. 나는 진정 무엇을 아름답게 여기고 있는지를 묻고, 세상 누구도 아닌 바로 내 가슴을 건드려줄 수 있는 무언가를 변함없이 지켜내겠다는 마음이 중요할 뿐이다.

'대세'와 '유행' 따위에는 가볍게 코웃음을 칠 수 있고, 무엇이 더 고급스럽다는 규정에 여념 없는 남들의 눈치에 절대로 주눅 들지 않는 강인한 마음으로. 오직 자신이 아끼는 존재에 대한 애착과 자긍심이 섞인 밝은 마음으로. 마치 평창올림픽 쇼트트랙 금메달리스트 김아랑이 '아버지의 낡은 1톤 트럭을 스스럼없이 타는 것 같다'라는 한 취재진의 덜 떨어진 말에 "우리 아버지 차를 왜 부끄러워해야 하는지 잘 모르겠다"라고 대꾸했던 것처럼.

김중업은 김중업이고, 김영철은 김영철이며, 김아랑은 김아랑이다. 나는 곧 중림동을 찾아 콩나물비빔밥을 먹을 것이고, 김중업의 건축 답사 여행도 떠날 것이다. 모든 것엔 금이 가 있고 빛은 그 금을 타고 들어온다. 우리는 그 빛이 얼마나 따스하고 환한지를 이미 알고 있다.

평등하다는 것

—

언젠가 서울의 유명한 부촌富村을 걸어가다가, 으리으리한 아파트들을 낀 인도에 오래도록 사람이 한 명도 없는 걸 깨달았다. 함께 걷던 이에게 "여기는 왜 이렇게 걷는 사람이 없죠?"라고 물었더니 그분이 웃으면서 대답했다. "이 동네는 원래 이래요. 여기 사람들이 누가 우리처럼 걸어 다니겠어요? 다 차를 타고 이동하죠." 그분은 농담처럼 했던 말이지만, 나는 일순간 어떤 디스토피아적 미래의 한 장면을 엿본 것만 같았다. 그리곤 괜히 섬뜩해진 기분이 됐다.

미세먼지 가득한 도심의 거리에는 빈궁한 사람들이 어깨를 굽힌 채 이리저리 발걸음을 옮기고, 부유한 사람들은 어딜 나가든 하나같이 근사한 차를 타고 쌩쌩 이동하는 장면……. 그들은 자신들의 아파트 단지 안에 설치된 피트니스센터의 러닝머신을 걸으며 부족한 운동량을 보충할 것이다.

세상은 점점 험악해지고 있고, (멀리 미래로 갈 것도 없이) 요즘 새로 지어지는 고급 아파트들은 하나의 '닫힌 요새'처럼 자급자족이 가능하다. 단지 내에는 식당이며, 목욕탕이며, 빨래

방과 마트 등등이 완비되어 있고, 그 안에는 외부의 사람들이 들어가지 못하는 훌륭한 산책 코스도 완비되어 있다. 이런 추세는 이제 막 시작 단계에 불과하다. '부유함의 공간적인 자급자족 현상'은 앞으로도 훨씬 더 심화될 게 분명하다.

아니다. 우울한 예측은 여기까지만 해두자. 어쨌든 우리는 알고 있다. 산책길에 나서는 것이야말로 누구든지, 아무런 제한 없이, 간편하게 행동으로 옮길 수 있는 일이라는 걸 말이다. 가진 것이 많든 적든, 생활수준이 윤택하든 그렇지 않든, 직업이 무엇이고 어디에 살고 있든, 산책이야말로 저 외부적인 조건을 다 떠나서 우리가 모두 가장 단순하게 즐길 수 있는 취미라는 것을……

그런 면에서, 산책은 본질적으로 평등하다. 천천히 걸음을 옮기는 일은 아무런 준비나 훈련도 필요치 않고 어떤 진입장벽도 없다. 산책은 묻지도 따지지도 않고 우리 모두에게 놀랍도록 풍요롭고 '럭셔리'한 일상의 경험을 선사해줄 수 있다. 우리가 그런 풍요로움과 럭셔리함을 받아들이고자 하는 소소한 마음의 여유를 품을 수만 있다면. 날씨가 괴로울 정도로 덥거나 춥지 않으며 눈과 비가 지나치게 내리지만 않는다면. 또 그토록 고통스러운 미세먼지의 공습만 잘 막아낼 수 있다면.

지금까지 말한 저 모든 산책의 미덕들 덕분에, 산책은 자신을 즐기는 이에게 아무것도 바라지도 구하지도 않는 가장 소박하고도 검소한 취미가 될 수 있었다. 노동으로 지친 우리의 육신을 가만히 위로하고, 우리 폐에 신선한 공기를 불어 넣어주면서 동시에 우리를 정다운 사색의 길로 인도해주는 최고의 취미가.

과거 한 나라를 다스리던 왕도 대궐 안을 산책했고, 세속의 부귀영화를 모두 내려놓은 수도자들도 자연 속을 산책했다. 재계를 주름잡은 재벌 총수도 산책을 즐겼을 것이며, 그 회사의 3차 하청업체에서 근무하는 노동자도 산책을 하고 있었을 게 분명하다. 비록 그들이 걸었던 공간은 저마다 차이가 있었을지언정 우리는 산책하는 일을 통해서 한 사람과 그의 이웃, 또 그가 어슬렁거리는 공간을 둘러싼 접촉의 본질에 관해 성찰할 수 있었다. 그런 접촉에도 물론 신분과 계급에 따른 분리와 단절이 있었겠지만, 적어도 어느 순간까진 우리 모두 하나의 공기를 마시고 같은 자연을 누리는 공동체의 일원이라는 인식이 존재했다. 비유컨대, 한 나라의 왕이 깊은 산속의 수행자보다 더 나은 공간을 산책할 수 있었다고 자신할 순 없었을 것이다.

취미와 취향에도 위계는 존재한다. 아니, 어쩌면 많은 사회학자가 세세하게 헤집으며 분석해놓았듯, 한 사람이 영위하는 취미와 '여가 활동'이야말로 가장 극적으로 위계를 드러낼 것이다. 차별이 공고화된 구조적인 사회 환경, 문화 자본의 덫은 강력하고 끈끈하게 우리들의 취향을 (나이가 들수록 더욱) '계층적으로' 결정짓곤 한다. 어쩌면 하루라는 시간 동안 잠시 자유롭게 짬을 내는 산책은, 오직 그런 산책만이, 저 모든 '위계'와 계층, 자본, 권력의 차이를 뛰어넘을 수 있을지도 모르겠다. 바깥 공기를 쐬며 주위를 거니는 그 시간만큼은 우리 모두 이 세계의 왕이 될 수 있으니까. 자유로이 어슬렁거리는 일 앞에선 저 모든 취향과 계급이 사라져버릴 수 있었을 테니까.

산책하는 일에까지 본격적인 위계가 스며들 때, 우리는 비로소 디스토피아의 서막에 들어서는 것일지도 모른다. 그렇지만 가장 당연하고도 가장 소중하게 느껴지는 무언가에 관해서라면, 우리는 언제나 그것을 상실하기 직전까지 그 당연함과 소중함을 깨닫지 못하곤 하니……. 어느 순간 우리가 거리의 풍경이 음울하게 바뀌어버린 걸 발견하고 깜짝 놀라더라도 별수 없는 노릇이리라.

자유와 평등, 산책과 사랑 ———— •

우리는 걸으면서 왕이 된다. 어딘가를 자유롭게 걷는 일, 발길 가는 대로 돌아다니는 일은 우리가 지닌 가장 폭발력 있는 자유의 상징일지도 모른다. 그것은 인간의 상징이다. 우리는 누군가의 인종과 성별과 직업이 어떻든, 그가 심각한 장애가 있든 없든, 적어도 하루의 일정한 시간을 자유롭게 산책할 수 있는 세상을 꿈꾼다. 누구든 언제라도 쾌활한 마음을 품은 채 자신의 반경을 활보할 수 있는 세상이 되길 바란다.

그러므로, 산책한다는 것은 자연스레 '정치적인' 일과도 연결된다. 우리가 거리에서 마주치는 풍경은 한 사회의 구성원이 서로를 대하고 서로와 관계를 맺어가는 '공간의 얼굴, 공동체의 얼굴' 그 자체라고도 할 수 있으니까. 지금껏 꾸준히 이야기했듯, 우리는 동네의 거리에서 생각보다 더 많은 것을 마주치게 마련이니까.

동네라는 말은 '동'洞은 물 수水 변에 같을 동同 자가 합쳐진 단어다. 이 말의 어원 자체가 '같은 물을 마시는' 사람들이란 뜻인 것이다. (건축가 조성룡) 우리는 TV를 보고 인터넷을 하면서 서로가 한 공동체의 일원이라는 것을 '관념적으로' 확인한다면, 집 밖을 나선 후에는 공동체의 이웃을 비로소 '현실적으로' 대면하기 마련이다. 앞서 말한 '경관'이란 개념의 함의처럼, 우린 이곳을 '걸으면서' 비로소 이곳의 참모습을 '마주 대하기' 때문이다.

나는 누군가가 몸이 불편하거나 장애를 가졌다는 이유로 평생을 한 공간에 갇힌 채 자유롭게 바깥을 나가지 못한다거나, 우리가 산책하기엔 지나치게 위험한 우범지대가 있다거나, 또는 하나의 성性이 늦은 밤거리를 걷는 것을 공포스럽게 생각하는 세상을 원하지 않는다. 나는 적어도 우리 모두가 개방되고 공적인 공간을 평등하게 걷는 세상을 꿈꾼다. 난 우리가 거리에서 가능한 한 다양한 사람들을 만날 수 있는 세상을 꿈꾸고, 또 우리가 살아가는 모든 동네에 최대한 많은 녹지와 공원이, 나무들이, 숲길이 함께하는 세상을 꿈꾼다.

이것은 너무 이상적인 말인가? 그럴지도 모르겠다. 다만 우리가 적어도 하나의 '동네'에 어우러져 산다면, 나는 각자의 처지가 어떠하든 간에 자신의 이웃과 '같은 길을 걸으면서 얼굴을 마주치는' 일이 중요하다고 믿고 있을 뿐이다. 또 모든 이들이 언제든 자신의 동네를 자유롭고 평등하게 거닐 수 있는 세상을 바라고 있을 뿐이다.

그리고 여기서 사랑 이야기도 해두자. 자유와 평등의 역설이 절묘하게 맞물린 사랑에 관해서.

재작년 세상을 떠난 영국의 록스타 데이비드 보위가 1977년에 발표한 〈Heroes〉는 멋진 노래이다. (오아시스의 커버 버전도 끝내준다.) 그는 이 곡에서 우리가 사랑을 통해 영웅이 될 거라고 노래했다. 너와 내가 용감하게 밀고 나가는 사랑의 힘으로 우린 진정한 자기 자신이 될 수 있다면서…… "나는 왕이 되고, 너는 왕비가 될 거야. 아무것도 우리 앞에 놓인 장벽을 치워줄 순 없겠지만, 언젠간 우린 그걸 물리치고 영웅이 될 수 있을 거야." 보위는 이 곡을 독일의 스튜디오에서 녹음했는데 당시 베를린 장벽 근처에서 키스하는 연인을 보고 영감을 받아 곡을 썼다는 일화도 전설처럼 남아있다.

어느덧 베를린 장벽은 무너진 지 오래다. 세상의 많은 연인은 여전히 자신들만의 장벽을 치워나가면서 서로에게 왕이 되고 왕비가 되고 있겠지만, 나는 사랑이 두 사람을 영웅으로 만들어 줄 것이라는 이 '사랑의 찬가'를 더는 무턱대고 칭송할 수 없다. 왜냐하면, 구구절절 말할 것도 없이 내 사랑은 모두 영락없이 실패했기 때문이다. 사랑은 내게 얼마간의 해방감을 선사했지만, 나는 지금 그 실패의 기억을 회상하며 또다시 혼자서 산책길에 나설 뿐이다. 산책하는 시간이야말로 나를 언제나 '왕의 하루처럼' 만들어 주는 유일한 시간이라는 사실을 곱씹으면서. 꽃은 져버린 지 오래고, 왕과 왕비는 폐위된 것을 확인하면서.

사랑은 그것을 가장 깊숙하게 누리는 모든 사람을 '가장 자신답게' 만들어 줄 수 있는가? 사랑은 모두에게 열린 가능성을 선사하며 위대한 평등의 정신을 실천하고 있는 것인가? 아니, 그렇지 않다. 나는 그렇지 않다고 (다소 쓸쓸하게) 확신한다. 사랑을 둘러싼 다른 모든 이야기를 다 접어두고, 어쩌면 나는 그저 누군가('내 인생의 단 한 사람')와 나의 모든 것을 공유하고, 서로를 오래도록 바라보며 함께 평생을 살아낼 수 있으리라는 믿음을 잃어버린 사람일지도 모르겠다.

그런 버거운 믿음을 붙잡는 대신에 나는 조용하게 산책하는 일을 선택했다. 그리고 나처럼 자신만의 취미에 푹 잠겨있는 시간을 아끼면서 자기 한 몸 건사하는 일에 집중하는 사람들이 점점 더 늘어나고 있다. 데이비드 보위의 노래는 불멸하겠지만 '너와 내가 뜨겁게 사랑함으로써' 베를린의 저 단단한 장벽, 이 갑갑한 세상을 한순간에 무너뜨릴 수 있다는 신념은 너무 로맨틱하고, 그래서 너무 고리타분하며 낡은 듯 느껴지는 게 사실이니까.

베를린 장벽이 무너지기 전보다 오히려 세계인의 삶이 더욱 팍팍해진 듯 느껴지는 이 세상에서, 모두를 비루하게 만드는 저 자본주의 체제에 대항하며……. 우리는 그냥 집 주위를 한 걸음 한 걸음 산책하고 있을 뿐이다. 삶은 로맨스 비슷한 게 아니었으므로.

집사 부부의 산책을 바라보며 ————— •

역시 산책은 사랑보다 평등한 일이 분명하다. 나는 가진 것은 별로 없었지만, 산책할 때면 언제든 그 누구보다 편안한 마음을 갖게 됐고, 우리가 아무렇지도 않게 생각하는 이 취미에 그토록 놀라운 잠재력이 숨겨져 있다는 사실에 경탄하곤 했다. 그래서 어쨌든 간에 이 책의 원고를 쓰고 있다. 나 역시 불과 2년여 전까지만 해도, 연인 간의 달콤한 사랑이 아니라 산책이야말로 우리를 왕과 영웅으로 만들어 줄지도 모른다는 이런 글을 쓰게 될지 몰랐다.

그리고 나는 생각한다. 언젠가 내가 다시 누군가와 인연을 맺게 된다면 다른 무엇보다도 오랫동안 함께 산책길을 걸어갈 사람일 수밖에 없지 않을까, 그 정도면 모든 게 오케이가 아닐까, 라고. 언젠가 Q&A 코너에서 자신과 남편이 같이 산책길에 나서면 대화가 한순간도 끊이질 않는다고 말했던 유튜버 김메주님처럼.

김메주님은 남편과 함께 고양이 네 마리를 키우며 유튜브 채널 〈김메주와 고양이들〉을 운영하는 유튜버 집사님(나의 최애 채널이다)인데, 두 부부가 찍은 〈집사부부의 하루: 주말편〉 영상은 (나를 포함해) 결혼에 별 관심이 없던 수많은 구독자들의 결혼 욕망을 불태워주며 우리 가슴을 몽글몽글하게 만들었다.

내가 이런 생각을 하는 것으로 보아, 역시 나는 아직도 데이비드 보위가 노래했던 어떤 욕망을 다 버리진 못했다는 게 솔직한 결론인지도 모르겠다. 아니, 그보다는 고양이를 네 마리나 키우며 우리 마음을 홀릴 줄 아는 집사 부부는 역시 엄청난 지혜의 화신이라는 게 더 정확한 결론인지도.

느릿느릿하다는 것

느린 사람은 강하다. 느릿느릿하다는 것엔 그 자체로 뚝심어린 적극성이 배어있다. 그리고 느릿느릿하다는 게 얼마나 강인한 일인지를 알기 위해서는, 먼저 이 세계의 어질어질한 속도감을 충분히 이해할 필요가 있다.

다른 존재보다 더 빨라야지만 살아남는 생명의 준엄한 명제가 있다. 빨라야 인정받고, 빨라야 사랑받는다. 우리의 문명사회에서 속도는 곧 권력이다. 한 시간에 단어를 30개 외우는 사람보다 60개 외우는 사람이 훗날 좋은 직장과 연봉을 거머쥘 확률이 높고, 한 달에 거래처를 5개 늘리는 사람보다 10개를 늘릴 수 있는 사람이 (당연히) 고속 승진을 할 확률이 높다. 학교나 직장에서 신속함은 최고의 무기이다. 우리 일개미들은 태어나서 죽을 때까지, 마치 자동차의 엔진 시스템처럼 효율적인 연비를 유지하고 평가받아야 하는 운명을 짊어지고 있으니까.

그리고 우리가 〈동물의 왕국〉 같은 프로그램을 한 시간만 감상한다면 이런 명제가 굳이 인간 문명에만 해당하는 것은 아님을 쉽게 확인할 수 있을 것이다. 상시적인 배고픔을 달래며 먹이를 찾아 헤매고, 먹이를 발견하면 (또다시) 온 힘을 다해 달려야 하는 저 육식동물들의 불쌍한 운명……. 동물만 그런 것도 아니다. 나는 언젠가 울창한 숲 한가운데 저 '평화로운' 고목古木들의 땅속뿌리를 고속 카메라로 찍어놓은 영상을 본 적이 있다. 그 뿌리들은 말 그대로 전쟁을 치르고 있었다. 자기 옆의 나무보다 조금이라도 더 많은 양분을 빨아들이고자 제 뿌리를 깊고, 넓고, 집요하게 뻗치려는 나무의 격렬한 본능은 징그러울 정도였다.

누가 식물을 예찬하는가. 인간이나 동물이나 식물이나 생명이 짊어진 저 잔혹한 숙명은 (본질적인 차원에선) 그다지 다를 바가 없는 것이었다.

어떤 의미에선, 지금 숨 쉬고 있는 우리 각자는 모두 살아남은 자들의 자식들이다. 우리는 동물들을 뒤쫓으며 사냥하고, 굶주림과 싸워 이기고, 수만 번의 전쟁을 거치며 결국 남들보다 좀 더 약삭빠르게 움직임으로써 살아남은 인류 DNA의 결집체다. 나는 내 안에서 꿈틀거리는 활기찬 삶의 의지나 재빠른 생명력이 남을 제치고 '이겨 먹으려는' 어떤 은밀한 욕망과 전혀 구별되지 않는 것처럼 느껴질 때가 있다.

아니, 사실 생명을 기적처럼 탄생시킨 이 지구가 속도에 중독된 행성이고, 또 우주의 원리 자체가 그와 다르지 않다. 지구는 지금 이 순간에도 시속 1,600킬로미터가 넘는 속도로 자전하고 있고, 시속 10만 킬로미터가 넘는 속도로 태양을 돌고 있다. 아찔한 속도다. 우리가 사는 이 공간은 엄청난 속도로 질주하는 무대와도 같다. 어쩌면 그처럼 무한한 불확실성을 향한 그 멈추지 않는 질주야말로 우리가 숨 쉬는 세계의 본질일지도 모른다.

그러니 내가 앞서 말했던 저 모든 악덕의 근원은 바로 이런 속도감일지도 모르겠다. 도대체 왜 그토록 빠르게 움직이는지 알지도 못하는 이 행성 위에서, 우린 그 혼란스러운 속도에 몸을 맡긴 채 종착지를 알 수 없는 질주를 계속하고 있다.

더욱이 탐욕스러운 문명인들은 그 속도의 본능, 속도의 열망을 참으로 놀라울 만큼 증폭시켰다. 동물은 배불리 먹은 뒤엔 한없이 게으름을 부리고, 식물은 자기 곁의 식물과 치열하게 경쟁할 뿐이지만, 극단적으로 진화한 영장류는 마치 모든 것을 집어삼키려는 듯 이 지구를 탐욕스럽게 파괴하고 있다. 우리는 그로 인한 편리한 문명의 덕을 누리는 동시에 점점 더 괴팍해지는 온난화의 기후, 사계절을 가리지 않고 전 국민을 고통스럽게 만드는 미세먼지의 덫에 걸려버렸다.

그리고 내가 뭐라고 이렇게 문명을 비평하는 거대담론을 펼치고 있단 말인가. 나 또한 미세먼지에 눈을 부라리면서 마감을 앞둔 원고를 조금이라도 더 빨리 쓰기 위해 노력하는 한 사람의 생활인일 뿐이다.

느긋하게 어슬렁거리는 일의 의미 ———— •

이럴진대 우리는 과연 느리게 산다는 것을 긍정할 수 있을까?

느리게, 조금 더 느리게……. 느릿한 속도로 걷는다는 것은 산책의 가장 중요한 즐거움 중 하나다. 산책하는 도중엔, 우린 정말 그 어떤 순간에도 서두를 필요가 없다. 그냥 느릿느릿하게, 어디 하나의 코스를 의식적으로 선택할 것도 없이, 편안한 태도로 어딘가를 한두 바퀴 걷다 돌아오면 된다. 자신이 느리게 걷는다는 걸 의식하지도 못할 만큼 힘을 빼고 어슬렁어슬렁.

내가 걷는 경로를 두리번두리번 둘러보면서. 계절의 변화를, 나무들의 냄새를, 바람의 선선함을 음미하면서. 내가 그것을 너무 깊이 음미하고 있음에 돌연 놀랄 정도로 세상만사 태평하고 느긋하게.

이토록 빠르게 움직이는 문명의 역사, 생명의 본질, 우주의 원리 속에서 감히 그토록 만사 느긋하게 시간을 죽이다니…….

그래서 느릿느릿한 삶의 태도는 하나의 '결의' 비슷한 게 된다. 즉, 산책하는 일은 (다소 애꿎게도) 하나의 굳세고 강인한 행위가 된다. 지금 산책에 푹 빠진 이는 (저도 모르게) 결코 이 세계의 혼돈과 질주에 휘둘리지 않겠다는 자세를 취하고 있는 건지도 모른다. 그는 그렇게 어슬렁거리며 '오로지 빠른 것만이 살아남는다'라는 준칙에 복종하기를 (또 저도 모르게) 거부하고 있는지도 모른다.

세계가 이처럼 빠르므로, 그 안에서의 삶을 느릿느릿하게 만들 수 있다는 것은 하나의 굉장한 일이 된다. 그는 자신보다 더 강한 존재에게 조금이라도 더 충성해야 한다는 명제에서 벗어난 존재다. 즉, 그는 운명의 굴레를 벗어난 존재다.

바빌로니아 문명의 신화 아트라하시스 서사시Atrahasis Epic에 따르면, 신들은 자신들의 노동을 덜기 위해 인간을 창조했다고 한다. 말하자면 신은 노동에서 해방된 존재이고 게으름을 부릴 수 있는 존재다. 게으름은 신의 특권이며 신은 이 특권을 누리면서 자신들의 권위를 확인한다고 하니, 과연 신은 신인 것이다. 수천 년 전 신화는 이렇게나 지혜롭다.

물론 신이 아닌 우리는 이 세계를 완전히 부정하진 못할 것이다. 우리에게는 자신의 연비를 높여야 할 생존의 막중한 책무가 있다. 다만 문제는 '자신의 빠름에 중독되는 일'이며, 매사에 빨라야만 한다는 우리의 태도에 있다. 사자도 사냥하지 않을 땐 느긋하게 낮잠만을 자건만 우리는 한순간도 절대로 그렇게 태평하게 굴질 못한다. 한 사람의 습관과 삶의 지향성은 치밀하고 또 관성적이어서, 설령 우리 각자가 '나는 느긋하게 행동하고 있다'라고 생각하고 있을 때조차도 우린 '정말로 느긋하게 휴식하진 못한다.' 마치 둥둥 떠다니는 물속의 오리 발이 한시도 쉬지 않고 움직이는 것처럼.

특히 이런 사회적 압력 속에선 무엇보다도 빠르다는 것 그 자체로 이미 우울의 요소를 품고 있다는 인식이 필요하다. 현대인들이 하루에 접하는 정보량은 19세기 말부터 20세기 초에 살던 사람이 평생을 접한 정보량과 맞먹는다고 한다. 우리 뇌는 상시 과부하가 걸려 있는 상태이고, 우리는 모두 일정 수준의 강박에 시달리고 있는 사람들이다. 우린 멀티태스킹의 황제들이며, 휴대폰을 단 1시간도 내버려 두지 못하는 디지털 세계의 화신들이다.

그렇지만 (우리 대다수와 달리) 권력을 가진 사람들은 절대로 서두르지 않는다. 그들은 언제든 내면 깊숙이 자신의 여유를 만끽하고 있다. 그들은 이 약육강식의 세계에 군림하는 신과 같은 존재이거나, 아니면 저 느긋한 사자, 혹은 고양이를 닮은 존재이기도 할 테니까.

그러므로 여기서 말하는 '느릿느릿하게'의 태도란 누군가의 물리적인 속도를 뜻하기도 하겠지만, 더 정확하게는 우리가 지녀야 할 여유로운 마음가짐을 가리킨다고 할 수 있다. 그것은 이 빠른 세계 안에서 살아남기 위하여 자신에게 필요한 최소한의 권력, 최소한의 위엄을 자신의 내부로 되찾아오려는 삶의 자세다.

그래서 나는 산책의 느릿함에 주목하는 것이다. 산책하는 이들 앞에 펼쳐진 세상은 여유롭고 평화로운 어떤 것이니까. 그때 산책하는 사람이 느릿느릿하게 삶의 기어를 내린다는 것은 이 세계의 '미친 흐름'을 멈춘 뒤 그 흐름을 나의 리듬에 맞추고자 하는 무심한 실천이 된다. 이런 실천이야말로 이 미친 세상에서 산책하는 일이 품고 있는 가장 놀라운 힘이라고 해도 무방하리라.

그는 단지 굼뜨고 게을렀을 뿐일지라도 ──── •

물론, 나는 '빠르다는 것'의 미덕도 역시 알고 있다. 우리의 깊숙한 본성 안에는 좀 더 날래게 머리를 쓰거나 행동을 하면서 남을 제치고 남을 이기는 일의 쾌감이 도사리고 있다. 그것까지 부정할 수 있을까? 내 생각엔 그 또한 우리 마음속에 각인된 어떤 '승리의 흔적', 오래도록 쌓여온 유전자의 본능 같은 것에 가깝지 않을까 싶다.

느리게 걷는 사람도 그것을 알고 있다. 다만, 느릿느릿한 이는 그저 떠밀려가지 않으려는 것뿐이다. 무엇에? 그 무엇도 누구도 아닌 바로 자기 자신에게.

그는 앞서 말한 모든 '자연의 법칙'에 함몰되길 거절한다. 동물과 식물이 어떻든 우주가 어떻든, 그 모든 '준엄한 명제'와 내가 무슨 상관이란 말인가? 느린 사람들은 저 모든 법칙과 명제 따위를 받아들이길 거절한다. 그들은 어쩌면 퍽 게으르고 또한 만사태평이어서, 이 지구가 어떻게 움직이든 생명의 본능이 얼마나 치열하든 오직 자신의 평온한 감각에만 집중하고 싶어 하는지도 모른다. 오직 자신의 감각에만 집중할 수 있는 존재는 운명을 거스르는 존재이며, 강한 존재이다.

그래서 느릿느릿한 이들은 자신을 무슨 인생의 비극적인 주인공처럼 여기지 않는다. 그들의 인생은 비극이 아니다. 그들은 눈에 불을 켜고 자신의 연비를 높이려고 달려들지 않는다. (어쩌면 정말로 게을러서일지도 모른다. 가끔 이렇게 게을러질 수 있다는 건 얼마나 멋진 일일까?) 설령 그 또한 우리처럼 한 사람의 일개미에 불과할지라도, 그는 태평하다. 그는 괴로워하면서도 태평하다. 그는 태평하므로 삶을 '낭만적으로' 바라보지 않는다. 그는 (다소 굼뜨더라도) 그냥 자신이 해야 할 일을 무덤덤하게 해치울 뿐이다.

중국의 문호 루쉰은 언젠가 동료 문인에 대하여 "그는 로맨틱한 데가 있어 성과에 급급한 것 같았다"라고 말한 적이 있는데, 그의 이런 언급은 낭만성과 성급함의 관계를 예리하게 통찰한 말이 아니었을까 싶다. 초조하고 성급한 태도, 자신의 성과에 의존하며 좋은 결과를 거머쥐고자 안달하는 태도는 약한 사람의 자세. 또 그것은 세상의(혹은 운명의) 속도에 뒤처질까 전전긍긍하는 사람의 자세. 생각이 너무 많은 사람의 자세고, 상처받는 일을 마음 깊숙하게 두려워하는 사람의 자세다.

그러니까 느릿느릿한 사람은 그냥 자기 자신을 믿는 사람일 뿐이다. 다른 무언가를 믿기엔 너무 게으를지도 모르는 그는 어느 순간 잠시나마 '신과 닮은' 존재가 될 수 있을지도 모른다.

느리고 게으른 이가 신과 닮았다는 건 너무 과장된 표현이겠지만, 어쨌든 우린 알고 있다. 이 미친 세상에서 무엇에도 급급해하지 않으면서 삶을 느긋하고도 초연하게, 또 사람들과 따뜻하고 화목하게 지내는 누군가의 저 대체 불가능한 매력을……. 이 글을 쓰는 나 역시도 그런 사람들의 멋진 풍모를 부러워하고 있는 게 분명하다. 나도 여전히 매사 급급한 사람 중 하나일 뿐이니까.

고독하다는 것

—

인생은 어느 시점까지 규모가 불어난다.

그는 이제 그 시점을 넘겼다.

— 줌파 라히리, 『그저 좋은 사람』(박상미 옮김 · 마음산책) 중에서

나는 지금껏 말한 산책의 미덕들을 음미하며 오랫동안 혼자서 걸었다. 돌아보면, 나는 정말로 마음을 탁 놓고 홀로 걷는 시간을 뿌듯하게 즐겼던 것 같다. 나는 아침이든 저녁이든 한밤이든 꼭두새벽이든 시간을 가리지 않고 마치 유령처럼 홀로 이곳저곳을 배회했다. 친구들에겐 이러다가 정말로 유령이 될 것 같다고 웃으면서 말하곤 했지만, 그 무엇에도 구애받지 않는 산책은 그 자체로 매우 활기차고 중독적인 일이었다.

그리고, 나는 유령이 되지는 않았다. 지난 2년여의 시간은 내게 많은 것을 남겨주었다. 나는 그렇게 믿고 싶다. 겉으로 드러나는 흔적 같은 건 없었지만.

나는 이런저런 생각에 잠긴 채 정처 없는 발걸음을 옮겼다. 그리고 나는 그렇게 걷는 시간을 통해서 무언가 귀중하고 단단

한 것을 길어 올리고 싶었는지도 모르겠다. 난 걸으면서 무엇을 얻었을까? 나는 내 머릿속을 좀 정리할 수 있었던 것일까?

나는 내가 결국 혼자 버텨내야 한다는 것, 인간의 근원적인 고독에 대해서 자주 생각했던 것 같다. 나는 고독에 지지 않았다. 산책길은 가끔 외롭게 느껴졌지만, 그것은 결코 부정적인 외로움, '하염없는' 외로움은 아니었다. 나는 혼자이지만 혼자가 아니었다. 나는 내가 산책하며 만났던 그 모든 것들, 정말로 모든 것들에 대하여 따뜻한 마음을 품을 수 있었고, 그런 친숙한 풍경들을 쾌활하고 흔연히 바라볼 수 있었다. 난 그렇게 따뜻하거나 긍정적인 사람이 아니었음에도…….

많은 사람이 고독의 힘을 예찬하고, 나도 고독의 힘을 예찬한다. 우리는 분명 지나칠 정도로 관계에 중독되어 있고, 혼자 일정한 시간을 버텨내야 한다는 것을 불편하고 어려워하곤 하니까.

그렇지만 남이 말하고 쓰는 이런 고독 예찬, '혼자 있는 시간의 힘' 등등의 말을 쉽게 믿어서는 안 된다는 것을, 지금 이 글을 읽는 지혜로운 독자들께선 잘 알고 계실 것이다. 고독은 그처럼 간단하게 칭송되거나 극복될 수 있는 키워드가 아니니까 말이다. (그런 말을 남발하는 사람들이 가장 은밀하고 끈끈하게 타인을 필요로 하는 사람일 가능성이 크다.)

나는 진심으로 혼자서 지내는 일을 사랑하는데, 그와 동시에 인간이란 동물이 고독함과 어울리는 종인지에 관해선 자주 회의감이 드는 게 사실이다. 고독해져라, 홀로 있는 시간을 버텨내라, 타인에게 의존하지 말라 등등의 말을 하는 건 전혀 어려운 일이 아니지만, 내 몸과 마음에 각인된 어떤 본능은 이렇게 말하고 있다. 인간은 오랫동안 외롭게 살도록 길든 존재는 아닌 것 같다고.

외로움은 우리 영혼을 뼛속부터 갉아먹고, 한 사람을 아주 내밀한 차원에서 망가뜨리고 뒤틀리게 만들기도 십상인 것 같다. 많은 사람이 외로움을 버티지 못한 채 사고를 저지르고 말았다. 지금도 저지르고 있을 것이다. 아니, 난 지금 다른 누구의 얘기를 하려는 것은 아니다. 나는 그저 나 자신의 마음속을 들여다보고 하는 말이다. 앞서 나는 고독을 잘 다루고 있는 듯 문장을 이어갔지만 역시나 글이란 것은 자주 남을 속이기도 쉬운 법이니까.

아니, 그래도 난 고독을 제법 잘 다루고 있다고 생각한다. 동시에 나는 쩔쩔매고 있다. 아마도 둘 다 진실에 가까울 것이다. 그래서 나는 스스로에게 자주 묻는다. 내가 고독한 삶을 버티면서도 망가지지 않는 일이 가능할까? 내 주위의 좋은 사람들에 대한 믿음을 잃지 않고, 필요할 땐 그들의 도움을 받으며 진심 어린 웃음을 나누고, 그러곤 돌아와서 홀로 기분 좋게 산책을 하는 일이 가능할까?

어쨌든 나는 하나의 분기점을 맞이했다. 줌파 라히리의 묘사처럼, 규모가 불어났던 내 인생에도 많은 거품이 빠졌다. 나는 내게 남은 소중한 사람들을, 내게 남은 귀중하고 멋진 기억을 좀 더 아끼면서 살아야겠다는 생각을 하고 있다.

자코메티의 실존주의에 관하여 ———— •

스위스 태생의 조각가 알베르토 자코메티가 남긴 〈걷는 사람〉Walking Man은 아마도 걷기의 주제에 관한 가장 널리 알려진 예술 작품일 것이다. 마치 뼈대만 남은 듯 지극히 가느다란 사람들은 어딘가를 향해 뚜벅뚜벅 걸음을 이어간다. 그들은 마치 젓가락처럼 앙상하고 쓸쓸하다. 그들은 걷는 사람이 짊어지고 있는 태생적인 고독함을 상징한다. 자코메티는 죽음을 향하여 걸어가는 사람들에 관하여 이렇게 말하고 있다.

> 마침내 나는 일어섰다.
> 그리고 한 발을 내디뎌 걷는다.
> 어디로 가야 하는지 그리고

그 끝이 어딘지 알 수는 없지만,

그러나 나는 걷는다.

그렇다. 나는 걸어야만 한다.

인간 불굴의 의지를 상징하는 저 조각들은 우리를 숙연하게 만든다. 과연 이 책의 첫 장에서 말한 '걷는 일은 슬픈 일'이라는 비유와 잘 어울리는 작품이리라.

그렇지만, 나는 왠지 저 '고독의 상징'이 너무 진지하고 무겁게 느껴지곤 했다. 아니, 홀로 걷는 누군가가 그토록 극한적인 위태로움으로 표현되는 상징성이 그다지 설득력 있게 느껴지지 않았다. (나는 지금 조각 작품으로는 유일하게 1억 달러가 넘는 가격에 팔렸다는, 저 위대한 예술 작품을 흠잡고 있는 것인가?) 이 세상을 고독하게 살아가는 인간의 본질이 그처럼 가늘고 앙상한 것이라는 어떤 예술적인 인식이 왠지 와닿지 않았다.

1901년 태어나 1966년 세상을 뜬 알베르토 자코메티는 인류 최대의 학살극이라 할 수 있는 세계 양차 대전을 경험했고 또 가까운 이들의 비극적인 죽음을 온몸으로 통과했다. 그에게 이 세상은 잔혹하고 도저히 이해할 수 없는 어떤 것이었고, 그래서 그곳을 살아가는 자신의 ─ 즉, 모든 인간의 ─ 인생 역시 비장하고 진중하지 않을 수 없었다. 그는 세계에 맞서 무너져내릴 듯 허약하면서도 결코 자신들의 끔찍한 운명에 굴복하지 않는 인간의 초상을 '걸어가는 사람'으로 빚어냈다.

걸어가는 사람들의 시선은 형형하고 날카롭다. 자코메티는 사람을 살아있게 하는 생명력이 '시선'에 담겨있다고 생각했고, "보는 것seeing이 곧 존재하는 것being"이라는 말을 남기기도 했다. 자코메티는 영원할 수 있는 건 오로지 시선이라고 파악하면서 시선이 살아있는 형상을 만드는 데 평생을 바쳤다고 한다. 시선을 제외하면 나머지 것은 죽은 자의 해골에 불과하며, 결국 죽음과 개인을 구별해주는 것은 인간의 시선일 뿐이라며······.

그렇다. 걷는 존재에 관한 이런 고뇌 어린 예술적 성찰은 충분히 이해할 만하다. 그는 아마도 인간을 인간답게 만드는 '본질적인 것'이 무엇인지에 관하여 끊임없이 성찰했을 것이다. 그리곤 결론을 내렸으리라. 인간의 '시선'으로 상징화된 실존적인 사유, 그 강렬하고 생생한 실존의 의식이 '나'라는 정체성을 설명하는 데 가장 중요한 것이라는 결론을.

그는 생각했으리라. 외부의 저 잔혹한 세상을 쏘아보며 저항할 수 있는 그 최소한의 '나'를 지키는 일이야말로 가장 인간다운 것이라고. 내가 아닌 그 모든 존재와 나 자신을 구별하는 그 '고독한 실체'야말로 나의 실존이라고. 그래서 그는 '실존'이 아닌, '영원하지 못한' 인간의 두툼한 몸피를 모두 쳐낸다. 그는 인간의 형상을 끊임없이 덜어내고 깎아내면서 앙상하게 남은 우리의 '본질'을 추구한다.

그것이 자코메티가 조각을 빚어내며 추구했던 실존주의였다.

유리 터널의 벽이 사라진 자리에 ──── •

나는 다르게 생각한다. 나는 지금 고독함의 이미지를 자코메티와는 완전히 다르게 바라보고 있다.

산책하는 사람의 고독함에 관해서, 나는 자코메티의 예술과 정반대의 시각을 소개해보고 싶다. 심리학자 대니얼 웨그너와 커트 그레이가 쓴 책 『신과 개와 인간의 마음』(최호영 옮김·추수밭)에는 옥스퍼드대에서 학생들을 가르치는 데릭 파핏이라는 철학자의 사례가 나온다.

이 철학자는 심상心像을 전혀 만들어내지 못한다. 그는 자신의 감각으로 직접 무엇인가를 지각하지 않으면 그 대상을 마음속의 영상으로 풀어낼 수가 없는 사람이다. 그래서 파핏은 그의 집 또는 아내가 바로 지금 눈앞에 있지 않으면 그 모습을 머릿속에 떠올릴 수가 없다.

자코메티의 관점에선, 그는 그야말로 '시선'만 남은 어떤 사람일 것이다. 그가 직접 그의 눈으로 무언가를 보고 있지 않다면 그는 과거의 어떤 장면들도 재현할 수 없으며, 그는 이 세상에 홀로 덩그러니 남아있는 듯한 존재가 될 것이므로…….

아니, 파핏의 생각은 정반대다. 자신은 무엇인가를 바라보지 않아도 자신으로 '풍성하게' 남아있다. 파핏은 자기 자신을 '자신이 보는 것'이 아니라 '자신이 기억하는 것'으로 정의하기 때문이다. 그는 한 사람의 '지각'과 '기억'이야말로 누군가의 정체성을 이루는 핵심이라고 강조한다. 그가 지금껏 쌓아왔던 수많은 지각의 경험, 관계의 경험이 바로 '그'다. 그가 지금까지 접해왔던 이 세계의 무수한 총합이 바로 '그'다.

그러므로 파핏과 같은 관점에선, '그'가 외부 세계를 받아들이고 자신 안에 간직한 것과 별개라 말할 수 있는 '본질'(혹은, 실존)은 없다. 내가 아닌 존재들과 엄격하게 구분될 수 있는 어떤 불변하는 '나'는 없다. 즉, 서로를 기억해줄 수 있는 가까운 타인이 없는, 가까운 타인에게 자신의 실존을 양보하지 않는 '나'라는 존재는 없다. 우리 각자는 외부 세계를 지각한 '기억의 집합'일 뿐이다. 그리고, 우리는 지금도 새롭게 형성되고 있다.

나는 너를 보고 있지 않더라도, 설령 너의 모습을 뚜렷하게 그려내지 못하더라도, 너는 내 안에 담겨있다. 왜냐면 나는 너를 기억하고 있으니까. 너와의 추억을, 너와의 기쁨과 슬픔을, 그 작고 반짝이는 순간들을.

이것은 너무도 연약하고 위태로운 정의가 아닌가? 우리 모두의 기억은 너무도 불안정한 게 사실이니까 말이다. 더욱이 모

든 기억이 흐릿해진 알츠하이머 환자나 기억상실증 환자는 어
쩌란 말인가?

문제없다. 왜냐면, 그들은 그들 곁의 '우리'가 남아서 계속
그들을 기억해줄 것이니까. 기억은 두 사람, 아니 수많은 사람
이 함께 만들어나가는 것이니까. 파핏에 따르면, 이런 관점이야
말로 오히려 우리를 자유롭게 하는 것이며 우리 자신과 타인 사
이의 간격을 없애는 일이다. 만약 당신이 다른 누구의 기억을
가지고 있다면 그리고 그가 당신의 기억을 가지고 있다면, 당신
은 그일 것이고 그는 당신일 것이다.

이런 시각에 따른다면, 인간의 실존적인 정체성은 자코메티
의 〈걷는 사람〉과 같은 날카롭고, 종잇장처럼 얇고, 시선만 남
은 어떤 것이 아니다. 나라는 실존은 '최소한의 나 자신'을 위
태롭게 부여잡는 이미지가 아니다. 인간의 정체성은 너와 나를
풍요롭게 넘나드는 것이고, 언제나 변화가 가능한 것이며, 매
순간 부드럽고 새롭게 흘러넘치는 활짝 열린 이미지로 표현되
어야 하리라.

다음은 이런 통찰에 환호하면서 파핏 자신이 남긴 말이다.
내게는 너무나도 감동적으로 느껴지는 문장이다.

"내 삶은 일종의 유리 터널처럼 보였다. 나는 그 터널을 매년
점점 더 빠르게 이동했고, 터널 끝에는 어둠이 있었다. 그러나

내 견해를 바꾸자 내 유리 터널의 벽이 사라졌다. 이제 나는 야외에서 산다."

두터운 인간, 풍만한 고독 ───── •

그렇다. 나는 알베르토 자코메티 같은 예술적인 재능도, 데릭 파핏 같은 철학적인 재능도 없는 사람이지만……. 그래도 이게 내가 오랫동안 산책을 하면서 내린 결론이다. 나도 파핏처럼 야외에서 산다. 아니, 그렇게 살고 싶다. 어쨌거나 나는 야외를 오래도록 걸었다.

사실 우리는 우리의 생각보다 훨씬 더 '두터운' 존재일지도 모른다. 나는 그저 내게 소중한 존재를 아끼고, 그것들을 잘 기억하기만 하면 된다. 내가 지금 맞닥뜨린 이 세계를 가장 충만하게 지각하고 그것을 내 안에 간직할 수 있기만 하면 된다. 그렇다면, 고독은 우리가 생각하는 어떤 괴롭고 슬픈 이미지와는 많이 달라질 수 있을지도 모른다.

나는 고독하지만, 동시에 나는 내가 아끼고 나를 아끼는 많은 사람과 함께 숨 쉬고 있다. 그가 내게 묻어 있고, 내가 그에게 묻어 있다. 어떤 면에서는 그가 나고, 내가 그다. 나는 그들과 떨어진 채 한편으론 여전히 고독하겠지만, 또 한편으로는 절대로 고독할 수 없는 어떤 존재다. 나를 기억해주는 사람들이 있으므로. 또 내가 그들을 기억하고 있으므로.

고독함. 이것이 산책의 마지막 미덕이다. 나는 야외를 걷는다. 그리고, 나는 절대로 눈빛만 남은 어떤 앙상한 존재가 아니다. 나는 혼자이지만 혼자가 아니다. 나는 그것을 알고 있다. 난 이제 다시금 세상을 향해서 걸어 나가기 시작했다.

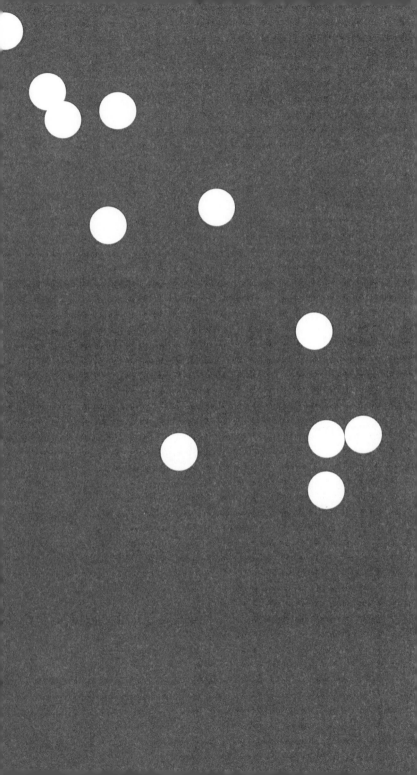

3

그래서, 산책하는 마음이란

정갈함

—

정갈함, 이란 단어는 내가 정말로 아끼고 사랑하는 표현이어서, 앞으로 이야기할 '산책하는 마음' 중에서도 가장 첫 번째에 놓아두고 싶었다. 이 단어는 '깨끗하고 깔끔하다'라는 뜻을 지닌 정결淨潔하다는 한자어에서 비롯된 순우리말인데, 정결하다는 표현보단 정갈하다는 말이 이젠 훨씬 자주 쓰이기도 하고, 부담 없이 친근한 뉘앙스를 담고 있는 게 아닌가 싶다.

정갈함의 미학이란 무엇일까. 우리에겐 '정갈하다'라는 말을 듣고 쉬이 떠오르는 몇몇 이미지들이 있다. 애써 꾸미지 않아 소담하고 오랜 시간의 빛과 무늬가 잔잔히 배어든.

예컨대 화려하고 값비싼 물품이나 가구가 없더라도 가지런하며 평온하게 정돈된 어느 공간, 또는 소박하지만 만든 이의 정성이 물씬 느껴지는 맛깔스러운 반찬들의 밥상 등을 보면, 우리는 정갈하다는 표현을 떠올리곤 한다. 수백 년 전에 만들어졌지만 지금까지 은은한 세련됨을 풍기는 사기그릇과 장신구들에 정갈하단 느낌이 스며있을 때가 있고, 옛 사찰과 고택古宅, 혹은 고요하고 청량한 숲길처럼, 우리의 마음을 단정하게 만들어 주는 유적이나 자연환경에 이런 인상이 묻어 있을 때도 있다.

실재하는 장소나 사물이 아니더라도 우리들 마음속에 '정갈함'으로 남게 되는 몇몇 경험들이 있다. 예를 들어, 좋은 글은 그 글을 읽는 내게 정갈히 스며든다. 타인을 성마르게 독촉하거나 가르치려는 의도 없이 담담하면서도 꼼꼼히 자신의 내면을 풀어내는 글을 읽을 때면, 나는 속으로 갈채를 보내며 '아, 참 정갈하다'라는 생각을 하곤 한다. 그런 글에는 작가 자신을 과시하고 뽐내려는 욕망 대신, 세상을 바라보는 그윽한 눈매와 깊은 겸손함이 배어있다. 지금은 작고한 소설가 박완서와 영문학 교수 장영희, 불문학 교수 황현산 등등의 글은 내게 예외 없이 이런 감정을 전해주었던 것 같다.

영상에서도 이러한 정갈함을 어렵지 않게 느낄 수 있다. 일본 영화감독인 오즈 야스지로나 나루세 미키오의 옛 작품들을 볼 때, 나는 절로 앉은 자세를 가다듬게 된다. 그들의 반듯하고 또 사려 깊은 미장센을 접할 때면, 내 헝클어진 삶도 무언가 조금은 더 차분해지고 맑아지며 얼마간은 '정화되는 듯한' 기분에 사로잡히곤 했던 것이다. 그들이 창조해서 영상에 가만히 옮겨둔 인물들은, 말하자면 불륜을 저지르더라도 정갈하게 저지르곤 했으니까…….

어쨌든 글이나 영상이 아니더라도, 클래식 음악을 오랫동안 즐겨 오신 분들, 미술과 서예에 조예가 깊으시거나 난을 치고 정원을 가꾸는 일에 취미가 있는 분들, 또는 오랫동안 태양과 바람에 그을린 과일이나 작물들을 수확하는 기쁨을 직접 몸으로 누리고 계신 분들……. 이들은 모두 저마다의 분야에서 '정갈함'이란 느낌을 쉽게 떠올릴 수 있으리라 생각한다.

그리고 이런 이미지는 이제 사람으로까지 확장된다. 언젠가부터 내게 최고의 미덕을 지닌 사람은 '정갈한 사람'이라는 표현으로 묘사되고 있다. 나는 위에서 말한 여러 정갈한 삽화들이 한 사람 안에 잔잔히 녹아있는 모습을 상상할 수 있다. 아니, 그들이 은은하게 전해주는 정갈함의 이미지는 그들이 오래도록 다듬어 온 정갈한 내면에서 비롯되었다는 게 더욱 정확한 표현이겠지만.

매 순간 조용하고 침착한 표정을 잃지 않고, 사소한 일이든 중요한 일이든 무엇 하나 소홀함 없이 성심껏 임하면서 주위에는 여유롭고 따뜻한 미소를 나누는 어떤 사람. 그에게는 마치 '사소한 일'과 '중요한 일'이라는 세간의 구분조차 무의미한 것만 같다. 그는 자신이 맞닥뜨린 모든 일에 자신의 영혼을 빈틈없이 쏟고 있다. 그는 방문을 열거나 연필을 깎는 일, 침대보를 정리하고, 편지를 쓰고, 또 이웃에게 인사하는 일들……. 그런 작고 일상적인 일들을 세상 그 어떤 중요한 일보다도 정성스레 완수한다. 굳이 정성을 들이려 애쓰지도 않는 익숙한 자세로,

태연하고도 담담하게 말이다.

하루 이틀이 아니라, 수년 수십 년에 걸쳐.

그는 자신의 일상적인 생활을 보듬으며 거친 삶을 부드럽게 매만지고 있다. 그는 자신의 마음속 어둠과 번뇌를 깊이 이해하고, 그것을 조심스럽게 다루는 법을 잘 아는 것만 같다. 그는 자신의 가혹한 운명을 차분하게 쓸어내리면서 자신처럼 삶의 고통에 시달릴 모든 인간의 가혹한 운명을 연민하고 있다. 즉, 그는 매 순간순간 자신의 내면을 맑게 가다듬는 질박한 태도를 통하여 이 세상을 넉넉하게 감싸 안고 있다. 왜냐면, 그는 세상에서 가장 변화시키기 힘든 게 결국 자기 자신의 마음이라는 것을 알고 있으므로.

나는 이런 사람들이 산책을 즐길 것이라고, 산책하는 동안 자신의 영혼을 고르고 또 고를 것으로 생각하고 있다. 산책하는 시간의 짧은 고독과 명상이야말로 그들의 선한 침묵을, 겸허한 마음을 지탱하는 가장 멋진 자양분이 되어주고 있으리라고 믿는다. 아니, 그렇긴 해도 내가 그런 사람들의 취향이나 취미를 아예 단정할 수는 없는 노릇이니까, 나의 경우에는 그저 산책을 하는 일을 통해서 그처럼 정갈한 이들에게 스며든 아름다움을 조금이나마 닮아보려 하고, 좇아보려고 한다는 게 적절한 고백일 것이다.

정갈한 삶의 '마법'에 관하여 ———— •

나는 산책을 한다. 일상에 잠시나마 빈칸을 마련해두고 자기 삶의 반경을 여유롭게 걸으면서 주변의 정취를 흠뻑 받아들이는 일은, 우리 마음의 자질구레한 욕망과 분주한 시비들을 정리해 준다고 믿기 때문이다. 그러니까, 나는 이렇게 말하고 싶다. 우리는 묵묵히 걸으면서 조금씩 더 정갈해진다.

산책하는 이는 세속의 반경에서 완전히 떨어져 있지 않으면서도, 자신의 삶을 지근거리에서 들여다볼 수 있는 한 뼘의 여백을 선선히 채워가고 있다. 앞에서 줄곧 이야기한 산책하는 일의 여러 미덕이 자못 반짝거리면서, 고독하고도 유려하게 걸어가는 그의 그림자 언저리를 천천히 맴도는 것만 같다. 그는 오늘 해야 할 일을 마친 뒤, 지금 막 경쾌한 마음으로 발목을 매만지고 신발을 고쳐 신었다. 그 순간, 그는 자기 삶에 주렁주렁 매달렸던 '거창한 삶의 목표', 화려하고 멋진 버킷리스트의 세계에서 홀연히 이탈하려는 참이다. 아니, 그런 버킷리스트들은 잠시 서랍 속에 넣어두었다는 표현이 더 좋겠다.

물론 그 자신이 빼곡하게 만들어둔 '인생의 크고 작은 목표'

들은 소중한 것이고, 목표를 향한 부단한 노력은 절대로 그를 배신하지 않을 것이다. 그가 자신의 힘을 믿으며 성실하게 살아내는 한, 그의 목표들은 언젠가 마법처럼 이루어질 수 있다. 지금 대문을 나선 그는 그 사실을 알고 있다.

그리고 그는 알고 있다. 그런 리스트들을 이룰 수 있는 '마법'은 다른 어딘가에 멀찌감치 존재하는 게 아니라는 것을. '마법의 힘'은 결국 '자신 안에' 있다는 것을 말이다. 우리가 문학과 영화 속에서 만날 수 있는 저 근사한 마법들은, 우리 한 사람한 사람의 무궁무진한 가능성과 잠재력에 관한 알레고리에 가까울 것이다. 그가 마법처럼 무언가를 이뤄낼 수 있다면 그건 분명 그가 오래도록 꾸준하고 치열하게 쌓아왔던 시간의 힘 덕택이리라. 그 힘은 하루하루의 단위라는 외피를 두르고 기나긴 세월 속에 잘게 쪼개어져 있을 게 분명하다. 차곡차곡 가지런히 정돈된 에너지를 담고서.

우리는 자신의 삶이 '나 자신의 목표'에 얼마나 가까워졌는지를 정확하게 가늠할 수는 없다. 멀리 있는 목표, 높은 목표, 번쩍번쩍한 목표들은 가끔 나를 초라하게 만들고 팬스레 위축시킨다. 나는 내 안에 깃들고 있는 시간의 빛을 믿을 수 없고, 그런 스스로에 대한 불신과 시간에 대한 불신은 종종 나를 몹시 초조하고 불안케 만드는 것도 사실이다.

자, 이제 잠시 그런 마음의 고통을 흩어놓을 시간이다. 나는 저 흐릿하고 높고 머나먼 곳을 바라보는 대신, 내가 언제든 편안하고 자유롭게 누릴 수 있는 '감각의 즐거움'을 선택하기로 했다. 나는 내게 익숙한 공간을 어슬렁거리는 일의 힘을 잘 알고 있으니까.

내가 심호흡을 하면서 잠시 바깥 공기를 마시고 돌아올 때면 얼마나 많은 생각이 내 안에 새롭게 꿈틀거리는지. 또 내가 좋아하는 음악을 들으며, 동물과 식물과 작은 곤충들의 어렴풋한 움직임을 지나치고, 계절의 힘을 느끼고, 또 나의 근육을 잠깐 활달하게 움직이는 그 짧고 사소한 시간이 나의 일상을 얼마나 윤기 있게 만들어 주는지, 나는 아주 구체적으로 알고 있으니까 말이다.

때때로 산책하는 이는 자신의 크고 작은 슬픔과 고민에 잠겨서 거리를 배회하곤 할 것이다. 그렇지만 그는 알고 있다. 자신의 부정적인 감정을 돌파하기 위하여 필요한 건 오로지 자신의 밀폐된 마음에 집중해서 그 내면적인 진폭의 크기를 무한대로 늘리는 일이나, 나의 파괴적인 에너지에서 멀리 도망칠 수 있는 해방구를 찾는 일이 아니라는 것을.

내 안에 쌓인 저 어두운 침전물들을 나 대신에 치워줄 수 있는 존재는, 끝끝내 어디에도 없다. 어느 성지聖地를 가거나 무슨 기적과 같은 일을 경험해서 '마법처럼' 치워지는 계기가 있을 리도 없다. 나의 내면을 사로잡은 눅진한 찌꺼기들이 절로 사라질 리도 없을 테고. 결국, 내가 매일매일 자신을 아끼고 돌보는 수밖에 없다. 해야 할 것들을 빠짐없이 해내고 어질러진 삶의 조각들을 정돈하면서. 그런 정돈의 습관을 내 몸의 근육처럼 만들어가며, 또 자신의 습관에 짜증과 권태를 느끼지 않도록 노력하면서. 그렇게 오랫동안 내 마음속의 어둠을 그저 잘 달래고, 또 달래가면서.

나는 이 세계의 모든 존재를 사로잡은 자연의 법칙, 운명의 굴레가 본래 정갈하지 않다는 것을 잘 알고 있다. 나는 인간이 얼마나 '저도 모르게' 망가지기 쉬운 존재인지를 뼈저리게 절감하며 그런 인간의 부정적인 측면에 늘 주목하고 있다. 우리를 지배하는 본성은 결코 깨끗하지도 않고 단정하지도 않다. 우리는 조금이라도 기를 써서 살아내지 않으면 쉽게 흐트러지고, 지저분해지고, 나태해지는 사람들이다. 망가짐에 대한 유혹. 이 사소하지만 강력한 진실을 우리는 모두 매일매일 겪고 있으니까.

더욱이 우리 인생은 한순간에 변하지 않는다. 내가 그동안 쌓아왔던 과거의 두꺼운 부피감, 오래도록 걸어왔던 삶의 경로는 내 뒤에서 나를 가만히 지켜보고 있다. 나는 나이고, 동시에 내가 수십 년간 살아온 저 단단한 시간의 기록이다. 어찌 조급하게 길을 재촉해야 한단 말인가? 왜 한순간에 모든 것을 바꾸려고 하는가?

그러니, 시작은 언제나 단출한 것도 좋겠다. 어찌 됐건 나는 대문을 열었다. 나는 지금 퍽 헝클어지고 망가져 있는 존재이고, 내가 바라는 이상적인 내 모습으로부터 아직 한참은 떨어져 있는 존재다. 나는 그것을 알고 있다.

나는 나의 연약함을 똑바로 바라보는 동시에, 내게 주어진 한발 한발을 최선을 다해 내디딜 뿐이다. 나는 내가 선 이 자리에서 한순간에 저 눈에 보이지 않는 곳까지 뛰쳐나가진 못하리라. 하지만 나는, 적어도 내가 선택한 이 길에서 어딘가로 도망치지는 않을 것이다. 나는 내가 좀 더 침착하고 정돈된 사람, 일상을 담담하면서도 빈틈없이 조각해갈 수 있는 사람이 될 것이라고 믿고 있다. 나는 끝내 내가 좀 더 아름다운 사람이 되리라는 것을 믿는다.

나는 중력을 거스르진 못할 것이다. 이 땅에 존재하는 그 무엇도 중력을 거스르진 못하리라. 나는 지금 대지에 붙박은 채 천천히 어슬렁거리고 있을 뿐이다. 나는 시속 3에서 4킬로미터 남짓한 속도로 이 땅을 걷고 있고, 누군가는 저 상공 위에서 나를 하나의 개미처럼 바라보고 있을지도 모른다. 그는 그 나름의 감상에 젖어있을 것이다. 나는 저 하늘 위의 그와 마찬가지로 내가 언제든 이곳을 박차고 떠날 수 있으며, 언제든 이 대지

위에서 잠시나마 이탈할 수 있다는 사실을 알고 있다.

나는 기어이 자유롭다. 또 나는 시간의 힘을 믿는다. 나는 지금 다만 내 안의 무언가를 소박하고 은은하게 만들어가고 있을 뿐이다. 먼 미래를 믿고서. 내가 발을 내디딘 어떤 긴 여행의 이야기를 믿으면서. 천천히 내 삶의 반경을 걸으면서.

그 순간, 나는 정갈해지기 시작했다.

무덤덤함

—

산책하는 일에는 기승전결이 없다. 산책엔 클라이맥스가 없
다. 이 책에서 줄곧 이야기했듯, 이 일에는 사람의 마음을 들었
다 놓는 짜릿한 스토리라인이 없다. 산책길을 걷는다는 것은
언제나 정적인 일에 가깝고, 거기엔 유별난 자극이나 새로운 충
격이 있을 리 없다. 익숙한 풍경 위에서 우리가 체감하는 매 순
간의 자기 걸음걸이와 호흡이 함께하고 있을 뿐이다.

그래서 산책은 무덤덤한 일이다. 무덤덤함……. 걷다가 마주
친 무얼 그리 특별하게 여기지도 않고, 스스럼도 없이, 그냥 무
심하고도 자연스럽게 한 발자국씩 걸어 나가는 일. 나는 이런
무덤덤함이야말로 산책이란 취미가 품고 있는 참으로 멋진 함
의가 아닐까 생각하고 있다.

산책하는 사람은 천천히 앞을 향해 걸어가고 있다. 우리는
그가 무슨 생각을 하는지 알 수 없다. 그는 사실 두려움이 무척
많거나, 감정의 기복이 심하거나, 호들갑을 잘 떠는 사람일지도
모른다. 어쩌면 그는 세상에서 가장 아픈 상처, 그 상처가 남긴
흉터를 껴안고 살아가는 사람일지도 모른다. 그렇지만 그가 정

면을 바라보며 혼자서 휘적휘적 걸어 나가는 모습에는, 자신 앞에 놓인 '세계 그대로의 세계'를 무던하고, 평온하고, 또 강인하게 받아들이는 태도가 스며들어 있다. 그 태도에는 '홀로 버텨냄'의 미덕이 투영되어 있고, 그 미덕은 대개 우아하고 지적인 느낌을 담고 있다.

그는 그냥 걷는다. 그는 걸으면서 (어쩌면, 자신도 모르게) 자기 내면의 어둠과 싸우고 있다.

우리는 물론 그를 모른다. 우린 오로지 그의 '걷는 인상'을 대면하고 있다. 또 우린 그가 걸으면서 '혼자서 걸음을 내딛는' 그 자신의 태도를 오래도록 닮아가고 있다는 사실을 알 수 있을 뿐이다. 우리가 그를 모르는 것처럼, 그 역시도 본래의 자기 자신을 다 알지 못한다. 발걸음을 뗄 때마다 아주 미묘하게 변해가고 있는 그는, 그 순간 자기가 변하고 있다는 사실을 전혀 의식하지 못할 것이다. 그렇지만 그는 변해가는 중이다. 분명히, 조금씩 아주 조금씩.

걷는 그를 바라보면서, 동시에 그와 닮은꼴로 이 공간을 활보하는 나 역시 변해간다. 그가 내게 그렇듯, 그에겐 내가 하나의 풍경처럼 인식되고 있을 것이다. 그러든 말든 나는 나 자신의 걸음걸이에 집중하고 있다. 우리는 함께이면서도 각자이고 각자이면서도 함께인 사람들이다. 우리는 저 열린 공간, 야외의 공간에서 서로와의 마주침을 거듭하며 '저마다, 또 함께' 변해 가고 있다. 산책하는 일엔 언제나 이처럼 무심히 스쳐 가는 사람들을 가로지르는 정적인 역동성이 잠복해 있다.

그는 털털하게 걸음으로써 조금 더 털털한 사람이 되고 있다. 그는 걷는 일에 집중한 채 자신의 상처를 잠시 잊음으로써, 아니, 어쩌면 그 상처에 가장 몰입함으로써 자신을 괴롭히던 마음속의 짙은 어둠과 고통을 무심결에 극복하는 중이다. 그는 '그 순간' 아름답다. 그는 말하지 않고 계산하지 않아서, 즉 홀로 버텨냄으로써 아름답다. 마치 릴케가 남긴 「서시」의 시구처럼.

　　　　말이나 계산을 하지 말고,
　　　　언제나 너의 아름다움을 내바쳐라.
　　　　침묵하는 속에 너를 대신해
　　　　스스로를 말해주는 너의 아름다움.

그는 한 걸음 한 걸음 내디디면서 이 세상을 향하여 자신도 모르게 무덤덤해지는 중이다. 그는 애써 노력하지도 않으면서 무덤덤한 삶의 자세를 연습하고 있다. 살면서 어떤 일이 닥쳐도, 어떤 것을 보고 듣더라도 쉽게 놀라거나 겁먹지 않는 자세를. 무덤덤한 자세란 우리가 사는 저 시끄럽고 요란한 세상엔 사실 그다지 놀랄 만한 것도, 두려워할 만한 것도, 기뻐할 만하거나 슬퍼할 만한 것도 없다는 것을 마음 깊숙하게 인식하는 침착한 태도를 가리킨다.

불교의 초기 경전인 『숫타니파타』의 오래된 비유를 몸소 실천하듯 뚜벅뚜벅한 삶의 태도 말이다. 홀로 행하고 게으르지 않으며, 비난과 칭찬에도 흔들리지 않으며, 소리에 놀라지 않는 사자처럼, 그물에 걸리지 않는 바람처럼, 진흙에 더럽히지 않는 연꽃처럼, 무소의 뿔처럼 혼자서 가는…….

그가 바라보는 세계의 신비는 ———— •

산책하는 사람은 우리 인생에는 그다지 새로울 것도 없고, 유난스러울 것도 없으며, 찬탄할 만한 것도 없다는 사실을 알고 있다. 대신 그는 자기 주위의 오래되고 익숙한 것들을 오래도록 친근히 바라보며, 그 예사로운 일상 안에 깃든 세계의 그윽한 진실을 '매번 새롭게' 발견하곤 한다. 그는 자신이 지금 이 길을 걷는다는 그 사실만으로도 충분히 놀랍고 경탄스럽다는 것을 인식하고 있는 사람이다.

산책하는 일에 깊은 애정을 품은 사람은, 내가 지금 마주친 저 평범한 풍경과 저 평범한 사람들 안에도 어떤 우주와 같은 것이 깃들어 있다는 사실을 알고 있다. 그는 예사롭고 사소한 마주침에서 빛나는 것을 바라볼 줄 아는 사람이다. 후줄근한 정장 차림으로 땅바닥을 바라보는 직장인이든, 팔짱을 긴 채 데이트에 열중하는 청춘남녀든, 자전거 위에서 맑은 얼굴로 웃고 있는 아이들이든, 팔을 힘차게 휘저으며 '다이어트 파워워킹'에 열중하는 중년의 아주머니든, 산책길에 마주치는 이들을 주의 깊게 바라보는 그는 자신 앞의 그들이 저마다의 속 깊은 이야기를 묻어두고 삶의 무거운 짐을 껴안은 채, 자기가 짊어지고 있는 인간적인 운명과 치열하게 부딪쳐나가는 존재라는 것을 알고 있는 사람이다.

그리고 그들의 운명은 곧 자신의 운명이기도 하다는 것을…….

우리는 저 하늘과 구름 아래의 어떤 공간을 걷고 있다. 말없이 침묵하며 자신들의 사연을 가슴 속에 꾹꾹 눌러 담은 채, 바람이 불어오는 어딘가를 향해서.

산책하는 시간을 소중하게 여기는 이는, 이 세계의 가장 심원한 비밀이 우리 삶의 가장 가까운 표면에 깃들어 있다고 믿는다. 그는 평면에서 무한한 깊이를 길어 올릴 수 있는 사람이다. 그는 이 땅 위에 스며들어 있는 생명의 시작과 종언에 관심을 두고 있는 사람이며, 우리들의 저 부산한 움직임 속에서 어떤 불변함과 장엄함을 느끼곤 하는 사람이다. 그는 함부로 말하지 않는 사람이고, 사물을 조용히 관찰하는 사람인 것이다.

그는 세상의 온갖 소란들에 무덤덤하므로 비로소 자신만의 깨우침을 얻을 수 있었는지도 모른다. 어쩌면 내가 이 공간을 걸어간다는 것과 동떨어진 특별한 '신비'는 없다는 것을······. 내가 지금 이 길 위에서 마주치는 것들과 떼어놓고 생각할 수 있는 '신비는 없다.' 나의 오감으로 느낄 수 있는 '이 순간의 세계'가 곧 신비이며, 그곳을 걷고 있는 나의 육체가 곧 신비이다. 산책길 너머의 수수께끼는 없다. 아니, 우리 눈에 보이지 않는 수수께끼는 없다. "외양으로 판단하지 않는 것은 오로지 얄팍한 사람들뿐이오. 세계가 간직한 수수께끼는 우리 눈에 보이는 것이란 말이오." 이런 면에서 오스카 와일드가 남긴 이 말은 산책하는 이들의 저 무덤덤한 마음을 가리키는 정확한 묘사와도 같았으리라.

그러므로 산책하는 사람은 자신이 보고 느끼고 생각했던 것들을 '열정적으로' 말하는 사람들의 목소리에 귀를 기울이지 않는다. 그는 이 세계의 중대한 진리를 발견한 것처럼 목소리를 높이는 사람들을 믿지 않는다. 대신 그는 저 이름 모를 들꽃의 색깔에, 골목길의 남루한 정경에, 허리를 굽힌 노인의 뒷모습에 시선을 뺏길 뿐이다. 그는 존재의 언어가 아닌 존재의 침묵 속에 깃든 묵묵한 증언을 믿는 사람이다. 그는 자신의 정당성을 자기 입으로 말하지 않고 이 땅에서 다만 열심히 살아내는 존재의 무게감을 온몸으로 느끼고 있다.

어떻게? 자신이 말을 하지 않음으로써. 자신이 겪었던 그 오랜 마음의 번민을 천천히 흘려보냄으로써. 그냥 무덤덤하게 자기 삶을 하루하루 살아냄으로써.

말하지 않아서 아름다운 ──── •

그러니 이런 무덤덤한 이들의 관점에서는, 생텍쥐페리가 아름답게 묘사한 것처럼 "사람들은 이 캄캄한 심연 속에 내려갔다가 다시 돌아와서는 아무것도 없었다고 말해야만 한다." 무덤덤한 사람은 '아무것도 없었다'라는 이 말을 언제나 자신 안에 담아두고 있다. 그는 어두컴컴한 심연을 과장하지 않고, 극적으로 묘사하지 않으며 다만 자신 안에 깊이 간직해두려는 사람이다.

무덤덤한 사람은 결코 둔하거나 감성이 부족한 사람이 아니다. 그는 짙은 어둠의 심연을 엿보고 돌아왔으면서도, 자신이 본 것을 겸허하게 감출 줄 알고 속으로 삼킬 줄 아는 사람인 것이다. 타인에게 심연을 봤다는 것을 자랑해선 안 된다. 심연은 오로지 심연일 뿐이다. 심연을 하나의 신비로 만들면, 거기에는 사람들의 동경이 생기고 필연코 신비를 누린 자들과 누리지 못한 자들 사이의 우열이 나뉘기 마련이니까.

그는 그런 식으로 세상에 흘러넘치는 신비에 전혀 개의치 않는다. 그는 자신의 두 눈으로 바라보는 세계의 깊이, 세계의 신비에 매 순간 놀라고 있을 따름이다. 그는 그런 은밀한 경탄의 감정을 자신 안으로 꾹꾹 눌러두며, 자신에겐 아무런 일도 없었다는 듯 계속 앞으로 나아가고 있다. 현실의 겉치레에 불과한 언어를 버리고, 자신이 보고 느낀 것을 털어놓고 싶은 욕망을 버린 채, 그는 태연하게 자기가 가던 길을 밟아가고 있을 뿐이다.

그는 어쩌면 자신이 지나쳐 온 길에 대하여, 아니, 자기 자신에 대하여 '단 한 마디도 말하지 않는 태도'의 아름다움을 알고 있는 것이리라. 말을 아끼고, 쑥스러워하고, 자신을 숨기는 사람들의 아름다움을 알고 있는 것인지도. 아니, 그는 이런 식의 묘사에도 관심이 없을 게 분명하다. 그는 오래도록 산책길을 거닐며 자신의 무심한 걸음걸이를 닮아가고 있을 뿐이다.

그래서, 오늘도 그는 말없이 어딘가를 걷는다. 거기에 무슨 특별한 이유가 있을 리 없다. 단지 그게 그가 삶을 사랑하는 방식일 테니, 그는 그냥 무덤덤하게 걸음을 옮기고 있을 뿐이다.

그리고, 서늘함

—

구름의 속성이란
모양, 색조, 자세, 배열을
한순간도 되풀이하지 않는 것.

아무것도 기억할 의무가 없기에
사뿐히 현실을 지나치고,

아무것도 증언할 필요 없기에
곧바로 사방으로 흩어져버리네.

— 비스와바 쉼보르스카, 「구름」 중에서

그렇지만, 저 바위처럼 무덤덤해진 이에게도 결국 슬픔은 남는다. 우리 주위의 말 없는 것들은 한순간도 멈추지 않고 늙어가고, 약해지고, 스러지고 있다. 우린 자신이 사랑하는 모든 인연을 흘려보내면서 고통과 죽음, 끝없는 무無를 향해 걸어가야하는 존재들이다. 인간의 운명은 결코 선하지도 않고 평화롭지도 않다. 자명해서 더 가슴이 아린 진실이다.

이 세계에 영원히 지속하는 평온함은 없다. 그런 게 있다고 여긴다면, 그런 믿음이나 바람은 우리의 미망迷妄이자 착각일 뿐이다.

아니, 이렇게 말한다고 해서 우리들의 생生에 오로지 파괴와 상실 같은 어두운 진실만 존재하는 것도 물론 아닐 것이다. 매 순간 인생의 비극적인 슬픔과 고통만을 붙잡고 살아가는 어떤 이의 내면은 얼마나 황량하고 삭막할까. 우리는 단 한 번뿐인 삶이 건네준 충만한 기쁨, 사랑의 축복도 잘 알고 있다. 다만 슬픔이든 기쁨이든, 고통이든 쾌락이든 우린 그 어떤 생의 단계에도 머무르거나 집착하면 안 된다는 것을 알고 있을 뿐.

어쩌면, 삶은 깃털처럼 가벼운 것이다. 아니, 끝끝내 깃털처럼 가벼워야 하는지도 모르겠다. 우리는 산책길의 구름을 보면서 자연스레 그런 비유를 실감할 수 있다. 고개를 들어 푸른 하늘을 바라보면, 그 무엇에도 고정되지 않은 채, 아무런 이유도 목적도 없이 흩어지고 뭉치며 제멋대로 움직이는 구름이 언제나 저기 흘러가고 있으니까.

우리는 구름을 보며 구름을 닮아간다. 이 세상에 신비는 없고, 신비가 있어서도 안 된다는 걸 깨달은 나의 무덤덤한 마음에, 허허로운 구멍이 뚫린다. 나는 내 머리 위의 하늘을 바라보며 이 세계와 시간의 '끝'을 바라보고 있다. 내가 사라지고 난 뒤의 풍경을 바라보고 있다. 세계의 끝에서도 구름은 흐르고,

내가 한 줌의 흙으로 돌아간 지 천 년 만 년이 지난 후에도 구름은 꼭 저렇게 흐를 것이다. 바로 저 모양으로 저 속도로. 저 붙잡을 수 없는 무규칙함으로. 자유롭고 또 서늘하게.

그런 생각에 잠겨있노라면, 내게는 이제 시간이 선형적으로 흐르는 것이 아니라 구름처럼 몽글몽글하게 흐르는 것만 같다. 나는 지금 내 안에 담긴 저 선조들의 자취와 과거의 시간, 그리고 내가 언젠가 맞이할 죽음과 무無의 세계를 바라보고 있다. 나는 기억하면서 예견한다. 회고하는 동시에 전망한다. 나는 그때 순간 속에 담긴 영원을, 영원 속에 담긴 순간을 느끼고 있는지도 모른다.

쉼보르스카가 노래한 것처럼, 구름은 아무것도 기억할 의무가 없다. 구름에겐 이 지상의 모든 것이 조금도 낯설거나 특별하지 않다. 구름은 인간사의 모든 격랑의 흐름을 지켜봐 왔는데, 자신이 그런 풍경을 오래도록 응시했다는 것조차 의식하지 않는다. 구름은 아무런 생각이나 판단을 하지 않고 그냥 우리를 내려다보고 있을 뿐이다. 그래서 구름은 가볍고 사뿐하다. 구름은 아무것도 제 안에 담아두지 않기 때문에 우리들의 생애 너머에서 그처럼 우아하게 행진을 계속할 수 있는 것이다.

삶은 고통스러우면서도 아름다운 것이다. 그렇지만 우리가 매 순간의 희비에 마음을 빼앗긴다면 우리는 구름처럼 아무것에도 얽매이지 않은 채 자신을 비워나가지는 못할 것이다.

아니, 그런데 우리가 꼭 자신을 비우는 일이 필요할까? 우리가 군이 구름을 닮아야 할 무슨 이유라도 있단 말인가?

괴테가 쓴 『파우스트』의 한 장면이 생각난다. 페네이오스 강의 스핑크스는 파우스트 일행에게 심드렁히 묻는다. "당신 자신에 대해 말해보세요. 그것이 곧 수수께끼가 됩니다."

젊음의 힘을 되찾고 다시금 욕망의 너울에 사로잡힌 파우스트는 스핑크스가 뭐라 떠들고 있든 전혀 상관할 바가 아니다. 그는 타오르는 불꽃, 사람들의 무리를 향한 불끈거리는 시선을 떨칠 수가 없다. 그는 저 무한한 욕망의 바다에 뛰어들고 싶은 그 뜨거운 발길을 멈출 수가 없다. 파우스트는 누가 말릴 새도 없이 "저기서 틀림없이 많은 수수께끼가 풀릴 걸세!"라고 외친 뒤 어두운 밤길을 뛰쳐나간다. 메피스토펠레스는 그런 파우스트를 향해서 "아니, 저기에선 훨씬 더 많은 수수께끼가 새로 엮어질 것 같은데?"라고 비웃는다.

이 희곡의 독자는 알고 있듯, 메피스토펠레스가 옳았다. 파우스트는 수수께끼를 풀려다가, 아니, 수수께끼를 풀겠다는 미명 하에 날카로운 발톱을 감춘 자기 욕망에 얼큰히 취했다가, 그길로 그레트헨의 오빠를 죽이고 파멸을 맞이한다.

서늘함의 가치를 믿는 사람들은 그런 파우스트의 어리석은 과감함, 조급한 행동주의로부터 눈을 돌린다. 그들 마음속에 뜨거운 무언가가 결핍되었기 때문이 아니다. 그들은 단지 인간의 욕망이라는 저 위험한 무기가 얼마나 '순수한 열정과 열망' 따위와 혼동되기 쉬운지를 정확하게 인식하고 있을 뿐이다. 서늘한 삶의 방식을 선택한 이들은 바깥의 심연에 눈을 빼앗기지 않는다. 세상에서 가장 어두컴컴한 심연은 나 자신의 내면이라는 것을 알고 있기 때문이다. 그들은 이 세계의 수수께끼가 어디 애먼 데 있는 게 아니며, 우리의 존재와 인간성 자체가 자신이 풀어야 할 가장 절실한 수수께끼라는 것을 알고 있다.

그러니, 그들은 구름을 바라보며 자신을 좀 비우고 덜어내려고 노력할 뿐이다. 자신의 헛된 탐욕을. 저 불꽃처럼 강렬한 집착과 욕심을.

그렇지만 역시 한평생 구름을 바라보면서 고고하게만 살아가는 우리의 삶은 너무도 따분하지 않을까? 새로운 것, 아름다운 것, 그리고 강한 것이 줄 수 있는 우리 마음의 파동과 파문은 부정할 수 없으니까. 또 인류의 문명은 그런 과감하고 경쟁적인 미덕, '행동의 미덕'과 '실천의 미덕'으로 인하여 지금처럼 발전했을 게 분명할 테니까. 나도 이 첨단 문명의 과실을 누리고 있으니, 매사에 아무 감흥도 없는 것처럼 그저 집 주위의 세계만을 오고 가는 태도가 언제나 올바르고 권장할 만하다는 건 아니다.

단지 나는 우리가 저 인간적인 운명의 굴레 앞에선 별수 없이 자기를 좀 덜어내고 비워내야 하는 존재라는 것을 인정하는 편이 어떨까 생각하고 있을 뿐이다. 모든 새로움은 익숙함으로 변하고, 탄생은 소멸을, 강건함은 쇠약함을, 젊음은 늙음을 기다리고 있다는 이 세계의 차가운 진실이 있으니까. 우린 언제나 그 반복적인 아픔의 순간을 견뎌내야 하며, 모든 존재는 소멸의 슬픔을 품고 있다는 것을 깨달으면서……

그러므로 여기서 말하고 싶은 서늘한 삶의 태도란, 내가 가진 것을 너무 부여잡지 않고 갖지 못한 것에 초연하며, 그저 나에게 주어진 시간과 인연을 충실히 살아내려는 마음가짐과도 같다. 서늘한 이는 무언가를 억지로 풀어내려고 하지 않는다. 풀릴 때가 되면 자연히 풀릴 것이다. 그는 누군가를 너무 사랑하지도 않고 너무 미워하지도 않는다. 운명이 접근시켜준 사람과 화목하게 지낼 뿐이다. 그는 뒤를 보지도 않고 또 앞을 보지도 않는다. 지금 자신에게 보이는 것을 눈에 담을 뿐이다.

그는 자신이 용서해야 할 일을 용서하고, 자신을 떠난 존재를 선선히 잊어버린다. 그는 자신이 이루거나 쌓아온 흔적을 애써 붙들지 않는다. 그는 무언가에 안달복달하는 대신, 그냥 오랫동안 자기 동네를 어슬렁거릴 뿐이다. 바로 그의 위에서 가볍게 산들거리는 구름처럼.

'지혜롭고 또 낙관적으로' ————— ●

어쨌든 이 장에서 이야기한 서늘함의 관점에서 말한다면, 산책은 진정 '어른스러운' 취미일지도 모르겠다는 생각도 든다. 삶을 살 만큼 살아본 사람이 즐기는 관조와 여백의 취미라는 관점에서 말이다.

지금 중학교에 다니는 십 대 중반의 아이들도 저마다의 고민을 끌어안은 채 고독하게 산책을 하고 있을지도 모른다. 분명 삶의 깊은 아픔에 시달리며 거리를 배회하는 몇몇 조숙한 아이들이 있을 것이다. 물론 그 또한 훌륭한 취미라고 하지 않을 수 없다. 다만 그 아이들이 진정 '무덤덤한 마음으로' 세계를 바라본다면, 즉 세상의 모든 존재에 깃든 고요한 슬픔에 주목하면서 그 무엇에도 쉽사리 흥분하지 않는다면, 나는 그런 아이의 모습에서 다소 충격을 받을지도 모르겠다.

젊은 시절에는 그보단 과감하게 젊음을 누려보는 일의 미덕이 있는 것이 아닐까. 비유컨대 '삶을 끝까지 마셔보고', 이 세상의 부조리와 병폐에 목소리를 높여보고, 자기 내면이 품을 수 있는 어떤 감정의 극한을 경험해보는 것도 좋지 않을까. 활기차고 싱그러운 육신의 힘을 간직한 그들이, 'Ubi amor, Ibi dolor', 즉 사랑이 있는 곳에는 고통이 있다는 식의 라틴어 경구를 외우며 수도승처럼 점잖게만 걸어 다닌다면, 그런 풍경 역시나 조금은 침울하게 느껴질지도 모르겠다. 뭐 정답이 있는 건 아니겠지만, 나는 아직 그렇게 생각하고 있다.

어쨌든 산책이란 정말로 우리가 '가장 나이가 들어서까지' 즐길 수 있는 마지막 야외 활동일 테니까. 너무 이르게 준비할 필요도 없지만, 또 적절한 나이에 적절한 습관을 들인다면 더할 나위 없지 않을까 싶다. 오늘도 하늘에는 구름이 총총 드리워져 있었고, 나는 산책길에 잠시 멈춰서서 저 하늘을 바라보고 돌아왔다. 나는 단지 그렇게 하염없이 흘러가는 구름을 '지혜롭고 낙관적으로' 내 안에 간직하고 싶었던 것인지도 모르겠다. 지혜롭고 또 낙관적으로…… 서늘하고 또 성실하게.

성실하게 죽어가기 시작해야지.

지혜롭게 낙관적으로

시간을 허비하지 않고.

— 타데우쉬 루제비치, 「바쁜 일상 속에서」 중에서

리듬감

—

　자, 분위기가 너무 가라앉은 건 아닐까? 누군가가 삶을 무덤 덤하고 서늘하게 살아간다고 해서 우리는 그의 묵묵한 걸음걸이가 오로지 따분하고 무미건조하리라고 생각해선 안 된다. 이 장에선 산책이라는 취미에 담긴 활기차고 동적인 면에 주목해 보고자 한다. 걷는 일엔 그 자체로 산뜻한 리듬이 있고, 그 동작만이 지닌 경쾌한 운율감과 박자가 있다.

　걷는 행위 특유의 리드미컬함은 우리네 생명의 박동과 유사하다. 그 본원적인 리듬감과 감각적인 친근함은 우리를 정말로 끊임없이 걷게 만들 수 있다. 밥을 든든히 챙겨 먹고 일정에 여유가 있으며 신발과 옷가지만 불편하지 않다면야, 우린 모두 한두 시간은 너끈하게 걸을 수 있지 않은가?

　걷는 일은 쉽게 질리지도 않고 쉽게 지치지도 않는다. 자유롭게 경로를 선택하며 자신의 발걸음을 옮기는 일은 우리에게 잔잔한 파도를 닮은 안정감을 선사한다. 걸음걸이의 고르고 규칙적인 변화와 반복은 우리의 육체에 적절한 긴장을 부여하는 동시에 우리 정신을 편안하게 이완시켜 준다. 산책하는 시간 동안 우리는 천천히, 그렇지만 부지런히 움직이고 나아가며, 그 안정적인 운동성을 통하여 절로 리듬감 있게 숨을 들이마시고 또 숨을 내쉰다. 그러니 들숨과 날숨의 담담한 호흡에 실려 이런저런 생각과 감정들이 내 마음에 편안히 깃드는 건 너무도 자연스러운 일일 것이다.

산책하는 우리 몸 안에만 경쾌한 리듬감이 생기는 것은 아니다. 산책길의 풍경에도 리듬감은 있다. 현대사회의 획일성, 현대인의 천편일률적인 면모를 비판하는 말들은 많지만, 막상 우리가 산책길에서 마주치는 숱한 사람들의 얼굴과 옷차림은 그 얼마나 각양각색이던가? 그들은 제각기 걷는 자세와 속도도 다르고, 표정과 체격도 다르며, 저마다 열중해 있는 것도 다 다르다. 나는 이 다채로운 사람들의 정경이 하나의 '도시적인 리듬'을 풍기면서 내 안에 흘러들어오곤 하는 것을 느끼고 있다. 나는 그런 리듬을 선선하게 즐기는 동시에, 나 또한 이곳 공기의 일부를 이루며 그 리듬 안에 속해있다는 것을 인식하고 있다.

산책길에 불어오는 바람의 세기와 속도, 또 거기 실린 냄새는 매 순간 변화하며 우리의 얼굴을 스쳐 간다. 저 위에 펼쳐진 하늘의 색채도 희미하고 오묘하게 바뀌어 가는 중이다. 매일같이 펼쳐지는 이런 하늘의 장관은 시각적인 리듬의 향연과도 같다. 우리가 매일같이 만나는 자연의 캔버스는 어느 위대한 예술가도 흉내 내지 못할 충만함과 고도의 정교함을 연출하고 있다. 과연 축복이라고 할 만한 광경일 것이며, 인간이 예로부터 왜 그리도 '고개를 들고 하늘을 바라보라'는 관용 어구에 집착하는지를 충분히 이해할 수 있는 것이다.

나무들은 어떤가? 내가 걸어가는 길 한편의 나무들은 점잖은 자세로 나름의 고요한 리듬을 머금고 있다. 그들은 가만히 서 있고 동시에 자신만의 조용한 떨림을 지속하고 있다. 나무들의 높낮이는 다양하고 밑동과 가지의 두께도 저마다 다양한데, 제 안에 생명의 물기를 품은 그 갈색빛과 초록빛의 외양은 그네 곁을 지나가는 우리를 언제든 기분 좋게 반겨준다. 이곳저곳에서 군락을 이룬 나뭇잎의 색깔도 은근한 개성을 뽐내는 건 마찬가지다. 이제 막 돋아난 새싹들은 생의 기운이 넘치는 초록으로 가득하고, 꽃과 열매를 품고 있는 잎사귀에는 시간의 흐름이 느껴지는 의젓한 초록이 배어들어 있다. 녹색의 물결 너머의 아득한 어딘가에서, 새들은 탄력적인 리듬으로 움직이거나 지저귀고 있다.

산책길에 들을 수 있는 나무의 소리도 빼놓을 수 없다. 길가와 가까운 나뭇가지가 바스락거리는 소리에도 리듬은 있고, 높은 곳의 나뭇가지가 쌀알 부딪치듯 흔들리는 소리에도 리듬은 있다. 계절에 따라서 신비롭게 달라지는 나무의 소리를 듣는 일은 어떤가. 봄의 나뭇잎들이 햇살을 타고 전해주는 경쾌한 소리, 한여름의 나무에서 들려오는 풍성하고 입체적인 소리, 그리고 춥디추운 계절의 메마른 가지들이 무겁게 흔들리며 윙윙대는 소리에는 언제나 미묘하고도 큰 차이가 있기 마련이다.

산책길에선 이처럼 모든 것이 리듬이 된다. 즉, '모든 감각은 리듬적이다.' 나는 바람의 연한 냄새를 맡으면서 아주 작은 곤충이나 동물들의 움직임을 바라본다. 나는 평지를 걸으며 저 멀리 펼쳐진 산의 능선을 바라보고, 점멸하는 신호등을 바라보며 행인들이 웅성거림을 듣는다. 내가 접하는 이 모든 감각적인 대상 위로 저마다의 리듬이 흐른다. 어찌 됐든 아직까진 리듬으로 가득하다. 200년 후의 이 거리 위엔 '자율적으로' 움직이는 회색빛 기계들만 가득할지도 모르겠지만, 적어도 아직까진 그렇다.

인생은 언제나 리듬의 문제 ———— •

우리는 산책하면서 알 수 있다. 이 세상이 얼마나 다양하고 그 자체로 충만한 리듬을 품고 있는지를. 나아가 우리는 흠칫 놀라곤 한다. 내가 똑같은 거리를 걸어가던 다른 일상의 시간에는 왜 이런 충만함을 '전혀' 발견하지 못했는지를 깨달으면서 말이다.

나는 곧잘 발견한다. 내가 무언가에 쫓기거나 갑갑한 내면의 틀에 갇혀 있을 땐 그토록 황량하고 삭막하게만 느껴지던 내 주위의 풍경이, 느긋한 산책길엔 얼마나 새로운 풍취를 띠고

개성 있게 흘러넘치는지를. 출근길에서 마주치는 사람들의 얼굴과 산책길에서 마주치는 사람들의 얼굴이 얼마나 다르게 느껴지는지를. 즉, 내 바깥의 세계란 나의 환경과 상황, '나의 심리적 맥락'에 따라서 얼마나 다채롭고 변화무쌍하게 다가올 수 있는지를…….

내 마음이 리듬을 잃으면 이 세상의 모든 것들이 리듬을 잃는다. 세계를 바라보는 나의 내면이 평평하고 밋밋해지면, 세상은 곧 평평하고 밋밋해진다. 다시 말하지만, 나는 이 세상의 방관자가 아니다. 나는 세상이라는 무대 위에 이미 한 사람의 배우로서 참여하고 있는 것이다.

그래서 나는 산책하는 마음에 담긴 리듬감에 주목한다. 리듬이란 말은 언제든 나를 들뜨게 만드는 마법의 단어인 것 같다. 세상만사가 마음처럼 풀리지 않고 우리 인생이 탄력을 잃은 채 지지부진하더라도, 우린 자신의 리듬만 다시 찾으면 된다. 중요한 것은 오로지 리듬이다. 어쩌면, '인생은 단순한 리듬의 문제'일지도 모른다. 나는 산책길에서 흥이 오를 때 이런 생각을 자주 했었다.

리듬이란 무엇인가? 리듬은 흐르는 것이며, 멈추지 않는 것이다. 리듬rhythm은 본디 '흐른다'는 뜻의 동사 'rhein'을 어원으로 하는 그리스어 'rhythmos'에서 유래된 음악 용어로, '음이

나 (음이 없는 상태인) 쉼이 연속적으로 진행될 때의 어떤 시간적인 질서'를 가리킨다. 리듬은 '일정한 규칙을 갖고 움직이는 소리의 흐름'이자, 그 흐름이 다시금 되풀이되는 흐름이다. 즉, 리듬은 시간 안에서 연속되고 반복되며, 바로 그 연속과 반복이 만들어내는 일련의 연쇄작용이다.

하나의 (음 또는 쉼을 가리키는) '박'beat이 있다면 그것은 하나의 박으로 그칠 뿐이지만, 둘이나 셋 이상의 박이 모여 박자가 되면 이제 그 박과 박 사이엔 필연적으로 강약과 장단과 빠르기가 생겨난다. 그런 박자가 끊이지 않고 계속 이어질 때 바로 거기서 리듬이 탄생한다. 수많은 박이 모여서 박자를 만들지만, 각각의 개별적인 박을 통해선 전혀 설명할 수 없는 고유한 '흐름의 아름다움', 그것이 리듬이다. 우리가 한 곡의 음악을 듣고 그 음악의 '어떤 오묘한 반복적 느낌'에 스며들어 절로 흥을 느끼게 될 때, 우리는 그 음악의 리듬에 취해 있는 것이다.

자, 이제 우리는 알고 있다. 걷는 일이 그 자체로 얼마나 리듬의 본질과 유사한지를. 아니, 우리 인생은 리듬과 얼마나 유사한가? 생명은 그 자체로 하나의 리듬이 아닌가? 심장의 박동과 호흡, 혈액의 순환 주기, 들숨과 날숨……. 모두 멈추지 않으면서 그 자체의 박동으로 우리를 나아가게 만든다. 우린 한 걸음, 한 번의 맥박, 한 번의 호흡에 주목하는 것이 아니라 그것의 '연속'에 주목하곤 하니깐. 즉, '멈추지 않고 반복된다는 것.' 그렇게 반복되며 자기 나름의 셈여림과 템포를 스스로 조절한다는 것. 강하지만도 약하지만도 않으며 빠르지만도 느리지만도 않게 자기 나름의 균형과 질서를 유지하는 것. 그게 바로 리듬이며 또한 생명의 본질인 것이다.

그러니 고대 그리스에서부터 삶과 세계를 하나의 리듬으로 파악하고자 했던 것을 우리는 충분히 납득할 수 있다. 엠페도클레스는 만물의 변화가 영구적으로 멈추지 않는 우주적인 리듬의 힘 때문이라고 설명했고, 아리스토텔레스는 리듬이란 구조를 통해서 자연의 본질적인 원리를 규명하고자 했다. 그리스 철학 태동기의 시인 아이킬로코스는 자기 내면의 흔들림과 쓰라림에 주목하면서 다음과 같은 구절을 남기기도 했다.

기쁜 일에 기뻐하고 슬픈 일에 슬퍼하되, 지나치지 마라.
깨달아라, 어떤 리듬이 사람들을 지배하고 있는지를.

리듬은 그렇게 인간과 세계를 가로지른다. 세계는 리듬으로 가득 차 있고, 내 안에도 리듬이 가득 차 있다. 물론 음악에 관해선 말할 것도 없다. 리듬은 음악을 구성하는 세 요소 중에서도 가장 근원적인 요소라고 손꼽히고 있다. 멜로디가 없어도 음악이 되고, 화성이 없어도 음악이 되지만, 리듬이 없으면 아예 음악 자체가 성립되지 않는다고 얘기될 정도니까.

프랑스의 사회학자 앙리 르페브르는 『리듬 분석』(정기헌 옮김·갈무리)이란 책에서 "세계 안에 움직이지 않는 것은 아무것도 없다. ('우리 자신'과 비교해서) 느리거나 빠른, 매우 다양한 리듬들만이 있을 뿐이다."라고 쓰기도 했다. 이런 관점에선 정말로 리듬이 곧 세계이며 리듬이 곧 생명일지니, 과연 "태초에 리듬이 있었다"라고 말했던 독일 지휘자 한스 폰 뷜로의 표현이 과장으로 느껴지지 않는 것이다.

우리가 걷는 일을 멈추지만 않는다면 ——— •

리듬은 멈추지 않는다. 그리고 한 곡의 음악처럼, 우리 안의 리듬은 일관적이고도 유연한 규칙과 질서, 고유의 흐름으로 연결되어 있다. 그 흐름에 정답은 없다. 각각의 음악은 저마다의 리듬을 품은 채 멈추지 않으며 계속되고 있을 뿐이다.

그리고 자신 안에 리듬이 흐르고 있다는 그 사실은 우리에게 일러준다. '박 하나에는 아무런 의미가 없다.' 짧은 기간의 몇몇 박과 박자에만 너무 집중할 필요는 없다. 내가 겪고 있는 어떤 순간들이 다소 망가진 듯 느껴지더라도 너무 걱정할 필요는 없다. 리듬의 관점에서 본다면 그 또한 서글픈 단조 혹은 엇박자로 '나라는 음악'을 지탱하고 있을 테니. 언젠가 찾아올 경쾌하고 밝은 장조의 시간을 기다리며, 그 놀라운 반전의 순간을 예비하며 말이다.

우리의 삶은 계속 이어지고, 어찌 됐든 나는 지금도 나만의 아름다움을 창조해내고 있다. 나는 때때로 좌절과 파탄이 섞인 박자에 허우적대겠지만, 결국에는 반드시 아름다운 음악을 만들어낼 수 있을 것이다. 내가 멈추지만 않는다면. 내 삶을 오랫동안 꿋꿋하게 살아낼 수만 있다면. 나의 리듬은 내 맥박이 뛰는 한 계속 이어질 수밖에 없으므로.

내 삶을 이렇게 '리듬적으로' 바라볼 때 비로소 나의 시간은 길고 여유롭게 확장될 수 있다. 나는 삶을 '리듬적으로' 파악한 연후에야 나의 잃어버린 시간을 되찾을 수 있고, 또 아직 다가오지 않은 날들을 향한 기대와 전망, 그리고 조화로운 연속성을 간직할 수 있다.

나는 그간 걸어온 것과 비슷하게 내 삶을 연주해 갈 것이다. 동시에 나는 과거와 닮았으면서도 조금씩 절묘하게 변주되는 새 리듬의 향연이 내 앞에 펼쳐질 것을 알고 있다. 모든 것은 새롭고도 반복되며, 반복되면서도 새롭다. 그리고 시간이 지날수록 점점 더 풍성해진다. 나만의 리듬은 내가 움직이는 한 끊임없이 흐르고 두툼해지며 내 영혼을 북돋아 주리라.

어떤가? 이것은 산책길의 풍경과도 정말 비슷하지 않은가?

후회하지　않음

—

모든 것은 흐르고 있고, 나아가고 있다.

결국, 음악처럼. 시간처럼. 그리고…….

한 걸음을 내디디면, 나는 그만큼 앞으로 전진해있다. 보폭에 따라 다르겠지만 약 30센티미터에서 50센티미터 남짓. 내가 몇 걸음을 걸으면 나는 나의 키 정도의 거리를 이동해 있게 된다. 그런 걸음들이 천천히 쌓이는 순간, 나는 내가 천천히 앞을 향해 나아가고 있다는 것을 내 몸으로 실감할 수 있다.

어딘가를 편안하게 거닌다는 것은 그런 인식의 과정을 무심히 반복하는 일이다. 한 걸음 또 한 걸음. 나는 현실의 크고 작은 부담들을 잠시 내려두고, 그냥 내가 방향을 잡은 곳으로 나의 눈높이만큼 나아가는 일을 거듭한다. 거듭해야겠다는 생각도 없이, 거듭함을 거듭한다.

나는 내가 조금씩 나아가고 있다는 걸 알고 있다. 나는 나아간다. 난 그것을 알고 있지만 어느 순간엔 잊어버리고 만다. 어슬렁거리는 일은 내가 '나아간다'라는 행위에 중점을 둔 일이 아닌 까닭이다. 그렇지만 나아가든 말든 상관없다. 나는 그저 걷고 있을 뿐이다. 몇 초 전의 나와 지금의 내 위치는 분명 달라져 있다. 달라져 있든 아니든 간에 나는 그저 걷고 있다. 그게 다다.

산책에는 과거와 현재의 박자가 평화롭게 겹쳐 있다. 산책하는 일은 나의 '지금 이 순간'이 과거의 크고 작은 순간들과 어떤 의미로든 긴밀하게 연결되어 있다는 것을 상기시킨다. 10초 전의 나는 저만큼 뒤에 있었는데 지금 나는 여기서 또 한 발을 내디디고 있으니까. 1분 전에 발걸음을 옮기던 곳에서 나는 이미 꽤 떨어져 있다. 5분 전에 내가 걷던 곳은 이제 보이지 않는다. 30분 전에 걷던 곳은……. 아니, 그 정도 시간이라면 나는 다시 출발했던 지점으로 돌아와 있을지도 모르겠지만.

그러나 이런 과정이 나를 '과거'라는 어떤 단단하고 절대적인 관념에 얽매이게끔 만들진 않는다. 왜냐하면, 산책하는 동안 나의 과거는 부드럽고 푹신하게 펼쳐지면서 내 현재 속으로 '걸어들어오기' 때문이다. 나는 산책을 하면서 나의 출발지를 되새길 필요가 없다. (보통은 내가 사는 집일 것이므로.) 나는 산책을 하며 내가 어제, 또는 5시간 전, 또는 3시간 전에 어디에 있었는가를 되새길 필요가 없다. (산책은 그렇게 긴 리듬의 취미가 아니므로.) 산책하는 일에 관해서 말할 수 있는 나의 과거란, 나의 현재와 별로 멀리 떨어져 있지 않은 '바로 저 지점'이다.

몇백 미터 전, 몇십 미터 전, 몇 미터 전. 그리고 지금 내가 걷고 있는 자리와 맞닿게 된 어느 순간, 과거는 나의 현재 속으로 걸어들어왔다. 내 과거와 현재는 방금 하나로 이어졌다. 예쁜 리본의 매듭처럼 부드럽게, 아기들을 위한 이유식처럼 상냥하게.

뒤돌았을 때 눈에 보이는 것만이 ──── •

나는 과거란 그런 것이라고 생각하니까.

내가 통제할 수 없던 과거의 어느 순간, 내 삶을 짓누르던 몇몇 커다란 사건들이 지금의 나를 빚어내는 데 일정한 역할을 하진 않았다고 말할 순 없을 것이다. 그러니까 집안의 험악한 분위기, 심각한 폭력의 경험, 사랑하는 이의 죽음과 상실, 깊이 믿었던 이의 배신 등등. 예컨대, 일각에선 여전히 각광을 받고 있는 프로이트의 '5세 이론'(한 사람의 인격적 무늬는 5세 이전에 모두 결정되어 버린다) 같은 주장들은 우리 연약한 이들을 무시무시하게 겁박하고 있다. 넌 절대 그 영향으로부터 자유롭진 못할 거야, 넌 과거의 그림자를 외면할 수 없어, 라고.

나는 그렇게 생각하지 않는다.

난 이런 부류의 경험과 이론으로 자신의 과거를 부정적으로 미화한다든지, 자신의 과거에서 헤어나려는 집착 때문에 오히려 과거의 영향력을 더 강화하고 있다든지, 결국 그런 일을 반복하며 자신의 아픔과 흉터, 상처들과 깊은 애착 혹은 애증에 빠져버린 사람들을 보면서……. 늘 안타까운 심정이 되곤 했다. 아니, 누구보다도 나 자신이 그랬다. 나도 내 과거를 돌아보며 이를 갈았고, 고통을 느꼈고, 내 현재의 모습에 섞여 있는 과거의 부정적인 흔적들에 중독적으로 집착했다. 즉, 탐닉했다.

물론 자신의 과거를 차분한 마음으로 바라보며 매만질 수 있는 감성과 능력은 중요하다. 삶의 어느 순간엔, 자신의 먼 과거를 깊이 들여다보면서 내 인격의 근원을 따지는 일도 필요할 것이다. 나는 앞서 '현재에 머무른다는 것에 관하여' 장에서 이 얘기를 길게 적어두기도 했다. 현재라는 관념이 지닌 두터움과 풍만함에 대하여, 누군가의 삶이 지닌 그 긴 연속성에 대하여.

그렇지만, 우리가 그런 연속성과 일관성을 인정하는 일이 행여나 과거의 고통, 과거의 실수, 과거의 무력감 앞에 무릎을 꿇어버리는 식의 악순환이 되어서는 안 된다. 그런 대다수의 아픈 '과거'들은 이미 저 먼발치로 흘러간 지 오래다. 지금 내 몸이 현실적으로 실감하는 과거란, '몇백 미터 전, 몇십 미터 전, 몇 미터 전. 그리고 내가 걷는 여기로 흘러들어 온 어느 순간'일 뿐이다. 정확히 그렇지 않은가.

나를 정직하게 들여다보고 난 뒤에도 여전히 남아있는 '과거', 그중에서도 나를 괴롭히며 짓누른다고 생각되는 어떤 큼직한 '과거'란, 사실 내가 상상하고 있고 내가 탐닉하고 있으며 내 안에서 스토리텔링이 거듭되는 어떤 관념일 뿐이다. 그런 과거는 '없다.' 아니, 적어도 지금은 '내 곁에 없다.' 물론 그런 아픈 기억들이 아예 없어지는 건 아니겠지만, 나는 이미 그 순간에서 멀리 떨어진 채 내가 일구고 또 가꾸어가는 일상을 한가로이 거닐고 있을 뿐이다.

여기서 문득 뒤를 돌아봤을 때 눈에 들어오는 바로 저곳이, 곧 나의 과거다. 그것은 산책하는 마음이 푸근하게 돌아볼 수 있는 과거이며, 그 언젠가보다 훨씬 더 강해지고 자유로워진 내가 되짚고 있는 나의 과거다. 나를 어딘가로 내몰지 않고 다그치지도 않으며 몇 분 전 혹은 몇 초 전을 지나온 그 발걸음만이, 나의 과거다.

단 한 걸음의 차이를 믿으며 ——— •

나 또한 산책하면서 수없이 후회 어린 회한에 잠기고는 했다. 저 먼 과거의 어느 순간들을 되짚으며 부끄러움과 분노, 혹은 무력감에 사로잡히기도 했던 게 사실이다. 과거의 저 두껍고 절망적인 벽이 어찌 극복되기 쉬울까. 내가 유아기나 소년기에 받았던 그 크리티컬한 부정적 인상들을 어찌 완벽하게 벗어날 수 있을까. 나 역시도 그런 막막함을 충분히 느끼고 있다.

그런데 그런 '과거의 기억'들은 벌써 수년 전, 수십 년 전의 일이라는 것 또한 엄연한 사실이다. 내가 너무도 연약했거나, 또는 내가 너무도 성숙하지 못했기 때문에 저질러졌던 어떤 일들은. 내가 통제할 수 없었던 그 일그러진 일들의 고통스러움은.

나는 변할 수 있고 또 나는 변해있다. 나는 강해졌고, 지금은 훨씬 더 멋진 사람이 되어있다. 나는 그것을 믿을 수만 있으면 된다. 나는 나의 후회스러운 과거를 깊고 명확하게 응시했으며, 그런 일련의 시간을 통해 그 '멀리 있는 것들'이 나를 더는 고통스럽게 얽어매지 못한다는 사실을 발견할 수 있었다. 이제, 끊어낼 시간이다. 여기서 더 멈칫거리거나 머뭇거린다면 나는 앞으로 한 걸음도 더 나아가지 못할 것이다.

아니, 어느 순간부터 나는 '이미' 천천히 나아가고 있었다. 그리고 나는 다만 '말랑해진' 나 자신을 만나고 있을 뿐이다. 나는 말랑해진 존재이며, 고정되지 않은 존재이다. 적어도 인간의 영혼에 관해서라면 그 어떤 것도 고정되거나 불변한 상태로 머물러있지 않은 게 맞다. 머무르고 싶어도 그럴 수가 없다. "인간은 절대로 바뀔 수 없어." 같은 모든 오만한 단언은 허위다. 우린 바로 이 순간에도 바뀌고 있고, 끊어내고 있고, 결단하고 있으며 마침내 더 강해지고 있다.

오늘도 나는 내게 익숙한 어떤 곳을 걸으려고 한다. 내가 자발적으로 선택한 단신의 일상 속에서. 아직까지도 끝끝내 떨치지 못한 과거의 그림자들을 밟고.

그렇지만 중국 작가 위화의 말을 다시 한번 믿어보면서. "지난날의 한 소년이 다음과 같은 사실을 증명해준다. 때로는 겁이 많아 모든 것을 두려워하는 상태에서 전혀 두려움이 없는 단계로 옮겨가는 것은 단 한 걸음 차이라는 사실이다."라는 그의 말을.

나는 신발을 신었다. 신발끈을 묶은 뒤, 경쾌하게 대문을 닫았다. 이제 나는 걷기 시작한다. 그 순간, 이미 어떤 챕터가 닫힌 것이다. 이제 나는 내 과거와 현재가 내 걸음 안에서 평화롭게 만났다가 헤어지는 1시간 남짓의 산책길을 떠날 것이다.

과거는 없다. 문이 닫힌 그 순긴에는.

쿨함

—

이기면 진실로 기쁘고

져도 또한 즐겁다.

여유 있게 노닐 듯이

이럭저럭 다시 한 판 둔다.

— 소식蘇軾, 「장기를 보다」

　자신의 삶을 덤덤하고도 용감하게 살아간다는 것. 세계와 나 사이에 흐르는 리듬감에 주목하면서, 자신의 과거에 중독적으로 얽매이는 일을 끊어낸다는 것. 이런 태도에는 삶에 대한 근원적인 낙천성이 배어있다. 이 세상과 인생은 ― 제아무리 볼품없고, 가끔은 너덜너덜해 보일지라도 ― 한 번쯤 살아볼 만하며 꽤 즐겁고 멋진 것이라는 마음가짐 말이다.

　내 생각엔, 우리는 진정 자신의 운명을 낙관할 수 있어야 삶의 이런저런 풍파에 흔들리지 않는 넉넉함과 여유로움을 얻을 수 있다. 낙관해야 무겁게 매달린 과거를 떨칠 수 있고, 낙관해야 나의 꿈틀거리는 욕망을 향한 집착을 끊을 수 있다. 낙관하는 것은 긍정의 자세이며, 화해의 자세이고, 웃음의 자세다. 내가 맞닥뜨린 삶의 난관과 비통하게 다투지 않고, 운명의 멱살을 잡는 대신 저 못나고 서글픈 나의 운명을 토닥토닥 껴안으며 살아가는.

그러니 산책하는 마음을 말할 때, 우리는 '삶의 순리' 같은 것을 편안하고 초탈하게 받아들이는 정신을 빼놓을 수 없을 것이다. 순리. 순조로운 자연의 이치, 인간의 삶에 대한 저 넉넉한 관조의 자세를.

순리를 믿는다는 것은 어떤 결정주의적인 운명에 순종하겠다는 태도가 아니다. 그것은 이 세상이 말도 되지 않을 정도로 엉망으로 느껴질 때조차 내 마음은 그런 불의하고 사악한 세계의 힘에 포획되지 않겠다고 선언하는 일과 같다. 또 내가 삶의 행운과 축복에 휩싸여있는 그 순간에도 거기에 지나치게 열광하거나 도취하지 않겠다는…….

그래서 어슬렁거리길 좋아하는 사람들은, 세상만사에 쉽사리 열을 내거나 분통을 터뜨리지 않고 '유유자적 산다.' 그들은 '이 또한 지나가리라'는 오래된 격언을 믿고 있다. 아니, 그 격언을 직접 살아내고 있다. 내가 오늘 밤 산책길에 만난 이런저런 풍경은 다시 반복되지 않으리라. 오늘 내가 마주친 사람들도 다르고, 내가 마주친 뭇 생명의 움직임도 하루하루 다르며 언제나 각양각색이기 때문이다. 오늘 밤에 접한 구름의 모양도, 조용히 흔들리는 나뭇가지의 빛깔도, 저 구석진 자리에 피어있는 꽃의 모양도 다 조금씩은 변해있다. 그것은 반복되지 않는다.

나는 저 밤의 따뜻한 분위기에 잠시 취했다가, 그 인상만을 간직한 채 깨끗이 잊었다. 나는 저 풍경을 세밀하게 기억하고 억지로 머릿속에 담아두려고 노력할 필요가 없다. 오늘 밤의 풍경은 지나가겠지만, 그 풍경이 정확히 반복되지는 않겠지만, 나는 내일 또 이와 지극히 유사한 정취를 받아들일 수 있다는 것을 알고 있기 때문이다. 나는 내일을 믿고 있으므로 바로 이 순간이나 과거에 집착할 필요가 없는 것이다.

나는 과거와 현재, 미래가 유기적으로 이어지는 서사 속에서 살아가고, 바로 그런 시간의 연속성 안에 존재하고 있다. 모든 것은 연속되어 있는데, 나는 언제든 그 안에서 '다시 한번' 새로운 나 자신을 발견할 수 있다. 사실 모든 것은 새롭다. 모든 것은 비슷하면서도 새롭다. 영원한 순환과 그 순환에 깃든 평화로운 생성을 느끼며, 나는 내일을 믿고 있다. 나는 내일을 믿음으로써 오늘 내가 쥔 것들을 내 손에서 편안하게 놓아줄 수 있다.

모든 것은 지나가리라는 말은, 내가 지금 겪고 있는 고통과 슬픔이 다시 오지 않을 것이라는 말이 아니다. 이 또한 지나간다는 것은 삶에서 언제든 고통이 찾아올 수 있고, 삶은 하나의 순환과도 같은 것이라는 인식한다는 것이다. 삶은 반복되고, 나는 그 반복됨을 넉넉히 받아들일 수 있는 존재다. 나는 시간의 힘을 믿고, 그 시간에서 '비켜서 있는' 나 자신을 믿는다.

언제든 빙긋 웃으면서 "다시 한번"이라고 말할 수 있는 나 자신을.

내일을 믿는 밝고 강한 마음으로 ——— •

그래서 산책을 즐기는 이들은 쿨하다. 그들은 타인이나 세계를 함부로 원망하지 않고 미워하지도 않는다. 그들은 이겨도 기쁘고, 져도 또한 즐겁다. 그들은 이기거나 지는 일에서 언제든 자신의 밝은 마음을 지킬 수 있을 만큼 강한 존재이다. 위에서 인용한 소식의 시는 삶을 쿨하게 살아가는 사람들을 위한 최고의 찬가가 아니었을까 한다.

동파東坡 소식, 즉 중국 송나라 제일의 시인이라 불리는 소동파는 젊어서부터 순탄치 못한 벼슬살이에 정치적 무고를 당하여 한평생 유배지를 떠도는 삶을 살았지만, 언제나 담박하고 여유롭게 자신의 생활을 즐기는 태도를 보여주었다. 그래서 그에게는 황량한 유배의 땅도 기이한 절경이 될 수 있었고, 그런 낙관적인 태도 덕에 2,700여 수의 시는 물론 산문과 서법, 회화를 넘나드는 다방면의 빼어난 성취를 이룰 수 있었다. 요리를 즐겨 해서 여러 레시피를 만들기도 했는데, 그가 항주에서 개발해 그의 이름으로 전수되는 '동파육'은 지금도까지도 우리 입맛을 사로잡고 있다.

소식과 같은 이들은 삶을 너무 진중하거나 비장하게 살아가지 않고, 그냥 자신의 최선을 다하면서 담백하게 살아간다. 쿨한 사람들은 밝다. 그리고 절대로 서두르지 않는다. 그들은 씩씩하게 자신의 일상을 지켜가고, 지금 자신 앞에 존재하는 아름다운 것들을 최대한 깊이 음미하려 노력할 뿐이다. 그들은 자신이 맞닥뜨린 순간들을 가장 '진하게' 살아가려 하고, 또 자기 나름의 인생을 소탈하고 검박하게 살아가려 한다. 무슨 더 아름다운 세상을 만들고 말 것을, 역사에 이름을 남기고 말 것을 고민하는 게 아니라…….

그들은 자신에게 너그러운 만큼 타인에게도 너그럽다. 그들은 자신에게 낙관적인 만큼 타인의 단점에도 크게 개의치 않는다. 그들은 단점에 집착하는 일이 지닌 부정적인 에너지를 잘 이해하고 있다. 미국 철학자 윌리엄 제임스는 "원만한 인간관계를 위해 가장 먼저 배워야 할 것은 바로 상대방의 단점을 가볍게 넘기는 것"이라며 "그것이 우리 삶에 심각한 영향을 끼치지 않는다면 문제 삼을 필요는 전혀 없다."라고 말한 바 있는데, 이 말은 쿨한 사람들의 인간관계론을 요약한 지침과 같은 문장이 아닐까 싶다.

어쨌든 쿨한 이는 쉽게 낙담하지 않고 쉽게 우울해하지 않는다. 그는 자기를 연민하지 않기 때문이고, 자신이 좀 더 나은 내일을 맞이할 수 있다는 것을 믿기 때문이다. 또 자신이 오늘, 바로 이 순간에 강박적으로 매달리는 것 자체가 무엇인가에 중독된 채 스스로를 괴롭히는 일과 다르지 않다는 걸 알기 때문이다. 이를테면 루이제 린저의 『삶의 한가운데』에는 주인공 니나의 눈을 빌려 이런 '괴로운' 사람들의 우울한 특성이 잘 묘사되어 있다.

> 언니는 사람들의 눈을 보아야만 해. 많은 사람들에게 우울은 겉으로만 그럴 뿐이고 어떤 의도 내지 센티멘털리즘의 표시일 뿐이야. 정말로 우울이 깃들인 눈에는 활기, 집중, 분주함 같은 것들이 있지. 그러나 이것은 무대의 막일 뿐이야. 그 뒤에 무대가 있는데 사람들은 그것을 보지 못해. (……) 그는 좀 더 좋은 세계가 있다는 것을 믿지 않는 거야. 그는 이미 우울에 중독된 거야.

쿨한 사람들은 무대의 막 너머에 잠겨있는 우울함을 알아채며, 자신과 타인의 운명에 진정으로 미소를 지을 줄 아는 사람이다. 모두가 조금 더 중요하고 높은 사람이 되려 하고 무언가를 많이 가지려고 안달하는 이 치열한 세상이라지만, 쿨한 사람들은 알고 있다. 우리는 결국 모두 보잘것없는 사람이라는 것을. 그리고 우리는 생각보다 더 서로서로 닮아 있는 사람들이라는 것을. 아무리 잘난 사람이라도 세상은 그 사람 없어도 잘 돌아가며, 여기엔 어떤 예외도 없다는 것을. 그래서 우리는 이 세상을 좀 더 즐겁고 너그럽게 살아갈 필요가 있다는 것을.

물론 이런 식의 쿨함을 가질 수 있는 일에도 내공은 필요하리라. 자기 마음속의 어둠을 걷어내는 일은 얼마나 많은 시간과 시행착오가 필요할까? 다른 사람의, 혹은 이 세상의 단점과 불합리함에서 쉽게 마음을 다치거나 괴로워하지 않는 일에는 얼마나 많은 외로움과 슬픔이 담겨있어야 하는 걸까?

그러니까, 중요한 것은 오직 자신을 강인하게 지켜가는 일일지도 모르겠다. 자신의 안에 담긴 소중한 것을 발견하고 그걸 알뜰하게 가꾸어가려는 자세를 오래도록 유지하는 것인지도 모르겠다. 이를테면, 나는 이런 생각을 할 때마다 영화 〈카모메 식당〉의 주인공 사치에가 떠오른다. 이 영화에서 가장 기억에 남는 건 "하고 싶은 걸 하며 사는 게 부러워요."라던 나이 든 손님 마사코에게, 핀란드의 카모메 식당 주인인 사치에가 "에이, 전 단지 하기 싫은 일을 하지 않을 뿐이에요."라고 담담하게 말하던 장면이다.

성실함에 대한 세간의 푸념과는 달리, 우리는 단지 하기 싫은 일을 하지 않고도, 아니, 어쩌면 '하기 싫은 일을 하지 않음으로써만' 자신만의 삶의 성실성을 견고하게 쌓아 올릴 수 있는 건 아닐까. 그럴 때만 진정 낙관적으로 자신의 내일을 믿을 수 있는 것인지도. 그것은 쉬운 일이 아니니까. 사치에가 영화 내내 보여주듯. 그렇게 살기 위해선 오래도록 얼음 같은 외로움을 견뎌내고, 거의 부처와 같은 인내심이 필요하다는 게 문제라면 문제일 테니까…….

아무리 어두운 세상에서도, 언제나 ──── •

그렇지만, 제아무리 쉽지 않다고 해도 '쿨함'이란 언제든 우리가 지향해야 할 소중한 덕목이 아닐까 싶다. 쿨한 태도에는 그 자체로 놀라운 저항의 정신과 독립의 정신, 나아가 겸허함의 정신이 섞여 있다. 한 사람이 그처럼 낙관적인 삶을 유지한다는 건 곧 내가 아직 다 이해하지 못하는 무언가가 이 세상에 남아 있다는 열린 자세를 상징하기도 하니까.

사치에가 썰렁한 식당에서도 세상의 풍파에 지친 손님을 향해 항상 담박하게 웃어주던 것처럼……. 쿨한 사람들은 세상은 다 요지경이라는 식의 한탄을 거부하고, 타인을 향한 냉소와 조소를 거부하며, '어차피'란 말과 '무조건'이란 말을 거부한다. 그들은 '완벽하게 딱 떨어진' 모든 단정적인 것을 거부한다. 그리곤 그냥 서로를 향해 웃어주고, 마침내는 자신을 향해 웃어준다.

이런 낙관의 자세는 근엄한 얼굴로 무슨 절대불변의 진리를 우리에게 들이미는 사람으로부터 우리 자신을 지키는 훌륭한 방어막이 되어줄 것이다. 옥스퍼드 성 안토니 대학의 시어도어 젤딘 교수가 이렇게 썼던 것처럼.

> 지적인 낙관주의는 모든 것이 완벽하다고 믿는 것이 아니라 선이건 악이건 눈에 보이는 것보다 더 많은 것이 존재한다고 기꺼이 인정하는 것이다. 희망이 없는 인생은 상상도 할 수 없고 아무리 어두운 것처럼 보여도 언제나 빛이 반짝인다. 낙관주의란 추잡함과 어리석음에도 불구하고 또 다른 무엇이 있음을 의식하는 것이다. 비관주의는 체념이고 출구를 찾을 수 없는 무능력이다.
>
> ― 시어도어 젤딘, 『인간의 내밀한 역사』(김태우 옮김·강) 중에서

나는 패배하지 않는다. 우리는 패배하지 않을 것이다. 산책하는 마음은 오늘의 슬픔 또한 지나갈 것이며, 내일은 세상이 좀 더 멋져질 수 있다는 것을 진심으로 믿는 마음이리라. 소식은 "나의 일생의 공덕이 어디 있느냐고 묻는다면 바로 황주, 혜

주, 담주에 있었네."라고 말하고 있었다. 자신이 귀양 가서 한 평생을 거닐던 그 땅에 자신의 덕이 담겨있다고 말하다니, 그는 과연 이 책에서 빠뜨릴 수 없던 '쿨한' 시인이 아니었을까 싶다.

다정함

—

　그래서 산책하는 마음은 다정다감한 마음이다. 따뜻한 마음이고, 부드러운 마음이다.

　걷는 사람들은 강하고 온후하다. 걷는 일엔 그 자체로 치유의 힘이 있어, 걸음을 옮기는 누군가의 모진 아픔을 누그러뜨릴 수 있다. 설령 그가 지극히 불행하고 망가진 삶을 버텨내고 있다고 할지라도, 그리 특별할 것도 없는 공간에서 그곳의 그리 특별할 것도 없는 사람들과 마주치는 일은, 그의 가난한 마음을 깊은 차원에서 위로해줄 수 있다.

　그는 어슬렁어슬렁 걸으며 힘을 빼곤 주위를 돌아본다. 아니, 이때서야 그는 정말로 주위를 '보고 있다.' 그는 이제 자신이 아닌 세상을 '본다.' 나의 내면을 보는 것이 아닌, 나의 내면으로부터 자유로워진 세상의 '외면을 본다.' 자신의 헝클어진 수백 가지 욕망을 잠시 내려두고, 그는 평온한 시선으로 바깥을 '응시하고 있다.' 그럴 때 그의 마음을 사방으로 둘러쌌던 뾰족하고 각진 모서리는 천천히 누그러지기 시작한다. 이 대지 위의 음영

이 서서히 번지며 그 누그러진 자리를 감싸 안는 중이다.

　그는 유순해졌으며, 또 그는 굳건해졌다. 그는 자신의 삶에 조급히 쫓기고 있지 않고 자신이 지나쳐 온 길에 고통스럽게 얽매여 있지 않다. 그는 지금 '아무것과도 싸우고 있지 않다.' 그는 비로소 무엇인가와 싸우지 않을 만큼 넉넉해지고 부드러워진 상태이기 때문이다. 이제 그는 자신의 중심을 꽉 채우고 있던 강고한 아집의 끈, 후회의 덫, 세상과 타인에 대한 분노의 그물을 놓아버렸다. 그는 억지로 생각하고 있지 않으며 또 자기 몸을 억지로 움직이고 있지 않다. 그는 자신의 욕망에 휘둘리고 있지 않고 또한 욕망을 애써 억누르고 있지도 않다. 그는 그냥 그곳을 편안히 거닐고 있을 뿐이다.

　그는 느긋하게 어슬렁거리며 잠깐이나마 이 세계를 '믿고 있다.' 그는 그 시간만큼은 세계가 나를 고통스럽게 만들고 있진 않다는 진실을 '믿는다.' 그는, 세계가 끝내 고통스러운 것은 아님을 '믿는다.' 그는 자신이 살아가는 단 한 번의 생이 고통스러운 게 아님을 '믿는다.' 모든 이들이 인생은 고통이라고들 하고, 그건 경험적으로 봐도 틀린 것 하나 없는 말이지만, 그는 그 험악한 진리를 잊을 수 있을 만큼 '지금 그 순간의 자신을 믿고 있다.' 그는 그렇게 자신을 믿음으로써 세상을 믿을 수 있다. 아니, 역으로 세상을 믿음으로써 비로소 자신을 믿을 수 있었다.

　왜냐하면, 그때 그는 자기가 살아가는 세계와 자신이 '외따로 동떨어진' 존재가 아니란 것을 실감할 수 있기 때문이다. 그는 자신 앞에서 살아 숨 쉬고 흘러가는 온갖 생명의 리듬과 흔적을 바라보며, 그것들이 근본적으로 자신과 '분리된' 존재가 아니라는 것을 깨닫는다. 나와 그것들은 서로 적대적인 존재가 아니다. 세계는 결코 나에게 적대적인 것이 아니다. 세계와 나는 하나의 리듬을 빚어내고 있었다. 나는 세계 안에 스며들어 있고, 세계는 내 안에 스며들어 있었다.

그렇다면 나는 곧 세계가 되고, 나는 곧 타인이 된다. 서로 간의 적절한 거리와 풍취, 무지의 태도를 유지하며 평온한 마음으로 어슬렁거릴 때만 발견할 수 있는 어떤 진실이다.

그리고 그렇듯 나와 나 아닌 무언가의 구분이 부드럽게 흐릿해졌을 때, 나는 그것을 다정하다고 생각할 수 있는 거니까. 내가 불안감과 초조함에 시달리고 있거나, 겁에 질려있거나, 세상과 타인을 사악하다고 여기는 '내 마음의 감옥'에서 벗어나지 못한다면, 나는 끝끝내 이 세상을 다정하게 대할 수 없다는 것을 아니까. 우리는, 다정함이란 결국 '내가 나 아닌 것과 서로 연결되어 있다는 믿음'이라는 사실을 알고 있으니까.

이런 사실을 무심결에 깨닫는다는 건 산책하는 일의 잔잔한 축복과도 같다. 그러니까 바람이 불어오는 곳, 을 향해서 천천히 나아가는 일의 축복이 있다. 그것은 산책하는 마음이 우리에게 선사하는 치유의 방식이다. 바람이 불어오고 불어갈 때, 나는 그 바람에 둘러싸인 채 눈을 감는다. 나는 내 몸 안에서 불어오는 바람의 소리를 듣고 있다.

세상의 갈랫길들이 환하게 보일 때 ——— •

> 오랫동안 한곳에
> 생각의 뿌리를 깊이 내리면
> 세상의 무수한 갈랫길들이
> 환하게 보인단다, 그때에는
> 넌 어디에나 갈 수 있을거야.
> — 이경임, 「동화가 있는 풍경」 중에서

그래서, 그는 자신의 주도권을 자기 머릿속이 아니라 자기 발걸음에 건네주고, 산책길에 무심히 마주친 모든 존재를 투명하게 음미하기 시작했다. 산책한다는 것은 내가 발을 디딘 이 땅에 배어있는 오랜 시간의 깊이를 되짚는 일이며, 거기에서 살아가는 이들의 주름에 쌓인 세월의 흐름을 되짚는 일일 테니 말이다.

산책하는 이는 바로 그런 흔적을 수집하는 사람이고, 저 집요하고 난폭한 사회의 속도에 맞서 이 세상을 느리게, 조금 더 느리게 살아가려는 사람이다. 이경임 시인이 쓴 아름다운 시 구절처럼, 한 곳에 오래도록 뿌리를 내린 그의 마음이, 이젠 그의 앞에서 환한 빛을 뿌리며 세상 무수한 갈림길을 밝혀주고 있다. 그는 자신이 오랫동안 머무르고 있는 공간을 관찰하는 사람이고, 탐험하는 사람이며, 성찰하는 사람이다. 그래서 길 위의 모든 존재를 다정하게 느낄 수 있는 사람이다.

그는 이렇게 어딘가를 지치지 않고 응시함으로써 누군가의 걸음걸이에, 뒷모습에, 수줍은 자세에 묻어 있는 고귀하고 선한 삶의 자취를 알아챌 수 있었다. 그는 바로 그 자취야말로 내가 밟아갈 나의 운명이라는 것을 알고 있다. 그는 세상의 모든 사람을 다 마주치진 못하리라. 그렇지만 그는 알고 있다. 그가 만나는 저 평범하디 평범한 동네의 이웃들은 결국 모든 인류의 고난을 웅변하고 있다는 것을.

그는 산책길에서 이 세계의 '갈랫길'들을 명상한다. 어슬렁거리는 삶의 즐거움이란, 결국 세상을 있는 그대로 바라보는 일의 즐거움일지도 모르겠다고 생각하면서. 세상을 내 뜻대로 바라보고 단정하려는 욕심을 버린다면 우리는 생각보다 훨씬 더 많은 것을 따스하게 긍정할 수 있다는 사실을 깨달으면서. 아니, 내가 지금 살아있고 여기 이 공간을 어슬렁거릴 수 있다는 것이 이미 참으로 놀라운 일이라는 것을 깨달으면서 말이다.

그에게도 — 아니, 우리 모두에게도 — 삶은 물론 고통스러운 것이다. 그는 자신이 살아가는 좁은 땅 안에 갇혀 있고, 그에게도 역시 붙박인 자의 슬픔과 침울함이 묻어 있다. 다만 그는 버티고 있다. 그는 떠나지 않는다. 그는 버티는 힘을 지닌 사람의 아름다움을 믿고 있다.

그는 견딘다. 올해 세상을 떠난 황현산의 아름다운 표현처럼, 이제 그는 "견딘다는 것은 부정하는 것이지만, 무시하는 것이 아니라 그 존재를 인정하는 것"이라는 말을 믿기 시작했다. 그는 자신에게 스며들어 있는 타인과 세상의 존재를 외면하지 않는다. 그는 그것을 '견디고' 있지만, 동시에 자신과 인연을 맺었던 모든 존재가 그의 깊은 곳에서 애틋하게 발효되고 있다는 것을 알고 있다. 그는 그들의 얼굴이 자신의 얼굴과 닮았다는 것을 알고 있다.

우리는 모두 하루하루를 버티고 있고, 불행은 백 가지 얼굴로 우리를 곤두박질치게 만든다. 그렇지만 그는 슬픔에 젖어 들지 않는다. 그는 다만 이 세계를 강인하게 견뎌내기 위해 마음을 다잡을 뿐이다. 그는 다시 미소를 짓기 시작했다. 그는 웃는다. 그는 세상을 둘러보았고, 세상을 믿을 수 있게 되었고, 이젠 세상을 향해 웃고 있다.

그의 마음을 사납게 할퀴었던 것들은 저 먼 곳으로 지나갔다. 그는 지금 온유한 기분으로 어딘가를 거닐고 있고, 시간은 평화로이 흐르고 있다. 그는 웃고, 기억하고, 또 '상상한다.' 그는 익숙함의 평계를 대지 않고, 대신에 저 익숙한 정경에서 새로운 무언가를 '상상한다.' 삶을 향한 따스한 웃음이란 물기가 배어든 다정한 상상력과도 같을 테니까. 마치 〈지하철 1호선〉의 포장마차 곰보 할매가 부르는 '산다는 건 참 좋구나, 아가야'라는 노래처럼. "기분 좋은 온갖 냄새 아주 작은 소리들, 지하철 달려가고 어린애들 싸우는 소리, 거리에 넘쳐가는 다정한 눈빛들, 내게 보내는 미소 이게 바로 행복이지."

그는 세상을 향해 미소를 짓고, 세상은 그를 향해 미소를 짓는다. 그는 비로소 따뜻하게 데워진 마음으로 자기 자신을 상상한다. 그는 자신이 걸어온 길을 상상하며, 자신이 마주쳤던 모든 관계를 상상한다. 어느 순간 그는 자신이 그것을 그리워하고 있다는 것을 안다. 그는 자신의 과거를 더 이상 미워하지 않는다. 그는 이 세상을 더 이상 미워하지 않는다. 그는 무엇인가를 그리워하는 사람만이 비로소 새로운 것을 받아들일 수 있다는 진실을 알게 됐다. 그는 자신을 빚었고, 자신이 빚어낸 모든 시간의 흔적들을 그리워하기 시작했다.

바로 그때 그는 어디에나 갈 수 있는 사람이 되었고, 앞으로 만날 모든 이에게 따뜻한 마음을 품을 수 있는 존재가 되었는지도 모른다. 그가 걷는 거리는 가로등의 노란 불빛으로 물들었다. 지금, 세상의 무수한 갈랫길들은 환해졌다.

우리는 영원한 존재가 아니기에 ———— •

나도 그런 다정함을 지니려고 얼마나 노력했을까.

철학자 칼 야스퍼스는 "이 세상에 남은 중요한 과제는, 의사소통의 반경을 점점 넓히면서 서로에게 더 가까이 다가가는 것"이라고 말한 바 있다. 나도 도무지 이해되지 않는 이 세상에 가깝게 다가서기 위하여 얼마나 노력했을까. 나와 인연을 맺었던 그 깊은 관계의 타인들과 얼마나 더 가까워지고 싶었을까. 나는 왜 그들을 고통스럽게 했었을까.

아니다. 나는 아직도 많은 것을 미워하고 있다. 나는 많은 것을 용서하지 못했다. 나는 타인과 세상을 용서하지 못했고, 나 자신을 용서하지 못했다. 나는 내가 도무지 이해할 수 없었던 나의 과거를 미워하고 있다.

그렇지만 시간의 유한함은 인간을 기다려주지 않는다. 계절은 쉼 없이 뒤바뀌고 있고, 우린 얼마간의 시간이 지난 뒤엔 모두 흙으로 돌아갈 것이다. 『코스모스』를 쓴 칼 세이건의 말처럼 우리는 모두 별들로 이루어진 사람들이고, 언젠가는 별들로 되돌아갈 사람들이다. 대지의 흙과 내 몸을 이루는 원자는 저 우주에 흩뿌려진 항성들의 핵으로부터 건너온 것이다. 우리는 이처럼 하나로 연결된 존재이지만, 인간은 별과 흙처럼 긴 세월을 살아남진 못한다. 나의 살결과 내가 사랑하는 이들의 부드러웠던 살결엔 모래처럼 거친 주름이 한 겹 한 겹 늘어나고 있다.

칼 세이건과 그의 아내는 어린 딸에게 우리가 영원한 존재가 아니라는 사실이 바로 우리가 깊이 감사해야 할 이유라고 들려주었다. 우리가 지금 공기를 호흡하고, 물을 마시고, 가까운 별이 내는 따스한 온기를 즐길 수 있게 진화했다는 사실도 역시. 그것은 우리 유한한 운명의 사람들이 단 한 번의 생生에서 심오한 아름다움을 느낄 수 있는 근본적인 이유겠지만, 그런 진화의 축복에 고마워할 수 있는 것도 순간이고, 잠시이다. 우리는 모두 조만간 고향으로 되돌아갈 존재들이다.

그래서 나는 산책을 한다. 나는 맑은 밤하늘의 별들이 전해주는 온기를 느끼면서, 나를 죽음으로 끌어당기는 시간의 흐름을 느끼면서 집 주위를 거닌다. 그 숱한 실패와 실망에도 불구하고 내 안에 끊임없이 솟아나고 있는 다정한 기운을 느끼면서. 우리에게 주어진 시간이 얼마 남지 않았다는 그 당연한 사실을 되새기며, 바로 그 사실이 우리가 저 먼 곳에서부터 타인과 하나로 이어져 있음을 상기시키는 원초적인 마음의 근원임을 되새기며.

　내가 걸어왔던 수많은 갈랫길들을 되돌아보며, 내가 태어나기 전부터 은하수처럼 총총하게 펼쳐져 있었을 갈랫길들을 되돌아보며. 내가 되돌아갈 곳으로 이어지고, 우리가 함께 되돌아갈 곳으로 이어진……. 그리고 지금 이곳에서 품고 있는 나의 그리움이 밝혀줄 새로운 길을 기약하면서 말이다.

차분함

—

모든 게, 정말로 모든 게 우리를 배신하거나,

아니면 바로 너를 배신하지.

차분함만이 결코 우리를 배신하지 않아.

— 로베르토 볼라뇨 『2666』(송병선 옮김·열린책들) 중에서

결국, 산책을 즐기는 이는 차분하다.

그는 자유롭고, 또 그는 가볍다. 그는 쿨하며 다정하다. 아니, 사실 그렇지는 않다. 산책길에 나선 사람은 단지 그런 미덕을 갖춘 사람이 되고 싶었을 뿐이다. 그는 자유롭지도 다정하지도 않고, 정갈하지도 무덤덤하지도 못한 자기 자신을 잘 알고 있다.

다만 그는 나름으로 애를 쓰고 있을 뿐이다. 그래서 산책하는 사람은 오늘도 자신의 마음을 묵묵히 되짚으며 어느 이름 없는 공간을 걷고 있다. 오랫동안 침묵을 지키면서, 내 곁에 숨쉬고 있는 존재들의 조용한 리듬에 맞춰.

어쩌면, 그는 거짓말을 하지 않기 위해서 노력하고 있는 사람이다. 그는 자신에게 주어진 세계를 따뜻한 마음으로 버텨내고 있고, 자기 자신에게 진실하기 위해 노력하고 있다. 그는 단지 스스로에게 부끄럽지 않기를 바라고 있는지도 모른다. 그는 걷고 있다. 적어도 말없이 걷고 있는 그때엔, 그는 '무엇도 속이고 있지 않으므로.'

그렇지만 자신에게 정직하고 부끄럽지 않은 사람이 된다는 건 얼마나 오랜 시간과 숱한 실패를 요구하고 있는 것일까?

그는 자신이 살아가는 이 세계를 사랑하고 싶었고, 세계 이전에 그 자신을 사랑하며 긍정하고 싶었을 뿐이다. 그것은 왜 그리 어려웠을까?

인생은 그것을 바라보는 이의 내면이 얼얼해질 만큼 깊고 중층적이다. 수십 년의 세월 동안, 이 잔혹한 세상에서 조금이나마 덜 상처받고 덜 좌절하기 위해, 나는 거짓말을 했다. 연약했던 나를 지키기 위하여 나는 숱하게 자신을 속였고 타인을 속였다. 내 거짓말은 오래도록 쌓이고 쌓여서 지금의 나를 만들었다. 그런 두꺼운 궤적이 몇 번의 시도와 짧은 시간으로 바뀔 리는 없으리라.

거기다가 '난 지금도 거짓말을 하고 있다.' 나는 습관처럼 거짓을 둘러댔고, 둘러대고 있으며, 마침내 내가 꾸며낸 저 모든 허위와 사랑에 빠질 정도가 되어버렸다. 나는 내가 나아갈 길을 오래전부터 알고 있었지만, 어느새 내가 걷던 자리에 또다시 멈춰있다. 장 르누아르의 영화 〈게임의 규칙〉에 나오는 대사처럼 "거짓말은 너무 무거워서 들고 다니기가 힘든 법." 나는 무거워졌다. 우린 모두 무거워진 사람들이다.

나는 차분한 마음만이 이 모든 거짓말의 무거운 궤도를 끊을 수 있을지 모른다고 생각한다. 차분함만이 우리를 가볍게 만들 수 있을지도 모른다.

내가 맞닥뜨린 현실을 외면하지 않은 채 똑바로 응시하고, 내게 달라붙은 모든 성급함과 초조함, 나약함을 떼어 버리고, 스스로를 돌아보고, 또 돌아보고, 다시 돌아보고, 그 어떤 힘겨운 상황에도 매몰되지 않고, 타인에게 설익은 감정을 쏟아내지 않고, 내 안으로 긴 시간의 흐름을 삭이며, 그렇게 오랫동안 자신을 지켜내는 일.

그래서 나는 산책을 한다. 우리를 영원히 배신하지 않는 어떤 마음을 지키기 위해서.

차분함은 모든 것을 반대로 바라보는 마음이다.

차분한 사람은 나이 든 사람을 보며 그의 어릴 적 모습을 떠올리고, 어린아이를 보면서 그가 늙은 후의 모습을 떠올린다. 그는 아름다운 것에서 추한 것을, 추한 것에서 아름다운 것을 바라본다. 그는 선한 것 안에 담긴 악한 것을, 그 반대를 바라본다. 충만함에 담긴 결핍을, 또 그 반대를 바라본다.

반대로 바라보고 반대로 생각한다. 웃음 속의 울음을, 울음 속의 웃음을. 소란함 속의 고요함을, 고요함 속의 소란함을. 행복에서 불행을, 불행에서 행복을. 강함에 숨겨진 약함을, 약함에 숨겨진 강함을. 그는 자신이 맞닥뜨린 모든 존재가 품은 이면을 바라본다. 그는 저 이면들을 잉태했던 우리 운명의 뿌리에 귀를 기울이며 한 걸음씩 걸어갈 뿐이다.

차분함은 서두르지 않는 마음이다.

차분한 사람은 절대로 서두르지 않는다. '성급함은 마귀의 자식이다.'라는 속담은 내가 오래전부터 자주 달고 살았던 말이지만, 내 생각은 바뀌었다. 성급함과 조급함은 마귀의 자식이 아니라 마귀 그 자체다. 마귀의 부모이며, 부모의 부모가 확실하다.

모든 서두르는 마음에는 불신과 나태가 배어있다. 서두르는 순간, 우리는 무엇인가를 놓치고, 무엇인가를 흘린다. 무엇인가에 쫓기고 있고, 무엇인가를 외면하고 있다. 존 스타인벡은 "올바른 일은 반드시 일어나게 되어있다. 중요한 것은 서두르지 않는 것이다. 좋은 일은 절대로 사라지지 않으니까."라고 말했다. 차분한 마음은 이 말이 정답이란 사실을 안다.

차분함은 자신을 규정하는 습관을 버리는 마음이다.

나는 규정될 수 없다. 나는 이러저러하다고 말해질 수 없는 사람이다. 나는 언제든 새롭게 태어날 수 있고 태어나고 있는 사람이다. 타인은 말할 것도 없지만, 나라는 사람 역시 나 자신을 제대로 알고 있다고 자부할 수 있을 만큼 지혜로운 존재가 아니다.

거기다가 사람은 보통 자신이 안간힘으로 거부하는 상처, 혹은 자신의 결핍과 부재를 통해서 자신을 규정하는 역설적인 습성이 있다. 아니다. 나는 나의 상처가 아니고 나는 나의 부재가 아니다. 차분한 사람은 그런 나약한 마음을 끝끝내 이겨내려고 노력한다. 왜냐면 그것은 진짜 나는 아니니까. 아니, 진짜 나라는 건 없으니까. '나는 없다'라는 것은 곧 '내가 모든 것이 될 수 있다'라는 사실이기도 할 테니까.

차분함은 따뜻하고 평화로운 마음이다.

차분함은 무엇도 쉽게 냉소하지 않는 마음이다. 냉소의 칼 끝은 언제나 자신을 향한다. 차분한 사람은 타인을 향하여 냉 소하는 일이 결국 자기 자신에게 패배하는 일이라는 것을 안다. 그는 타인을 냉소함으로써 자신에게 차가워지고 있다. 그는 점 점 더 고립되고 갇혀 나갈 뿐이다.

그러므로 차분한 마음이란 냉소보다 다정을 선택하는 게 더 욱 귀하고 어려운 일임을 믿는 마음이다. 세상이 아무리 절망 적으로 느껴질지라도, 내 주위의 사람들은 따뜻한 마음을 갖 고 있고 서로를 아끼고 있으며 더 나은 세상을 꿈꾸고 있다는 걸 믿는 마음이다. 그것은 타인을 함부로 미워하지 않는 마음 이며, 결국 우리가 잘만 보면 대부분의 사람은 멋지다는 확신을 잃지 않는 마음이다.

마지막으로, 차분함은 오래도록 지속하는 마음이다.

차분한 사람은 쉽게 포기하지 않고, 자신이 선택한 길을 계속 간다. 그는 시간의 빛을 믿는 사람이며 경험의 힘을 믿는 사람이다. 그는 조바심을 내지 않고 다시, 또다시 한다. 무엇이든 다시, 또다시 한다.

다른 사람을 판단하지 않고, 이 세상을 부정하지 않고, 사악함을 욕하지 않으며, 끝까지 나 자신을 긍정하면서. 그렇게 자신의 영혼을 두텁게 지켜가며, 계속한다. 그는 흔들리지 않는다. 차분한 사람은 자신이 흔들리지 않는 사람이라는 걸 알고 있다. 그는 자신이 정말로 강한 사람이라는 걸 알고 있다.

바람이 불어오는 곳을 향해서 ———— •

내일 오면 다시 또 힘에 겨운 몸짓을
함께 나눌 친구들을 만나볼 수 있을 거야
작은 기쁨 모으며 하루하루 지나면
누구보다 많은 것을 사랑하는 날이 올 거야

— 장필순, 〈방랑자〉 중에서

나는 일렁이는 바람 속에서 자신을 내려놓고 걸으며, 내가 쌓아왔던 거짓말들을 하나하나 고르고 있었다. 인정할 것을 인정하는 상쾌함을 느끼고, 진실을 마주해야 할 때 진실을 마주하는 후련함을 느끼면서. 내가 나의 것이라고 여겼던 그 많은 무거운 짐들을 비우고 버리면서. 나를 새롭게 발견하면서. 아니, 나는 아직 새롭게 발견될 수 있으리라는 믿음을 놓지 않고서.

나는 아직 더 좋은 사람이 될 수 있으리라는 믿음을 버리지 않고서.

나는 이런 마음을 품은 채 산책을 했다. 적어도 산책하는 도중에 난 조금 더 차분해질 수 있었던 게 분명하니까. 그리고 이 책에서 이야기한 모든 키워드는 결국 차분함을 위한 고백이었는지도 모른다. 여기까지 읽어주신 독자 여러분께 좀 더 여유롭고 산들거리는 산책 이야기를 들려드리지 못해 자못 미안해지는 마음이다.

그렇지만 이 책에는 지난 2년 동안 내가 산책을 즐기면서 푹 잠겼던 여러 생각이 정말로 솔직하게 담겼다. 나는 그런 생각들이 산책이라는 멋진 취미와 많이 닮아 있었다는 것을 알고 있다. 독자 여러분은 여러분 나름의 생각에 잠긴 채 산책을 즐기고 계셨으리라. 그 또한 산책의 아름다운 미덕들 덕분일 것이다.

어쨌든 우리는 오늘도 산책하고 내일도 산책할 것이다. 우린 그냥 평화롭게 어딘가를 거닐고 있을 뿐이다. 우리는 어슬렁거리는 삶의 즐거움을 알고 있는 사람들이다.

그리고 산책하는 일이란 우리가 그렇게 어슬렁거리며 이런
저런 생각에 잠긴 바로 그 순간의 명멸이고, 그때 우리를 둘러싼
주위 풍경의 평온하고 덤덤한 흐름일 뿐이니까. 또 우리는 그 넉
넉한 시간을 즐기면서 자신의 뺨을 스쳐 가는 시원한 바람을, 색
색으로 일렁이는 저 나뭇잎을, 귓가에 흐르는 멋진 음악을 느끼
고 있을 뿐이니까…….

그런 산책길 위에서라면, 나는 내 안의 무언가를 좀 덜어내는
일이란 그리 어렵지 않다는 것을 알고 있다. 독자 여러분도 나처
럼 그걸 알고 계시리라 확신한다. 어쨌거나 우리는 산책을 좋아
하는 사람들이니 앞으로도 계속 어딘가를 걷고 다시 걸을 것이
다. 잠시 바깥을 경쾌하게 걷고 난 뒤, 어딘가로 돌아가고 다시
돌아갈 것이다. 나를 아끼고, 또 내가 아끼는 그곳으로 말이다.

우리는 모두 방랑자와 같은 존재이지만, 장필순이 노래했듯,
내 곁에는 나와 꼭 닮은 마음의 무늬를 지닌 사람들이 있다. 나는
그들과 나누는 하루하루의 작은 기쁨이 모여, 언젠가는 내가 세
상 모든 이들을 사랑하는 사람이 될 수도 있다는 걸 믿는다. 우리
는 그처럼 자신을 둘러싼 다정한 존재의 숨결을 기척에서 느끼며
다만 소박하게 방랑할 뿐이다. 이 괴로운 인생을 소박하게 매만
지면서 내가 선택한 어딘가를 잠시 걷다가 돌아올 것이다.

가끔 탄산이 그리울 땐 콜라도 마시고, 함께 산책길에 나선 이와 수다도 떨면서. 몽글몽글 자유로운 구름을 바라보며, 느긋하고 또 편안하게.

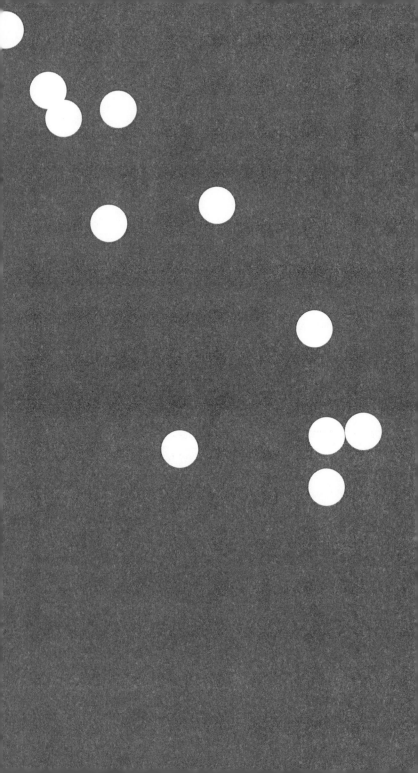

4

산책을 하면서 나는

신문과 잡지 등에 기고했던

짧은 글들

밤거리를 자유롭게

—

"그는 남자였고, 그녀는 여자였다. 그것이 그들 명예의 전부였다." 장 자크 루소의 교육론과 인간론이 압축된 『에밀』의 한 문장이다. 첫사랑 즈음이었나, 아직 첫 연애도 하기 전이었을까, 스물 언저리에 읽었던 루소의 이 표현을 읽은 후 뜨거워지던 감정이 지금도 생생하다.

2018년, 시대는 변했다. 남성과 여성이라는 정체성은 이제 서로 간의 명예의 전부도 아니고, 평화로운 결합의 상징도 아니다. 첨예하고 흉흉한 전선戰線이다. 전 세계 여성들의 비명과 신음이 봇물 터지듯 쏟아진 지 오래다. 남성들은 그런 여성들 앞에서 백 가지 항변을 늘어놓고 있다. 어쨌든 우리 남자를 무조건, 모두 다 죄인으로 몰아붙일 수만은 없지 않으냐는 것이다.

한 사람의 남성으로서, 여성보다 더 많이 누리고 더 편하게 살아온 점에 대해서 반성하고 또 반성한다. 그럼에도 어느 페미니즘 책에 적힌 "남자 페미니스트는, 오직 죽은 남자"와 같은 표현을 접하면, 나도 역시 조금은 망연하고 허탈해진다. 그만큼 여성들의 분노가 극에 달해 있음을 보여주는 문구란 걸 알면서도……

　루소는 진정 천재였지만, 여자아이에게 인형과 바느질거리를 떠맡긴 그의 몽매함은 몽매함일 뿐이리라. 남녀의 명예도 좋겠지만, 그보다 내겐 미국 시인 실비아 플라스가 남긴 이 문장이 더 깊숙하게 남아있다. 저 모든 혼란에도 불구하고, 언제든 나를 여성의 편에 기울게 만드는 한 문장이.

　"나는 내가 말을 건넨 모든 사람과 가능한 한 깊이 대화를 나누고 싶다. 나는 열린 들판에서 잠들고 싶고, 서부를 여행하고 싶고, 밤거리를 자유롭게 거닐고 싶다."

◇ • / 장 자크 루소는 내가 정말로 커다란 영향을 받은 사상가이다. 그는 말년에 다소 쓸쓸하고 괴로운 기록인 『고독한 산책자의 몽상』이란 책을 쓰기도 했고, 자신의 산책길에서 인간의 자유와 평등에 관한 불멸의 글자들을 잉태하기도 했다. 그렇지만, 우리는 18세기의 이 위대한 인물에 머무를 수 없는 '완전히' 새로운 지평에 들어서고 있다. 루소의 좋은 것만을 취하면서 그를 넘어서는 일이 가능할까. 어찌 됐든 나는 이 지구 위의 모든 여성이 나처럼 한밤중에도 꼭두새벽에도 자유롭게 (즉, 공포를 느끼지 않고) 저 어두컴컴한 거리를 활보할 수 있는 세상을 진심으로 바라고 있다. 그건 언제까지나 포기하고 싶지 않은, 참으로 멋지고 활기찬 경험이란 것을 잘 알기 때문이다.

부초浮草에   관하여

—

가정의 달이다. 어버이날을 앞둔 연휴, 나도 여느 자식들과 다름없이 미루었던 효도를 부랴부랴 챙겼다. 부모님 댁을 찾아 용돈 봉투를 쥐여드렸고, 두 분을 모시고 집 앞의 식당에서 외식도 했다. 식당은 대목이었다. 내 어머니와 꼭 같은 연배의 중년 아주머니가 홀에서 바쁘게 그릇을 쓸어 담는 모습에 마음이 조금 아려왔다.

지난 4월, 우리 집안엔 슬픔이 가득했다. 친가의 큰아버지가 암으로 투병한 지 몇 달 만에 돌아가셨고, 곧이어 오래도록 병상에 누워 계시던 외가의 큰 이모부도 끝내 별세했다. 친지들을 아끼던 아버지가 유독 믿고 따르던 분들이었다. 아버지의 심경을 정확히 헤아릴 순 없었지만, 두 상喪을 치른 그의 모습이 조금은 울적해 보이기도 했다. 그래서, 없는 살림에 약간은 무리해 봉투를 더 두툼하게 만들었다.

부모와 자식 간의 관계는 늘 어렵고도 힘겹다. 서로를 애틋하게 생각하는 마음이야 잘 알지만, 막상 얼마간 부대끼고 나면 나 역시 금방 파김치가 되곤 한다. 이 또한 대한민국의 여느 자식들과 다르지 않으리라. 무언가 새로운 일 때문에 잔소리를 듣거나 짜증을 부리는 것도 아니다. 수십 년간 싸우고 부딪쳤던 꼭 그대로 싸우고 부딪친다. 그리고 헤어진 후 후회한다. 그들의 늙은 모습에 또 혼자 서글퍼진다. 영원한 반복.

"그대의 아이는 그대의 아이가 아니다. 그들은 그대를 거쳐서 왔을 뿐 그대로부터 온 것이 아니다……" 칼릴 지브란은 『예언자』에서 자식은 결코 부모의 소유가 될 수 없음을 다소 엄정하게 노래했다. 부모님께 인사드린 뒤, 나는 파김치가 된 채 집으로 돌아와서 오즈 야스지로의 1959년 작 영화 〈부초浮草〉를 틀었다. 우리는 모두 서로에 대한 애정을 묻어둔 채 저마다의 삶을 살아나가야 하는 외로운 존재인 것을……

사실, 나는 아까 식당의 중년 아주머니에게 이런 대목의 일이 힘들진 않으냐고 여쭙기도 했었다. 그녀는 내게 "이따 나도 자식 손주들이랑 저녁 약속이 있다"고 싱긋 웃으면서 대답했다. 아, 부초는 부초지만, 인간사의 드라마는 이렇게 계속되고 있다.

◇ • / 올해 어버이날 썼던 글. 말 그대로, 영원한 반복이다. 오즈의 영화를 볼 때 나는 항상 마음 둘 곳이 없어진다. 그는 내게 최고의 영화감독이고, 나이가 들수록 더 그렇다. 그러니 독자들이여, 부모님과 크게 다툰 후에는 나처럼 그의 영화를 틀어보자. 영화에서 펼쳐지는 저 애잔하고도 서글픈 이야기에 젖다 보면 당신의 괴로움도 깊은 위로를 받을 것이다. 물론, 같은 일로 또 싸우는 건 변함없겠지만.

내게는 슬픈 스승의 날

초등학교 1학년부터 고등학교 3학년까지 빛나던 학창學窓의 12년, 내게도 열두 분의 담임선생님이 계셨다. 어느덧 30대 중반을 넘긴 나이지만, 오랜 세월이 지났어도 이 열두 분 모두의 성함을 또렷이 기억한다. 스승의 날을 맞아, 나는 이 원고의 첫머리에 선생님들의 성함을 기쁘게 열거하려 했었다.

그런데 문득, 내 머릿속에 '촌지'란 단어가 스쳐 갔다. 최근 어느 유튜버가 어린 시절 가난했던 자신에게 노골적으로 촌지를 요구하며 괴롭혔던 과거의 담임교사를 찾아갔단 뉴스를 접했던 탓이리라. 담임교사는 현재 그를 명예훼손죄로 고소했다고 한다.

고등학교를 졸업한 뒤, 나도 부모님께 여쭤보려고 했었다. 내 담임에게도 촌지를 준 적이 있는지를. 막상 그 질문을 10여 년간 차일피일 미뤘던 건, 분명 내 어린 시절의 소중한 추억, 담임선생님들에 대한 존경과 애정의 마음을 지키려는 무의식 탓이었을 게다.

어쨌든 지난 주말, 어머니와 대화를 나누던 중 조심스럽게

"혹시, 오래전 그때……."라고 말을 꺼냈다. 어머니는 내 질문에 퍽 당황하며 "두어 번 정도 줬던 기억이 난다"고 얼버무리셨다. 그 시절 12년 동안의 담임들을 꼼꼼하게 묘사하는 내 기억력에 혀를 내두르며. 결국 스승의 날을 맞은 이 글의 톤은 완전히 바뀌었다.

무슨 말로 이 글을 끝마쳐야 할까. 우리들은……. 그토록 엉망인 시절을 살아왔던 것이다. 누구의 잘잘못을 따지자는 게 아니다. 누군가의 감성과 인격이 가장 찬란하게 빚어지는 학교라는 공간 속에서, 우리는 모두 그처럼 병들어 있었다. 그리고 아직도 그 추악함이 우리 곁에 남아있다는 몇몇 정황들이 나를 우울하게 한다.

오해하지 않았으면 좋겠다. 나는 교권教權이 지금보다 훨씬 막강해져야 한다고 믿는다. 다만, 나는 더 이상 내 과거의 선생님들을 아름답게 추억하는 일을 그만두기로 했다. 내게는 슬픈 스승의 날이다.

◇ • / 결국 신문에 실리지 못했던 글이다. "데스크에서 아무래도……." 라는 말씀을 듣고 '킬'을 당했는데, 쓰면서도 그리되리라 예상했다. 내가 이 글에서 교사들 한 분 한 분의 자존심을 훼손하려고 했을 리는 만무하다. 그렇게 읽히지 않으리라고 믿는다. 그리고 이렇게 적어두기는 했어도, 날 가르치셨던 선생님들 한 분 한 분에 대한 나의 애정은 변함없다. 사실 촌지에 관한 어머니의 저 답변은 어느 정도 짐작하고 있기도 했었다. 나는 무엇보다 그 사실이 원통한 것이다.

참을 인忍 세 번

"참을 인忍 세 번이면 호구 된다." 개그맨 박명수가 남긴 유명한 어록 중 하나다. 수많은 사람들은 그의 이 말에 열렬하게 환호했다. 애초부터 그는 참지 않고 버럭버럭 화를 내는 '호통 캐릭터'의 대표 주자였다. 1인자에게 밀려 괄시받고, 2인자가 되기에도 영 하찮지만, 늘 뻔뻔함으로 무장한 채 악담과 독설을 퍼붓는 캐릭터 말이다.

직장 사람들에게, 클라이언트에게, 업계 관계자에게……. 여하튼 온종일 둘러싸인 빼곡한 인간관계 속에서 마음껏 화 한 번 내지 못하는 우리들이다. 변비에 걸린 듯 '넵, 넵'을 연발하며 억지 미소를 지어야 하는 고단한 밥벌이 속에서, 우리가 언제 한 번이나 제대로 감정 표현을 할 수 있었나? 박명수의 '찌질한 호통'에서 통쾌한 카타르시스가 느껴졌던 건 이 때문이다.

이 정글 같은 세상 속에서, 언제나 자기를 억누르고 꾹꾹 참기만 하는 게 능사는 아닐 것이다. 박명수의 말처럼 그러다간 타인에게 호구 잡히기에 십상이다. 어쨌든 자신의 감정을 솔직하게 드러내려는 우리네 욕망은 정당하고, 또 건강하다. 17세기 프랑스의 작가 프랑수아 드 라로슈푸코가 남긴 잠언은 진실에 가까우리라. "화를 내지 않는 관대함은 사실 허영심과, 태만함과, 공포심에서 온다."

그렇지만 이렇게 말한다고 해서, 타인에 대한 관용과 너그러움의 가치를 평가절하하는 독자는 없으리라 믿는다. 아이오와 주립대 연구진의 흥미로운 연구 결과가 있다. 화를 참고 견디는 훈련을 한 집단과 화를 내도록 권고받은 집단 사이의 분노 표현을 비교했더니, 후자는 나중에 작은 자극에도 쉽게 화를 내는 경향을 띠었다고 한다. '화를 내는 것'도 하나의 습관처럼 굳어지고, 결국 자신의 화를 조절하는 능력을 상실케 한다는 것이다.

어쨌든 우리는 박명수의 호통이 주는 카타르시스가 그의 '하찮음'에서 비롯된다는 사실을 잊어서는 안 된다. 그것을 잊는 순간이, 바로 우리 '국적기' 안의 저 참담한 행태가 시작되었던 지점이다.

◇ • / 2014년 '땅콩회항' 사건에 이어 올해 4월 대한항공 재벌 3세의 갑질 논란이 다시 한번 불타올랐던 당시 썼던 글이다. 이 항공사 전무가 회의 중 광고대행사 직원에게 종이컵의 음료를 뿌렸던 사건을 기억하시는가?

어쨌든, 박명수는 내가 정말로 좋아하는 개그맨이었다. 그가 한창 전성기를 구가하던 시절 나는 매번 경탄하면서 그의 천연덕스러운 대사와 몸짓을 바라봤다. 대단했다. 박명수의 개그는 마치 그의 부석부석한 피부처럼 '그 자신'에게 스며들어 있었다. 그는 자기 내면의 긴장을 완전히 풀어 버린 채 주위 상황에 투명하게 반응할 줄 아는 진정 놀라운 희극인이었다.

그때 박명수는 나의 마음, 많은 이들의 마음을 대변할 수 있었다. 그 역시 우리 대다수처럼 찌질하고 하찮았기 때문이다. 그래서 그가 큰 인기를 얻은 후 더이상 찌질하고 하찮지 않아졌을 때 그의 '힘'과 '감'이 영 떨어져 버린 것도 자연스러운 일이다. 그조차도 정말 박명수답다고 볼 수밖에 없다. 그는 그렇게나 투명한 개그맨이었던 것이다.

연예인과 '교감의 시대'

연예인. 문화예술 분야에 종사하며, 대중의 입에 오르내리는 끼 넘치는 사람들을 일컫는다. 연예인의 역사는 짧지 않다. 이미 16세기 당대의 뭇 남성들을 들썩이게 했다는 황진이가 있고, 18세기에 조선 팔도를 유랑하며 발군의 연회 실력을 뽐내던 광대 달문도 있다. 전설적인 무용가 최승희는 이미 1930년대 말에 미국과 남미, 유럽을 순회하며 한국 춤을 세계에 알렸다.

연예 직능의 일을 깔보고 천대하던 우리 조상들의 집단 무의식은 어느새 먼발치로 물러선 듯하다. 한국전쟁 이후 매스미디어가 등장하고 문화산업이 체계적으로 발전되는 흐름 속에서 연예인은 이제 우리 사회에 커다란 영향력을 미치는 엄연한 전문 직종이 됐다. 수많은 연예계 지망생들이 지금도 고난을 무릅쓰고 자신의 젊음을 바치며 무대 위의 스포트라이트를 꿈꾸는 중이다.

바야흐로 소셜 미디어의 시대는 연예인의 위상을 또 한 번 바꿔놓고 있다. 과거처럼 앨범 한 장, 작품 한 편을 내놓은 뒤 은둔하는 '신비주의' 콘셉트는 더 이상 발 디딜 여지가 없다. 연예인은 팬들과 끊임없이 소통하며 의견을 나누고 일상을 공유한다. 팬들은 연예인과 함께 성장하고, 연예인은 또한 자신의 속 애기와 감정을 진솔하게 전한다. 팬들은 그런 교감에 열광하며 그들을 향한 '덕질'을 계속할 수밖에 없다.

남성 7인조 그룹 방탄소년단BTS이 지난 5월 21일 빌보드 뮤직 어워즈에서 새 정규앨범의 타이틀곡 〈FAKE LOVE〉의 첫 무대를 선보였다. 이 무대를 향한 관객들의 환호와 '떼창'은 가히 놀라웠는데, "전 세계 최고의 보이 그룹"(켈리 클락슨)이라는 칭송이 무색하지 않을 정도였다. 이 곡의 뮤직비디오는 공개된 지 사흘 만에 6,500만이 넘는 유튜브 조회 수를 기록 중이다. 이들은 SNS 영향력의 지표인 '빌보드 톱 소셜 아티스트상'을 2년 연속 수상하기도 했다.

'한류'니 'K-POP'이니 거창한 말들이 많지만, 그보단 "(SNS를 통해) 진심으로 한결같이 우리 곁에서 함께해 준 그들에게 감사하다"라는 팬들의 고백이 더 깊이 와닿는다. 연예인의 역사는 이렇게 새 시대를 맞이하고 있다.

◇ • / 올해 5월 신문에 기고했던 글이다. 나는 그 전달에 『아이돌을 인문하다』라는 책을 써서 출간했는데, 이 책을 처음 쓰게 된 계기도 방탄소년단이었고 책에서 가장 중점적으로 다뤄졌던 아이돌 역시 방탄소년단이다. 나도 오래전부터 완전히 팬이 되어버린, 이제는 정말로 전 세계를 휩쓸고 있는 그룹 말이다.

나는 언제나 음악을 들으면서 산책한다. 최근 몇 년간 내 산책길을 수놓은 뮤지션을 꼽아보자면 가을방학, 악동뮤지션, 아이유, 비틀즈, 퀸, 오아시스, 라디오헤드, 김광석, 김민기 등등이 있었는데, 그 플레이리스트에 방탄소년단이 추가된 건 내게도 근사한 일이었음이 분명하다. 좋은 음악은 지금도 쉼 없이 탄생하고 있다. 그 음악을 선보이는 이가 아이돌이네 아니네, 라는 식의 이분법은 전혀 의미도 없고 가치도 없다. 방탄 멤버들과 팬들은 오래전부터 그 사실을 잘 알고 있었다.

악동뮤지션 찬가

—

먼 훗날 살아남아 2018년 가을을 추억할 수 있다면 "그땐 그냥 악동뮤지션을 들으면서 버텼죠"라고 말할 수 있을 것 같다. 악동뮤지션, 진짜 너무 좋다. 들을수록 더 좋다. 온몸이 간질간질할 정도로 좋다. 아마 요즘 내 몸과 마음이 쇠약해져 있어서 그럴 것이다.

『아이돌을 인문하다』에서 다룬 K-POP 가수들 다음엔 누구를 파 보고 싶냐는 질문을 많이 받았는데, 내 답은 당연히/언제나 악동뮤지션이었다. 이 친구들은 무슨 별에서 뚝 떨어진 외계인 같다. 다음에 또 이런 작업을 한다면, 난 외계인을 파 보고 싶다.

한창 〈K-POP 스타〉 시즌 2에서 인기를 끌던 초창기엔 별 감흥이 없었다. 내가 이네를 본격적으로 들었던 것은, 작년 언젠가 가을방학 계피님이 트위터에서 "악뮤 넘나 좋아해, 악동뮤지션 듣는 낙에 산다."란 맥락의 말씀을 하신 걸 본 이후였다. 아니, 이 꼬맹이들이 저 감성변태, 내 최애 뮤즈님을 그토록 즐겁게 하고 있다니…….

그리고 나도 빠져들었다. 특히 작업에 쫓기고 있는 지난달부턴 약간 마약을 찾듯이 찾고 있다.

악동뮤지션의 음악에는, 무언가를 창작하는 사람의 관절과 뼈마디가 부드러울 때만, 또 온몸 구석구석에 막 깃든 호르몬이 퐁퐁 흘러넘칠 때만 만들어낼 수 있는 젊고 싱그러운 에너지가 가득하다. 아니, 찬혁과 수현이 풋풋한 에너지 그 자체다.

이 둘은 좋은 음악을 하려고 전혀 애를 쓰지 않는다. '훌륭한 음악'이란 외부의 딱지, 즉 음악적 완성도, 가사의 문학성, 이런저런 스타일 같은 평가는, 이 96년생과 99년생의 천연덕스러운 에너지 앞에서 자연스레 흐물흐물해지고 만다. (도대체 그런 평가의 본질은 무엇인가?)

이 친구들은 그걸 알고 있기 때문에, 아니, 그것을 '믿을 수 있을 만큼' 자기 안에 무엇인가가 차고 넘치고 있기 때문에, 억지로 감성을 짜내는 게 아니라 그냥 자신의 깊숙한 곳으로부터 흘러나오는 영감에 충실할 수 있다.

그냥, 한마디로 말해서 노래를 '억지로' 만든다는 느낌이 전혀, 전혀, 전혀 없다. 거기다 산울림이나 카펜터스처럼 수십 년을 함께 자라오며 피를 나눈 남매의 태생적인 친근성까지 더해져 외계인이 탄생했다.

머릿속으로 악동뮤지션을 떠올리면, 난 자동적으로 김동률이 떠오른다. 20여 년 전 전람회 1집부터 김동률을 정말로 좋아했고 지금도 좋아하는 오랜 팬으로서 말하건대, 몇 년 전 그의 신보를 들으면서, 난 김동률의 음악이 아주 '옛것'이라는 느낌을 떨칠 수 없었다. (동률이형 미안해요!) 음악적 실력과 내공, 평단의 무슨 무슨 말들, 그리고 '업력' 같은 걸 다 떠나서, 아, 그도 나이가 많이 들었구나, 라는 생각이 들었던 것이다.

그리고 그건 그저 순리처럼 느껴졌다. 김동률이 늙었듯이 나도 이미 늙었을 것이다. 악뮤 같은 젊음의 에너지를 뿜어낼 수 있던 시절은 내게서 이미 멀어져 버렸다. 나는 앞으로는 영영 지금 악뮤와 같은 무언가를 만들어내진 못할 것이다.

그렇지만 그것은 슬픔이 아니라 경탄의 감정에 더 가까웠다. 정확히 바슐라르적인 경탄과 감화의 감정이자, 한때 내가 누렸던 원초적인 젊음에의 매혹과 추억 같은 것 말이다.

> 보이지 않는 것에의 소속, 이것이 원초적 포에지poésie이며, 우리의 내적 운명에 흥미를 느끼게 하는 것을 가능케 하는 포에지인 것이다. 이것은 우리에게 끊임없이 경탄하는 능력을 돌려줌으로써, 청춘 또는 젊어지는 것에의 감화를 주는 것이다. 참다운 포에지라고 하는 것은 눈을 뜨게 하는 기능을 말한다.
>
> ― 가스통 바슐라르, 『물과 꿈』 중에서

나도 갓 스물이 되던 때가 있었고, 무언가를 '억지로' 끌어 내지 않아도 내 안에 온갖 감정들이 가득 흘러넘치던 때가 있었 다. 나는 이제 늙고 꺾였지만, 그런 자연스러움이 우리에게 얼 마나 아름답고 소중한 삶의 한 단면인지를 기억하고 있다.

악뮤를 들으면서 늘 그런 찡함에 젖곤 하는 것 같다. 그이들 은 나보더 덜 살았지만, 더 많은 것을 간직하고 있는 존재다. 우 리 뒤에 살아갈 모든 아이들이 그럴 것이다.

'삶은 반복되지 않는다'는 말은 틀렸다. '삶은 반복된다.' 단 내가 아닌 그 누군가에게서. 쓸데없이 주눅 들지 않고, 자신을 억누르지 않고, 환하게 웃을 줄 알며, 자기 재능을 꽃피울 줄 아 는 누군가에게서.

어쨌든 바람은 불어오고 또 불어가며, 이렇게 세상은 흘러 가는 게 아닐까 싶다. 악뮤 너무너무 고맙고, 앞으로도 항상 응원해!

◇ • / 음악은 내 산책길에서 빠질 수 없는 요소이기 때문에, 여기엔 악동뮤지션에 대하여 쓴 글을 하나 더 옮겨보고 싶었다. 오늘도 그들의 〈집에 돌아오는 길〉을 들으면서 생각한다. 나는 15만 글자가 넘는 책으로 산책하는 마음을 이야기하고 있지만, 너희는 4분이 채 되지 않는 노래로 나보다 그 마음을 잘 노래하고 있었구나……. 그리고 생각한다. 내세에 다시 인간으로 태어난다면, 나는 이들처럼 사람을 홀릴 수 있는 뮤지션이 되고 싶다. 꼭 그러고 싶을 뿐이다.

고양이에   관하여

'랜선집사'라는 말이 유행하고 있다. 랜선집사는 인터넷을 통해 다른 사람이 키우는 고양이의 사진, 동영상 등을 즐겨보는 사람을 뜻하는 신조어. 현실적인 이유로 고양이를 키우지 못하니, 다른 이들의 고양이라도 보면서 위안을 받는 사람을 뜻하는 말이다.

나는 정확히 랜선집사다. 이런저런 이유 탓에 고양이를 키우는 '복'을 누리진 못하지만, 대신 유튜브를 비롯한 소셜 미디어에서 구독 중인 고양이 채널만 30여 개가 넘어간다. 하루에 적어도 1시간 남짓은 고양이들의 영상을 보면서 넋을 잃곤 한다. 가끔 주위의 길고양이들을 챙기고, 고양이를 키우는 지인들에게 간식 선물을 보내는 정도로 마음을 달랠 뿐이다.

고양이의 매력은 무엇일까. 아마 자신의 주인마저 자신을 시중드는 '집사'로 만들어 버리는 그 특유의 도도함과 독립적인 습성에 있지 않을까 싶다. 집사라는 말의 뉘앙스는 세계를 관통한다. 독일에선 고양이의 주인을 일러 깡통따개를 뜻하는 '도젠외프너Dosenöffner'라 부르고, 일본에서는 하인을 뜻하는

'게보쿠下僕'라는 말을 즐겨 쓰고 있다.

어니스트 헤밍웨이와 찰스 디킨스, 존 케이지, 살바도르 달리 등등 여러 분야의 예술가들 또한 유명한 고양이 집사였다. 그중에서도 미국 작가 찰스 부코스키는 『고양이에 대하여On Cat』라는 에세이집을 낼 만큼 고양이를 끔찍이 아꼈다. 술과 도박에 탐닉하며 자신의 영혼과 미국 사회의 어두운 이면을 파헤쳤던 부코스키는, 문득 자신의 곁에서 고독과 슬픔, 신산한 삶을 아무렇지도 않게 버텨내는 고양이들을 발견한다. 고양이는 곧 훌륭한 문학적 메타포가 된다. 그의 글들에서, 고양이는 곧 상처받은 부코스키 자신과 같다.

"바다는 예쁘다고 쓰다듬지 않잖아요. 그런데 고양이는 쓰다듬죠. 왜? 이유라고는 고양이가 그렇게 하라고 놔둔다는 것 뿐이죠." 부코스키의 말이다. 지금 이 순간, 하나의 생명을 다정하게 돌보고 있는 모든 '집사'들을 향해 (랜선 너머로) 존경과 감사의 마음을 전한다.

◇ • / 이 책을 여기까지 읽어주신 분이라면 내가 얼마나 열렬한 랜선집사인지 이미 잘 알고 계시리라 믿는다. 내가 전능한 권력을 지니게 된다면, 나는 고양이를 키우는 분들은 자신의 소셜 미디어로 '무조건, 당장, 반드시' 고양이 채널을 운영해야 한다는 의무를 부과하고 싶다. 1인 1채널은 필수다. 그 의무는 이 디지털 시대의 인류 복지를 위한 초석이 될 것이다.

햇살 가득한　일요일 오후에

—

　햇살 따사롭던 며칠 전 일요일 오후였다. 나는 ○○25시와 △△마트의 틈바구니 속에서도 꿋꿋이 집 앞 골목길을 지키고 있는 슈퍼마켓을 향해 걸어가고 있었다. 그때 슈퍼 문이 활짝 열리더니, 슈퍼마켓 주인의 따님(30대 초반의 여성이었다)이 예쁜 옷을 입고 나풀거리며 뛰어나왔다. 따님이 저만치 멀어지자, 문 사이로 불쑥 얼굴을 내밀면서 삐친 듯 소리치는 주인아주머니. "야, 나 또 밥 혼자 먹어?"

　이 슈퍼마켓은 남편과 오래전 사별한 아주머니와 그분의 딸, 두 명이 운영하고 있었다. 매장 안쪽으로는 부엌과 방이 붙어있어 두 식구는 거기서 잠도 자고 밥도 먹는다. 매장과 계산대는 주로 주인아주머니가 자리를 지켰는데, 아주머니는 붙임성 좋고 싹싹해서 나를 포함해 많은 '단골'들을 유지하고 있었다.

　어쨌거나 어머니의 "나 또 밥 혼자 먹어?"라는 귀여운(?) 엄살을 듣고 따님은 뒤를 돌아보더니, 미안하다는 듯 코를 찡긋하고는 다시금 폴짝폴짝 뛰어갔다. 애인이라도 만나러 가는 걸까? (몇 달 전 늦은 밤, 슈퍼와 50m쯤 떨어진 골목에서 그 따님의 '달콤한 밀회'를 우연히 목격했다.) 아주머니는 딸이 코를 찡긋하고 달려가는 모습을 보고는 구시렁구시렁 투덜대며 문을 닫고 들어갔다. 일요일의 석양은 평온했고, 내 가슴은 뜬금없이 뜨뜻해졌다.

이스라엘에선 매주 금요일 저녁 모든 식구가 모여 기도를 올린 후 함께 저녁을 먹는다고 한다. 한 주에 한 번씩은 꼭 밥을 같이 먹으며 가족 간의 유대를 강화하는 관습이란다. 물론 좋은 규율임이 분명하다. 그렇지만 슈퍼마켓 따님의 '찡긋거림'과 어머니의 '구시렁거림'을 보며, 난 그런 '규칙'은 잠시 제쳐 두어도 좋겠다고 생각했다. 그냥 매일매일 오래도록 식사를 함께 하면서 가끔씩 서로의 얼굴 표정에 드러나는 자잘한 마음결을 볼 줄 안다는 것은, 그 자체로 얼마나 자연스럽고 귀한 규칙인가.

모녀의 슈퍼마켓이 오래도록 집 앞 골목에 남아줬으면 좋겠다. 행복과 슈퍼마켓, 둘 다 가장 가까운 곳에 있는 게 제일이리라.

◇ • / 벌써 7년여 전 한 잡지에 기고했던 글이다. 이 글을 쓰고 얼마 뒤에 따님은 결혼해서 분가했고, 주인아주머니는 홀로 슈퍼마켓을 몇 년 더 운영하다 결국 문을 닫고 이사하셨다. 세상은 빠르게 변하고 있지만, 우리 누구도 그 물결에서 자유롭진 못하겠지만, 나는 세상이 너무 빠르게 변하진 않았으면 좋겠다. 정말 그렇다.

나문희처럼   살아라

―

"우리 자주 보지 말자, 그냥 열심히 살자. 희경씨!"

배우 나문희가 오래전 〈무릎팍도사〉에 출연했을 때 작가 노희경에게 전했던 말이다. '우리 자주 보지 말자, 그냥 열심히 살자.' 나문희의 이 말과 아주 유사한 뜻을 담아서 참으로 와닿던 문장을 어디선가 봤었는데……. 열심히 생각하다가 중국 작가 왕멍의 『나는 학생이다』에서 본 '우정'에 관한 글이었다는 게 기억났다. 책장을 뒤져서 오랜만에 책을 펼쳐 든다.

> 우정은 반드시 잔을 부딪칠 필요가 없다.
> 우정은 반드시 의가 좋을 필요가 없다.
> 우정이란 간단히 말해서
> 우리가 서로를 영원히 잊지 않는 것이다.

얼마나 자주 보는지에 따라, 만나면 얼마나 즐거운지에 따라, 또 볼 때마다 자신이 얼마나 힘겨운지 털어놓을 수 있고 그것을 위로받을 수 있는지에 따라 우정의 깊이를 저울질할 수 있다고 믿는 것은 얼마나 천박한 우정에 대한 이해인가.

황인숙의 인기 있는 시 「강」도 이와 비슷한 맥락이긴 하겠다. 그러나 「강」은 실존적 주체의 외로움을 좀 더 추상화시켜 노래하는 반면, 나문희와 왕멍의 이 말들은 끝내 '인연의 끈'을 놓지 못할 우리들의 일상을 차분히 되돌아보게끔 만든다. 내 생활의 쳇바퀴 위에도 상쾌한 얼음을 문질러주는 느낌이다.

드라마나 영화가 아닌 '생활인' 나문희의 모습을 예전에 〈해피투게더3〉의 '엄마특집' 편에서 조금이나마 엿볼 수 있었다. 예능이라는 콘셉트에도 불구하고 자신의 무뚝뚝함이랄까, 달변도 아니고 유머도 그다지 즐기지 않는 모습을 숨기려 하지 않는다는 점이 인상적이었다. '난 이 분위기가 썩 익숙하거나 편안하진 않지만, 분위기를 깨진 않고 적당히 맞추긴 하겠다……'라는 양반집 마님 같은 은근하고 도도한 풍모가 느껴졌다.

일단 '주변 분위기'에 자신을 맞추는 게 철칙인 예능과 잘 어울리지도 않고, 요새 예능 출연자들에게선 거의 찾을 수 없는 '스타일'이기도 했다. 더욱이 자신의 감정 상태에 대해 주변에서 보내주는 즉각적인 반응과 호오好惡에 익숙한 요즈음의 예민한 감수성과도 영 어울리지 않아 보였다.

그녀의 고모할머니가 한국 최초의 서양화가이자 선구적 여성 운동가 나혜석이란 것도 이때 알았다. 유재석은 그녀의 집안이 수원에서 '나 부잣집'으로 유명하다고 농을 건넸다. 찾아보니 나혜석의 증조부가 호조 참판을 지냈고, 나혜석의 가까운 오빠들도 모두 일제강점기 때 신교육을 받은 지식인들이었다고 한다. 말하자면 수원의 명문가였던 셈이다.

이런 영향 탓일까. 나문희는 여전히 아흔이 넘은 시어머니를 모시고, 자신의 남편을 내조하는 일에서 삶의 즐거움을 찾는다고도 했다. 자신의 생활과 배경에선 '마님' 냄새를 풀풀 풍기는 나문희가 노희경에게는 대중목욕탕을 자주 찾으라 하고, 야채 파는 할머니가 예쁘다고 말했다는 점이 재밌다. 그렇듯 소박하고 '찐한' 연기로 매번 풀뿌리 같은 촌부들을 그려내는 것도 말이다.

물론 자신이 관계 맺은 타인(그것이 가족이든 친지든 친구든 동료든 간에)을 소홀히 하고, 열심히 살아야 한다는 강박 속에서 '자기 착취'를 만성적으로 일삼는 시대에, 나문희의 "자주 보지 말자, 그냥 열심히 살자"란 말은 조심스럽게 받아들일 필요가 있다. 삶의 애환을 깊이 나눌 수 있는 친구가 없는 존재보다 더 불행한 이가 또 있으랴?

친구는 우리가 본래의 자기 모습을 찾아가는 데 있어 더없이 귀중한 존재임이 틀림없다. '자유'라는 낱말의 독일어 어원을 따라가 보면, 그 뜻은 '친구와 같이 있다'는 것이라고도 한다.

그러니 주위에 내 마음을 기댈 수 있는 사람들을 많이 만들어둘 것. 그것은 우리에게 타인과 함께하는 삶의 풍요와 진정한 자유의 가능성을 활짝 열어줄지니.

그러나 이 기막히게 불친절한 세계를 살아가는 우리에게는, 친구가 해결해줄 수 없고, 친구에게 의존할 수 없고, 친구와 나누어 짊어질 수 없는 짐이 존재한다는 걸 알기. 누군가와 함께한다는 게 오히려 '자신으로부터의 회피'의 다른 얼굴이 되기도 쉽다는 것을 인정하기. 지나치게 잦고 빠르게 잔을 부딪치는 일은 때론 상대가 아니라 내 마음의 기갈을 채우는 행위라는 걸 깨닫기.

시어머니와 며느리로 이 삶에서 만났을지라도, 평생을 오래 두고 그 관계에 물을 주고 꽃을 피울 것. 다른 누군가의 삶이 눅진하게 배어든 주름의 '예쁨'을 발견할 능력을 갖출 것. '친하다'라는 단어와 '우정'이란 개념의 본래적 존엄을 복원할 것.

그러니깐, 나문희처럼 살아라.

◇ • / 2012년에 쓴 글인데, 그 이후 지금까지 나문희가 보여준 행보는 눈부실 뿐이다. 그렇다. 나는 내가 나문희처럼 살아갈 수 있기를 바랄 뿐이다. 어쩌면 『산책하는 마음』이란 이 책 자체가 그녀에게 보내는 뜨거운 헌사였는지도 모르겠다.

산책하는 마음
어슬렁거리는 삶의 즐거움에 관하여

발행일 2019년 1월 23일 초판 1쇄

지은이 박지원
디자인 석윤이
편집 박성열, 정혜인
인쇄·제본 상지사P&B

발행인 박성열
발행처 도서출판 사이드웨이
출판등록 2017년 4월 4일 제406-2017-000041호

주소 경기도 파주시 교하로 875번길 31-22, 다인 205호
전화 031)935-4027 팩스 031)935-4028
이메일 sideway.books@gmail.com

ISBN 979-11-963491-2-7 03810